EIN GLÜCKSKEKS MACHT NOCH KEINE LIEBE

KARIN LINDBERG

FSC
www.fsc.org
MIX
Papier aus verantwortungsvollen Quellen
Paper from responsible sources
FSC® C105338

Impressum

Lektorat Dorothea Kenneweg
Korrektorat Ruth Pöß
Covergestaltung: Casandra Krammer – www.casandrakrammer.de
Covermotiv: © flas100, oneinchpunch – depositphotos.com, swiejko, elzbieta_malyska – envato.com, Elena Akinina – Shutterstock.com
Karin Baldvinsson
Am Petersberg 6a
21407 Deutsch Evern

Mehr Informationen unter www.karinlindberg.info

Herstellung und Druck über tolino media GmbH & Co. KG, München.
Printed in Germany

KLAPPENTEXT

Liebe? Nein Danke! Natalie hat schwer genug an ihrer letzten Beziehung zu knabbern. Dass sie ihre Brötchen gerade als lasziv-prickelnde Telefonstimme für zahlende Kunden mit einschlägigen Wünschen verdient, erschüttert ihren Glauben an die Liebe zusätzlich. Kein Wunder, dass sie – zumindest verbal – kurzen Prozess mit dem Typen macht, der ihr den letzten Parkplatz vor der Nase wegschnappt. Nur kennt Thies die Vorgeschichte nicht und hält die schimpfende Natalie schlicht für verrückt. Zumal er selbst ein Päckchen zu tragen hat. Eben ist sein geliebter Großvater gestorben, die stressige Arbeit als Chirurg im Krankenhaus und sein regelmäßiges Engagement als Arzt in Krisengebieten fordern ihn außerdem – da kann er diese Zicke nicht brauchen. Bis sie einander näherkommen. Unwillentlich, aber hoffnungsvoll, knüpfen sie ein Band. Ob es hält?

PROLOG

Dass an einem Tag wie diesem das Wetter geradezu märchenhaft war, fand Thies absolut unpassend für einen so traurigen Anlass. Die Sonne spiegelte sich im blank geschliffenen Granit des Grabsteins seiner Großeltern. Der Name seines Opas war kürzlich eingraviert worden und hob sich deutlich vom dunklen Stein ab. Der intensive Geruch von Lilien hing in der Luft. Vögel zwitscherten in den Bäumen, die Blätter raschelten in einer leichten Frühlingsbrise. Ein Schmetterling flatterte von irgendwoher an den schwarz gekleideten Gästen vorbei und landete auf dem weißen Sarg, um sich mit weit ausgebreiteten Flügeln einen Moment auszuruhen. Dieses idyllische Bild war so absurd, dass Thies' Kehle eng wurde. Hinter seinen Augen brannte es, und die Umgebung verschwamm in seiner Trauer.

Jemand stieß Thies einen Ellenbogen in die Seite. »Na los, du bist an der Reihe«, riss ihn Jaspers Stimme aus der Starre. Sein jüngerer Bruder guckte ihn mit großen Augen an. Endlich kapierte Thies, dass er dichter herantreten musste. Er sollte eine

Handvoll Erde und eine weiße Rose in das geöffnete Grab werfen, in die man den Sarg mittlerweile niedergelassen hatte.

Mein Gott, er hatte von all dem gar nichts mitbekommen. Er hatte minutenlang stumpf vor sich hingestarrt und sich dabei immer wieder gefragt, warum es so weit hatte kommen müssen. Thies schluckte. Ohne eine sichtbare Gefühlsregung zuzulassen, tat er, was von ihm verlangt wurde, warf eine Handvoll Erde hinein und ließ eine weiße Rose auf den Sarg fallen. Dann wandte er sich ab.

Die Familie hatte gebeten, von Trauerbekundungen am Grab Abstand zu nehmen, Thies war froh darüber. Er ging ein paar Schritte zur Seite, um den anderen Trauergästen Platz zu machen, und atmete tief durch. Das hieß, er versuchte es, aber es gelang ihm nicht. Er fühlte sich, als hätte jemand einen tonnenschweren Brocken auf seiner Brust abgeladen.

Jasper kam an seine Seite und klopfte ihm auf die Schulter. »Alles in Ordnung?«

Natürlich nicht, aber Thies schwieg. Es kam ihm einfach surreal vor, dass sein Großvater heute zu Grabe getragen worden war. Viel zu früh.

Thies kam nicht damit klar, dass Opa auf eine Behandlung verzichtet hatte, die so einfach gewesen wäre. »Er war Arzt und hätte es besser wissen müssen!«, knurrte Thies mit angespanntem Kiefer. »Opa hätte sich diesen verdammten Schrittmacher implantieren lassen sollen. Damit hätte er noch viele Jahre gut gelebt.«

Jasper nickte. »Der Alte war genauso stur wie du, er wollte einfach nicht. Ich kann sogar irgendwie verstehen, dass er sich dazu entschieden hat, lieber etwas früher und dafür in Würde abzudanken.«

Thies wusste genau, was Jasper meinte. Leider. Ihre Großmutter war vor ein paar Jahren mit einer so schweren wie seltenen Krebserkrankung dahingesiecht. Sie hatte nicht nur lange gelitten, sondern auch viele Schmerzen aushalten müssen.

»Es ist absurd«, sagte Thies. »Ich verstehe, dass Opa Angst hatte, hilflos und schwach zu werden. Niemand wünscht sich das. Trotzdem muss ihm doch auch bewusst gewesen sein, dass es bei ihm gar nicht so hätte kommen müssen.«

»Kannst du das mit Sicherheit sagen?«, wandte Jasper ein.

»Natürlich nicht, aber mit einem Herzschrittmacher würde er heute noch über den Golfplatz trotten und nicht unter der Erde liegen! Er war doch kerngesund, bis auf diese verfluchte Bradykardie«, brauste Thies auf. Jaspers warnender Blick brachte ihn allerdings sofort zum Schweigen. Ein Friedhof war kein Ort für laute Diskussionen. Aber Thies war so wütend in seiner hilflosen Trauer, dass er schlicht nicht wusste, wohin mit sich und all diesen verdammten Emotionen. »Lass uns gehen«, murmelte Thies schließlich und marschierte mit langen Schritten über den gekiesten Weg. Er hörte, dass Jasper ihm folgte.

Den restlichen Nachmittag verbrachte Thies mit sinnlosem Small Talk in der Villa seiner Eltern an der Elbchaussee. Jeder, der in Hamburg etwas auf sich hielt, war gekommen. Normalerweise hatte Thies keine Schwierigkeiten, sich auf diesem Parkett zu bewegen. Aber heute war kein Tag wie alle anderen.

Allein das Wort Trauerfeier ließ ihn kaum merklich erschaudern. Für Thies gab es heute keinen einzigen Grund, fröhlich zu sein. Keinen einzigen. Im Gegenteil. Zu gerne würde er sich wie ein Achtjähriger auf sein Bett werfen und heulen. Natürlich tat er es nicht, sondern straffte sich und rückte die dunkle Krawatte zurecht. Dann schnappte er sich ein Glas Saft von einem Tablett, das eine Servicekraft ihm höflich vor die Nase hielt.

»Danke«, murmelte er abwesend, sich gerade noch an seine guten Manieren erinnernd.

Die Stimmung der übrigen Gäste war gelöst. Wären nicht alle in dunklen Farben gekleidet, würde niemand vermuten, dass man heute einen geliebten Menschen beigesetzt hatte. Sogar Jasper schien sich mittlerweile zu amüsieren, er plauderte gerade mit einigen Bekannten aus dem Hanseatischen Herrenclub, die in ihrem Alter waren. Thies stand der Sinn nicht nach einer Unterhaltung, deshalb trat er auf die Terrasse hinaus. Es war kühl geworden, die Sonne hatte sich längst verabschiedet. Man konnte gerade noch einen roten Streifen am Horizont erkennen. Die ersten Sterne waren am Himmel zu sehen. Vielleicht gab es in dieser Nacht wieder Bodenfrost.

Gott, was dachte er da eigentlich? Absurd, als ob es ihn interessieren würde, wie tief die Temperaturen heute fallen könnten. Er schob die Hände in die Hosentaschen und starrte in die Ferne. Hoffentlich war dieser Tag bald vorbei.

Irgendwann trat jemand neben ihn, und er blickte auf.

»Was machst du hier draußen?«, erkundigte sich seine Mutter sanft. Sie schlang die Arme um ihren Körper und zog dabei die Achseln hoch. »Es ist eiskalt geworden, Thies, du erkältest dich noch.«

Die besorgten Worte seiner Mama ließen ihn zum ersten Mal an diesem Tag schmunzeln. Er legte ihr einen Arm um die Schulter. »Ich musste mal kurz durchatmen, Mama. Ich komme gleich wieder rein.«

»Das kann ich gut verstehen. Ihr standet euch sehr nah, das war kein einfacher Tag. Für keinen von uns.«

»Es ist nicht nur das«, gab Thies zurück. Sein Atem hinterließ kleine weiße Wölkchen in der Luft. Er wollte jetzt nicht wieder all das durchkauen, was ihn in den letzten Tagen so oft beschäftigt hatte. Wie unnötig der Tod seines Opas gewesen war.

Dörte Engelmann nickte, und ein warmes Gefühl breitete sich in seinem Bauch aus. Diese Frau war nicht nur eine wunderbare Mutter, sie war auch ein großartiger und empathischer Mensch. Ihr Verhältnis war ausgezeichnet, seit sie endlich damit aufgehört hatte, ihn wegen Annalena zu nerven. Das Thema hatte früher oft zu Ärger geführt, weil seine Mutter die Trennung nicht hatte akzeptieren wollen – was Thies schrecklich fand, immerhin ging es um sein Leben. Aber an dieses ewige Streitthema wollte Thies am heutigen Tage noch weniger denken.

»Komm doch wieder rein, Schatz, ehe du dich wirklich erkältest.«

»Mama, ich bin nicht mehr drei Jahre alt. Ich hole mir nicht gleich einen Schnupfen, wenn ich kurz draußen stehe.«

»Na schön, ich verstehe. Du hast genug für heute, stimmt's?«

Er schwieg, aber sie traf den Nagel, wie so oft, auf den Kopf. Seine Mutter strich ihm liebevoll über die unrasierte Wange, ehe sie weitersprach. »Dann tu mir doch einen Gefallen, ich habe das Gefühl, dass die Gäste länger als geplant bleiben werden. Könntest du kurz zum Supermarkt fahren und ein paar Getränke und Fingerfood besorgen? Du weißt schon, bei Luigi haben sie eine ganz wunderbare Weinauswahl, und es gibt da diesen Shop im Shop, wo man Antipasti und so ein Zeug kaufen kann. Würdest du das wohl für mich erledigen? Der Catering-Service kann so kurzfristig nichts mehr machen.«

Obwohl Thies es nach wie vor befremdlich fand, dass Leute einen so traurigen Anlass dazu hernahmen, sich zu amüsieren und gut zu unterhalten, nickte er. »Natürlich, Mama, das mache ich gerne. Ich mache mich gleich auf den Weg.«

»Nimm mein Auto, ja?«

Ehe sie ihm Geld zustecken konnte – manchmal behandelte sie ihn wirklich noch wie ein Kind –, schlängelte sich Thies durch die Gästeschar. Er war gerade dabei, den Autoschlüssel aus der Kommode zu fischen, als die Haustür aufging und eine Frau eintrat, auf deren Anwesenheit er gerne verzichtet hätte. Auch das noch. Er hatte bis eben geglaubt, dass der Kelch heute an ihm vorübergehen würde, nachdem sie bei der Beerdigung nicht aufgetaucht war. Wie man sich täuschen konnte. Sie jetzt so unerwartet zu sehen, brachte ihn aus dem Gleichgewicht, mit dem es am heutigen Tag ohnehin nicht weit her war.

»Thies, hallo!«, flötete Annalena und gab ihm ein Küsschen links und rechts. »Mein herzliches Beileid!«

»Guten Abend, Annalena«, erwiderte Thies kühl, sehr darum bemüht, sich nicht anmerken zu lassen, wie unangenehm er diese Begegnung fand. »Die Beerdigung ist bereits vorbei«, merkte er kühl an und wandte sich zum Ausgang. Es ging ihn nichts mehr an, ob und wann sie wo auftauchte. Leider gehörte sie für seine Eltern weiterhin zur Familie, obwohl sie bereits seit mehr als drei Jahren getrennt waren. Thies fiel auf, dass Annalena so gut aussah wie eh und je. Sie trug ein dunkles Kostüm, ihre blonde Mähne hatte sie zu einer adretten Hochsteckfrisur drapiert. Alles nur Fassade, wie er wusste. Für seine Eltern war sie allerdings nach wie vor der Inbegriff der perfekten Schwiegertochter. Aber die kannten auch nicht die ganze Geschichte.

»Ich komme direkt aus London, ich habe es leider nicht früher geschafft«, erklärte sie, ohne dass er gefragt hätte. Annalena machte keine Anstalten, weiterzugehen, sondern strahlte ihn aus ihren blauen Augen an. Schon an einem normalen Tag würde er eine Begegnung mit seiner Ex nicht als angenehm bezeichnen, aber heute fand er es nur unerträglich. »Tut mir leid, ich muss los, ich habe etwas zu erledigen«, brummte er und ließ sie stehen. Thies marschierte schnurstracks zum BMW seiner Mutter. Konnte dieser Tag eigentlich noch ätzender werden?

KAPITEL
EINS

Die Schaltung des klapprigen VW Polo ächzte, als Nathalie vom dritten in den zweiten Gang schaltete, um auf den Parkplatz des Einkaufszentrums abzubiegen. Lange würde es ihre Schrottkiste vermutlich nicht mehr machen. Das Schrillen des Telefons ließ Nathalie überrascht zusammenzucken. Ihr Gewissen meldete sich. Sie wusste, dass sie spät dran war. Trotzdem beantwortete sie das Gespräch.

»Nathalie, sag mal, wo steckst du eigentlich?«, ertönte Rebeccas Stimme aus der Freisprechanlage. »Waren wir heute nicht verabredet?«

Nathalie seufzte. Dass sie noch nicht zu Hause war, ließ sich jetzt leider nicht mehr ändern. Ihr Tag war bereits nervig genug gewesen, auch ohne dass sie ihre Freundinnen hängen ließ. Aber das war ein Thema, das sie lieber mit Rebecca und Miriam persönlich besprechen wollte, nicht im Auto. Genau genommen brannte sie darauf, den Freundinnen ihr Leid aufgrund der neuesten Entwicklungen zu klagen. Die wussten sehr gut, wie schwierig das Verhältnis zu ihren Eltern war, und brachten stets Verständnis für sie auf. Umso unangenehmer fand sie es, dass sie es nicht pünktlich nach Hause geschafft hatte, das war sonst nicht ihre Art.

»Ich bin gleich da«, sprach Nathalie diese kleine Notlüge aus, da sie vorher etwas einkaufen musste. Sie war heute mit Kochen dran. Seit Miriam verheiratet und Rebecca liiert war, sahen sie sich nicht mehr so häufig wie früher. Die Zeit mit den beiden war rar und kostbar.

»Gut, dass ich meinen Schlüssel noch habe, sonst würde ich jetzt vor der Tür stehen. Ich bin aber schon mal reingegangen, ist ja klar!«, gab Rebecca lachend zurück. »Igitt, was ist das denn?«

Nathalie verstand nicht, was Rebecca meinte. »Wovon redest du? Habe ich vielleicht was im Kühlschrank vergessen, das jetzt vor sich hin gammelt?« Nathalie war nicht nur eine miese Köchin, sondern auch nicht besonders gut darin, zu haushalten, seit sie mehr oder weniger allein wohnte. Als die Dreier-WG noch komplett gewesen war, hatte Nathalie sich um das meiste im Haushalt gekümmert. Aber momentan fehlte ihr schlicht der Elan. Alleinsein war ätzend.

»Schön wäre es, Nathalie! Der Kühlschrankinhalt ist nicht das Problem. Aber was veranstaltest du im Wohnzimmer? Hier liegt ein Haufen Unterwäsche verstreut. Reicht der Telefonsex nicht mehr? Feierst du seit Neustem Orgien?«

Nathalie runzelte die Stirn. Klar, sie verdiente ihr Geld als Mitarbeiterin einer Telefonsex-Hotline. Aber häufig wollten die Kunden nicht mal über das eine reden, sondern suchten eine freundliche Unterhaltung ohne Wertung oder Tadel. Viele Männer sehnten sich nach einer weiblichen Stimme, der sie ihr Herz ausschütten konnten. Die Wäsche hatte rein gar nichts mit ihrem Job zu tun. Rebecca wusste das und tat nur so schockiert.

Nathalie lachte auf, ehe sie antwortete. »Du spinnst. Ich habe mir ein paar neue Garnituren gekauft, sie gewaschen und dann zum Trocknen hingelegt.«

»Das sind komische Methoden, aber geht mich ja nichts an. Kommen wir zum spannenderen Thema: Oh, là là, neue Dessous! Gibt es was, wovon ich nichts weiß? Also jemanden?«

Nathalie verdrehte kurz die Augen, dann konzentrierte sie sich wieder darauf, einen Parkplatz zu finden. Es war irrsinnig voll, ganz so, als ob halb Hamburg nichts mehr im Kühlschrank hätte und genau jetzt beschlossen hätte, einkaufen zu gehen.

»Quatsch! Aber das Leben ist zu kurz für nicht zusammenpassende Lingerie! Stell dir mal vor, du gehst in eine Bank, die überfallen wird. Dann stehst du da und musst dich bis auf die Unterwäsche ausziehen, weil die Erpresser ein Zeichen setzen wollen. Es würde absolut bescheuert aussehen, wenn dann nichts zusammenpasst. Ich würde lieber sterben, als im weißen Schlüppi und hautfarbenen BH vor jemandem um Gnade betteln zu müssen.«

Nathalie konnte Rebeccas Gesichtsausdruck förmlich vor sich sehen. Göttlich. Ihre Freundin fragte sich vermutlich gerade, ob Nathalie übergeschnappt wäre. Ein bisschen schräg war ihr Humor, das wusste sie selbst. Und die Macke, dass die Unterwäsche zusammenpassen musste, konnte sie auch nicht leugnen. Dabei gab es sicher Schlimmeres. Weißen Feinripp zum Beispiel.

Rebecca kicherte. »Na ja, Nathalie, deine Logik war ja schon immer sehr speziell.«

Dem würde Nathalie nicht widersprechen.

»Arschloch!«, schimpfte sie, weil ihr jemand auf dem Parkplatz die Vorfahrt nahm und sie gerade noch bremsen konnte, um eine Karambolage zu verhindern.

»Hey! Kein Grund, mich zu beleidigen«, protestierte Rebecca.

»Ich meine doch nicht dich, Liebes, sondern den Penner im BWM vor mir. So ein Idiot! Hör zu, Rebecca, ich bin bald zu Hause. Mach es dir bequem oder was auch immer … Bis gleich!« Nathalie drückte ihre Freundin weg und sah zu, wie das schwarze Cabriolet auf einem Behindertenparkplatz anhielt und die Lichter ausgingen.

Nathalie schnaubte und fuhr ein paar Meter weiter in eine andere Reihe, wo es einen freien Parkplatz gab, zog die Handbremse ihres klapprigen Polos energisch an und stieg aus. Sie stapfte geradewegs zum BMW und klopfte an die Scheibe. Der Besitzer fummelte an seinem Telefon herum. Viel konnte sie nicht erkennen, der Parkplatz war nur spärlich beleuchtet. Nathalies Atem hinterließ kleine weiße Wölkchen in der Luft, es war verdammt kalt geworden.

Der Fahrer stieg endlich aus. Nathalie machte hastig einen Schritt zurück, um ein wenig Abstand zwischen sich und diesen Kerl zu bringen. Himmel, er war mehr als einen Kopf größer als sie. Der Mann trug einen dunklen Anzug mit Weste, eine Krawatte hatte er nicht um den Hals hängen, stattdessen war der oberste Knopf des weißen Hemdes geöffnet. Seine dunkelblonden Haare wirkten ein wenig zerzaust, ganz so, als ob er sie sich kurz zuvor gerauft hätte. Oder jemand anderes hatte darin gewühlt.

Nathalie konnte sich gut vorstellen, wie fantastisch es sich anfühlen würde, diese Frisur zu verwuscheln, während man sich mit diesem Prachtkerl zwischen den Laken wälzte. Auch bei diesen Lichtverhältnissen konnte sie erkennen, wie attraktiv der Blödmann war.

Moment mal, was tat sie da gerade?

Nathalie zog die Brauen zusammen, leider wurde er dadurch nicht hässlicher. Er war gut gebaut. Der Anzug saß perfekt. Seine Augenbraue wanderte leicht in die Höhe, während er sie ausgiebig betrachtete.

Nathalie wurde heiß unter seinem durchdringenden Blick. Wie unangenehm. Gerade noch rechtzeitig erinnerte sie sich, warum sie zu ihm hinübergelaufen war.

»Haben Sie Tomaten auf den Augen?«, schnauzte Nathalie ihn an.

»Wie bitte?«, erwiderte er irritiert.

O Gott. Diese Stimme könnte Eisberge zum Schmelzen bringen. Dunkel und ein bisschen rau, dabei samtig wie ein guter Whisky. Nathalies Kehle wurde staubtrocken. Zum Glück funktionierte ihr Gehirn so weit, um sich daran zu erinnern, dass die gut aussehenden Kerle fast immer Arschlöcher waren. Diese Lektion hatte sie schmerzlich gelernt. Götz und Vinzent, die Männer, die ihre Freundinnen sich geangelt hatten, waren dabei erfrischende Ausnahmen.

Nathalie holte Luft, ehe sie fortfuhr. »Sie stehen auf einem Behindertenparkplatz, außerdem haben Sie mir gerade die Vorfahrt genommen«, erklärte sie kühl.

»Ach ja?«

Meine Güte, war dieser Mann schwer von Begriff? Er wirkte alles andere als schuldbewusst auf sie. Im Gegenteil. Der Schnösel im feinen Zwirn stand selbstsicher und aufrecht vor ihr, als gehörte ihm die Welt.

»Sonst haben Sie wohl nichts zu sagen, was?«, zischte Nathalie. »Typen wie Sie hab ich gern. Los, fahren Sie Ihre Karosse weg, damit Leute mit einer echten Behinderung dort parken können, wo es ihnen zusteht.«

»Wer sind Sie denn, die Parkplatzpolizei?«, erwiderte der Anzugträger rotzfrech.

Das war zu viel nach diesem Tag, Nathalie war sprachlos. Und das passierte nicht oft. Eigentlich nie. Ihr Mund klappte auf und dann wieder zu, ohne dass ein Laut herauskam. Sie starrte den ungehobelten Flegel an und fragte sich, ob das wirklich sein Ernst war. Aber ja, vermutlich schon. Leute wie er nahmen sich, was sie wollten. Rücksicht auf andere stand dabei nicht auf dem Plan.

»Wissen Sie was?«, gab sie schließlich mit einem resignierten Seufzen zurück.

»Nein, aber ich vermute, Sie werden es mir gleich sagen.« Seine Lippen verzogen sich spöttisch.

So ein arroganter Widerling! Zu gerne würde sie ihm das blöde Grinsen mit einem nassen Feudel aus dem Gesicht wischen.

»Machen Sie doch, was Sie wollen, aber wundern Sie sich nachher nicht, wenn Ihnen jemand eine Kartoffel in den Auspuff steckt!«

Und dann geschah etwas Seltsames: Der Kerl fing an zu lachen. Er lachte lauthals und grollend. Dieses Geräusch bescherte Nathalie eine Gänsehaut.

»Ja, ja, sehr witzig«, brummte sie und stapfte davon. Sie hatte schon genug Zeit mit diesem Deppen vertrödelt, der sich augenscheinlich auch nicht belehren lassen wollte. Wieso war sie nur so blöd gewesen und hatte es überhaupt versucht? Es war nichts Neues, dass Menschen seines Schlages glaubten, das Recht stünde auf ihrer Seite, und sie könnten tun und lassen, was sie wollten. Widerlich. Absolut widerlich. Außerdem regte sie sich maßlos darüber auf, dass ihr nichts Sprachgewandteres eingefallen war als »Ja, ja, sehr witzig«.

Schlechter konnte Nathalies Laune heute wirklich nicht mehr werden. Als sie wenig später zu Hause eintraf, war sie nach wie vor stocksauer. Zähneknirschend schloss sie die Tür auf und kickte die Schuhe von den Füßen. Dann schmiss sie ihren Schlüssel in das kleine Kästchen im Flur.

Nathalie fand Miriam in der Küche der alten Kapitänsvilla. Ihre Freundin saß am kleinen Tisch und scrollte auf ihrem Handy herum. Miriams lange Haare waren zu einem Pferdeschwanz zusammengebunden, sie trug einen hellen Wollpulli zu einer Jeans. Vermutlich kam sie direkt von der Arbeit. Der Hundesalon lief bombig, soweit Nathalie wusste. Ein warmes Gefühl rieselte durch Nathalies Brust, sie hatte ihre Freundinnen vermisst. In den letzten Wochen hatten sie sich kaum gesehen.

»Hallo, Liebes, tut mir leid, dass ich jetzt erst komme«, grüßte Nathalie Miriam, stellte die Einkaufstüte ab und umarmte sie innig. Es tat so gut, sie zu sehen. Seit sie mit Götz verheiratet war, lebte Miriam mit ihm in einer hübschen Stadtvilla in Blankenese und hatte seltener Zeit. Bei Rebecca war es ähnlich. Ihre Freundin hatte zwar offiziell weiter ein Zimmer hier, aber wohnte faktisch bei Vinzent, dem ein Apartment in der HafenCity gehörte.

Die kleine WG hatte sich mit dem Liebesglück der Freundinnen quasi aufgelöst. Rebecca zahlte weiter ihren Mietanteil und hatte noch ein paar Sachen oben, aber sie war faktisch nie hier. Nathalie vermisste die alten Zeiten, obwohl sie sich natürlich für die beiden freute. Trotzdem führte es ihr vor Augen, was sie selbst nicht hatte. Manchmal war sie einfach traurig, allein zu sein, obwohl sie das nie zugeben würde. Außerdem brauchte Nathalie dringend den Rat der beiden zu einem anderen Thema.

Eigentlich hatte sie aber überhaupt keine Lust, über das Treffen mit ihrem Vater zu reden. Sie wollte nur eins: den Tag vergessen und einen schönen Abend mit ihren Freundinnen verbringen.

»Hey, Nathalie, du siehst ja gestresst aus, alles okay?« Miriam guckte ihr prüfend ins Gesicht.

Während Nathalie eine Flasche Bordeaux aus der Tüte zog, stieß sie einen leisen Seufzer aus. »Erzähle ich gleich, wo steckt eigentlich Rebecca?« Nathalie holte den Flaschenöffner aus der Küchenschublade und machte sich daran, dem Rotwein Sauerstoff zu verschaffen.

»Die ist oben, sie kommt gleich.«

»Super.« Nathalie grinste schief, und der Korken ploppte heraus.

Miriam holte drei Gläser aus dem Schrank. »So viel sollte ich aber nicht trinken, auf leeren Magen vertrage ich das nicht.«

»Gutes Stichwort, ich hoffe, ihr steinigt mich nicht, weil ich nur Tiefkühllasagne besorgt habe.«

Miriam verdrehte die Augen, dann musste sie lachen. »Es ist schön, dass sich manche Dinge nicht ändern. Warum hast du nichts gesagt, ich hätte für uns kochen können.«

Nathalie goss Wein in die Gläser ein und reichte Miriam eines. »Kommt nicht infrage, heute sorge ich für Futter, und einmal Fertigessen wird dich schon nicht umbringen.« Sie zwinkerte Miriam zu, dann stießen sie miteinander an.

Man hörte Rebecca, ehe man sie kommen sah. Sie trampelte fluchend die Treppe herunter, dann kam sie mit zwei übereinandergestapelten Umzugskisten in die Küche und ließ diese stöhnend auf den Boden fallen. Es gab einen lauten Knall. Rebecca stemmte ihre Hände in die Hüften und guckte grinsend von Miriam zu Nathalie, während sie sich eine Haarsträhne aus dem Gesicht pustete. »So, das wäre es erst einmal.« Sie trug eine schlammgrüne Marlene-Hose und ein geringeltes Shirt aus ihrer eigenen Kollektion, die sie als Curvy Model auch selbst präsentierte. Sie sah wie immer fantastisch aus. »Du hättest auch was sagen können, dann hätten wir beim Tragen geholfen«, kommentierte Nathalie und umarmte ihre Freundin erst einmal innig.

Rebecca winkte ab. »Ach was, selbst ist die Frau. Jetzt lasst uns nicht über die ollen Kisten reden, sondern erzähl: Für wen brauchst du die Spitzenwäsche wirklich?« Rebecca schnappte sich ein Weinglas und prostete ihren Freundinnen zu.

Nathalie schob die Lasagne in den Ofen und zuckte die Schultern. »Ich habe es dir ja am Telefon schon erzählt, und es wundert mich, dass du das in all der Zeit, in der wir zusammengelebt haben, anscheinend echt nicht mitgekriegt hast. Ich hasse Wäsche, die farblich nicht passt. Das war leider wirklich alles.«

Rebecca lachte. »Na schön, es war nur ein Check, ob du uns etwas verschweigst.«

»Was sollte ich denn verschweigen. Bei mir herrscht absolut tote Hose. Von meinen Telefon-Talks mal abgesehen, und sogar da ist gerade die Luft raus, das Gequatsche nervt mich sogar manchmal. Vielleicht ist es kein Job für immer, sollte es ja auch gar nicht werden. Aber egal. Der Punkt ist doch der: Berufliches und Privates möchte ich nicht vermischen; das eine hat mit dem anderen nichts zu tun. Überhaupt nicht.« Obwohl die Arbeit als Sexarbeiterin übers Telefon total okay für sie war, machte sie es in erster Linie, weil sie damit gutes Geld verdiente. Aber auch wenn sie es vor anderen nie zugeben würde, so hatte sie diesen – superbezahlten – Gelegenheitsjob auch ausgewählt, um im Stillen gegen ihre Eltern zu rebellieren. Mit Schrecken erinnerte sich Nathalie an das Theater, das die aufgeführt hatten, nachdem Nathalie ihr Jurastudium geschmissen hatte. Aus Gründen, die heute noch wehtaten und an die sie jetzt nicht denken wollte. Seinerzeit hatte es sich richtig angefühlt, etwas Verrücktes zu tun, womit sie gleichzeitig sehr bequem ihre Kosten decken konnte. Doch mittlerweile merkte Nathalie immer öfter, dass es ihr nicht mehr so leichtfiel wie früher. Womöglich war es bald an der Zeit, etwas Neues auszuprobieren, doch das behielt sie erst einmal für sich.

»Kein Mann in Sicht?«, hakte Miriam nun auch nach und runzelte die Stirn, es sah ein wenig mitleidig aus.

»Keiner«, bestätigte Nathalie und setzte sich auf die Arbeitsfläche, während die beiden am Tisch Platz nahmen.

Wieso gerade jetzt das Gesicht des arroganten Widerlings vor ihrem inneren Auge auftauchte, konnte Nathalie nicht sagen. Weil sie nicht über ihn nachdenken und schon gar nicht reden wollte, verdrängte sie die Erinnerung an die unangenehme Begegnung auf dem Parkplatz.

»Erzählt mal lieber, was geht bei euch ab?«, versuchte Nathalie von der Flaute in ihrem Liebesleben abzulenken. Es war ein leidiges Thema, auf das sie jetzt keine Lust hatte.

»Wir suchen immer noch nach einem Häuschen«, erklärte Rebecca. »Aber der Markt ist komplett leer gefegt oder überpreist. Es ist eine Katastrophe.«

»Dann klappt es mit Vinzent nach wie vor gut?«, wollte Miriam wissen.

»Ja, wer hätte das gedacht, hm? Wir sind fast immer rund um die Uhr zusammen, durch die Arbeit ist alles viel intensiver.« Rebecca grinste selig und trank einen Schluck Wein. »Es gibt keine Probleme mit dem Toilettendeckel oder der Zahnpastatube. Das Leben mit Vinzent ist so harmonisch, dass es mir manchmal Angst macht.«

Nathalie lachte. »Wäre ja noch schöner, wenn Vinzent den Klodeckel nicht zuklappen würde! Schließlich stammen eure Jungs aus bestem Hause, die wissen einfach, was sich gehört.«

Miriam kniff die Brauen ein wenig zusammen. »So, wie du das sagst, klingt es nicht nach einem Kompliment.«

Nathalie winkte ab. »Ach, du weißt doch, dass ich es mit den feinen Pinkeln nicht so habe. Aber hey, nichts gegen Vinzent und Götz, die beiden sind in Ordnung. Ansonsten können mir alle Muttersöhnchen im Maßanzug gestohlen bleiben.«

»Welche Kriterien muss denn dein Traummann erfüllen?«, wollte Miriam wissen, ohne auf Nathalies Spitze einzugehen. »Nur mal so, falls uns jemand begegnet, den wir dir vorstellen könnten.«

»O Gott, ihr wollt mich doch wohl nicht verkuppeln!« Nathalie hob abwehrend die Hände. »Aber nur für den Fall, dass ihr es nicht gecheckt habt, was ich nicht glaube. Ich stehe absolut nicht auf Anzugträger. Ich hasse Kerle, die mit Geldscheinen wedeln oder mit dem goldenen Löffel im Mund geboren wurden. Also vergesst es lieber gleich wieder, Amor spielen zu wollen, denn in euren Gefilden schwimmen nur die Schnösel. Nein, danke! In dem Fall bleibe ich lieber ewig Single und ziehe mir ein Ticket an der Samenbank, wenn es mal so weit ist und meine biologische Uhr tickt. Apropos, Miriam, wie sieht's aus? Nach der Hochzeit steht doch bestimmt bald ein Baby ins Haus?« Nathalie versuchte es spielerisch und lässig klingen zu lassen, aber so ganz gelang es ihr nicht. Das war kein leichtes Thema für sie. Ihre Freundinnen kannten Nathalies Geschichte und wussten, was sie durchgemacht hatte.

Miriam schüttelte den Kopf, ihr Lächeln war ein wenig verblasst. »Mach mal halblang, Nathalie. Wir müssen nichts überstürzen.«

»Ja, wirklich, sei nicht so gemein, Nathalie«, schimpfte Rebecca.

»Hä? Gibt es was, was ich nicht weiß?« Nathalie schaute Miriam verständnislos an.

Miriam zuckte die Schultern. »Na ja, das mit der Verhütung haben wir seit der Hochzeit letzten August gelassen, aber… Bisher hat es nicht geklappt.«

»O Gott, das wusste ich nicht. Entschuldige bitte.« Nathalie fühlte sich schrecklich. Dass gerade sie so unsensibel dahergeredet hatte! Sie sollte wissen, was für ein heikles Thema das Kinderkriegen war. Sie stand auf und umarmte Miriam. »Bitte sei nicht böse, dass ich so blödes Zeug quatsche, ich bin unmöglich.«

Nathalies Kehle wurde eng, weil auf einmal alles in ihr hochkam. Die heimliche Liebe mit Benjamin, die ungeplante Schwangerschaft und dann das schreckliche Ende, als ihre Beziehung zum Dekan der juristischen Fakultät aufgeflogen war und sie das Baby verloren hatte. Ehe Nathalie in das schwarze Loch fiel, das sich gerade vor ihr auftat, konzentrierte sie sich lieber auf ihre Freundinnen. »Es tut mir wirklich leid, Miriam. Ich habe nicht nachgedacht, ehe ich meine verdammte Klappe aufgemacht habe.«

»Alles gut, Süße, ich bin dir nicht böse. Aber du wolltest uns doch was erzählen, dann mach das mal. Ich will nicht jammern, weil ich nicht schwanger werde.«

»Noch nicht, Liebes! Das wird schon. Außerdem sind es ja erst ein paar Monate, kein Grund, gleich panisch zu werden«, versuchte Rebecca Miriam zu beruhigen und drückte sie aufmunternd.

»Daran, dass wir es nicht versuchen, kann es nicht liegen.« Eine zarte Röte überzog die Wangen der Hundefriseurin. »Wie gesagt, ich will mich nicht beklagen, Götz und ich haben alle Zeit der Welt. Und jetzt erzähl du, Nathalie.«

Nathalie trank einen Schluck Rotwein, ehe sie anfing zu berichten. »Ich habe mich heute mit meinem Vater getroffen, wie ihr wisst.« Sie hatte den beiden neulich bereits von der geplanten Verabredung erzählt. Ihr Vater hatte sie schon beinahe förmlich um ein Mittagessen gebeten, was sie sofort stutzig gemacht hatte. Seit Nathalie das Studium geschmissen hatte, hatten ihre Eltern alle Zahlungen für sie eingestellt. Sie hatte zunächst gedacht, dass er das Thema wieder auf den Tisch bringen wollte, aber das war es nicht gewesen. Sie war nach wie vor entrüstet über die Neuigkeiten, die er ihr beim Essen verkündet hatte.

»Und? Dreht er dir den Geldhahn jetzt wieder auf?«, wollte Rebecca wissen.

Nathalie winkte ab. »Wo denkst du denn hin? Okay, es war ja schon öfter so, dass er mir halbherzig gemeinte Finanzspritzen angeboten hatte, die ich immer abgelehnt habe. Ich will nichts von ihnen, ich kann für mich selbst sorgen. Es ist viel schlimmer! Mein Vater hat mir gebeichtet, dass er eine Neue hat. Und das, obwohl sich meine Eltern erst im letzten Herbst getrennt haben. Könnt ihr euch das vorstellen? Ich bin schockiert und irgendwie auch nicht. Es ist so komisch. Verwirrt bin ich in jedem Fall.«

»Weiß deine Mutter davon?«, fragte Miriam vorsichtig nach.

»Ich, ähm, glaube schon. Mein Vater hat gesagt, er hätte mit ihr geredet. Sie haben sich seinerzeit in Freundschaft getrennt, angeblich. Niemand redet schlecht vom anderen, es ist, als wären sie tatsächlich nicht böse aufeinander.«

»Sei froh«, warf Rebecca in den Raum. »Stell dir mal vor, sie würden einen schlimmen Rosenkrieg führen.«

»Na ja, dass mein Vater eine Wohnung für sie in Harvestehude gekauft hat, dürfte sicher auch eine Rolle spielen. Geld war zwischen ihnen kein Thema, da waren sie sich immer einig – was auch daran liegen könnte, dass meine Mutter die Kanzlei mit in die Familie gebracht hat. Davon hat mein Vater natürlich profitiert.«

»Wer kann, der kann. Eine Wohnung in Harvestehude also«, kommentierte Rebecca mit einem Achselzucken. »Utopische Dimensionen, aber Vinzent würde das vermutlich auch normal finden. Es ist trotzdem komisch, dass dein Vater bei dir so knauserig ist.«

»Es sind Machtspielchen, er kann nicht akzeptieren, dass ich nicht in seine blöde Kanzlei einsteigen möchte. Mir liegt die Juristerei einfach nicht. Der Erwartungsdruck meiner Eltern hat mich schon während des Studiums fertiggemacht. Zum Glück habe ich das vor dem Abschluss gemerkt, in Papas Kanzlei wäre es viel krasser geworden.« Das Leben an der Uni an sich hatte ihr Spaß gemacht, aber sie hatte sich nie vorstellen können, in die Fußstapfen ihres alten Herrn zu treten. Hin und wieder kamen auch ihr Zweifel, ob es richtig gewesen war, alles hinzuschmeißen. Sie hätte die Uni wechseln können, irgendwo von vorn anfangen, wo sie niemand kannte. Aber Nathalie hatte sich das nicht vorstellen können, damals nicht. Und heute auch nicht.

Sie goss ihnen erneut nach, die Flasche war damit leer. Gut, dass sie eine zweite gekauft hatte.

»Was du blöde Kanzlei nennst, ist der Traum von vielen«, meinte Miriam zögerlich, weil sie wusste, wie brisant das Thema war.

»Ja, es ist aber halt nicht meiner!«, erwiderte Nathalie seufzend. »Ich bin glücklich so, wie es ist. Ich verdiene gut in meinem aktuellen Job.« Wobei glücklich natürlich übertrieben war. Das Telefonieren bezahlte die Rechnungen und ermöglichte ihr ein relativ entspanntes und komfortables Leben. Dass sie sich, seit Rebecca und Miriam ausgezogen waren, nun häufig einsam fühlte, stand auf einem anderen Blatt.

Miriam und Rebecca wechselten einen Blick. »Falls du dich doch langweilst und du ein bisschen Abwechslung suchst, im Hanseatischen Herrenclub suchen sie jemanden, der im Büro aushilft.«

»Ich denke, Frauen sind da nicht erlaubt?«, erkundigte Nathalie sich.

Miriam neigte ihren Kopf ein wenig. »Nun, als Mitglieder nicht, als Mitarbeiterinnen schon. Es wäre nur für ein paar Stunden die Woche, so kämst du mal raus.«

»Gott, Miriam, das klingt ja, als würde ich hier total vereinsamen, was definitiv nicht stimmt.«

Oje, sie war eine schlechte Lügnerin.

»Homeoffice«, Rebecca malte Gänsefüßchen mit ihren Fingern in die Luft, »hin oder her. Ich glaube, das wäre genau das Richtige für dich!«

»Du tust ja so, als ob ich hier versauern würde. Nein! Auf die schnöseligen Mitglieder hab ich wirklich keine Lust. Das ist bestimmt nur Wohltätigkeitskram, um sich am Ende doch wieder selbst die Taschen vollzumachen.«

Miriam seufzte. »Das finde ich nicht nett von dir, Nathalie. Du kennst die Leute doch gar nicht. Nächstes Wochenende gibt's tatsächlich ein kleines Event, einen Frühlings-Ball, bei dem Spenden gesammelt werden für Kinder aus sozialen Brennpunkten. Komm doch einfach mit und guck es dir an.«

»Das ist nicht meine Welt, nimm es mir nicht übel«, lehnte Nathalie dankend ab.

»So schlimm sind die meisten Leute wirklich nicht. Götz und Vinzent magst du doch auch«, wandte Miriam ein.

Nathalie hob eine Braue. »Die beiden sind absolute Ausnahmen.«

Nathalie hatte einen bestimmten Typ Mann im Kopf, mit dem sie nichts anfangen konnte. In Hamburg gab es natürlich mehrere dieser Clubs für die Reichen und Schönen. Ihr Vater war zwar in diesem nicht Mitglied, aber im Grunde war das Theater überall das gleiche. Das alte Geld und versnobte Getue fand Nathalie einfach nur fürchterlich. »Ich habe gar nichts zum Anziehen für einen Ball, tut mir leid, Mädels, das müsst ihr ohne mich machen«, versuchte Nathalie sich etwas diplomatischer rauszureden, weil sie weder Miriam noch Rebecca zum zweiten Mal vor den Kopf stoßen wollte.

Sie sah an Rebeccas Gesichtsausdruck, dass sie damit einen Fehler begangen hatte. Ihre Modelfreundin strahlte plötzlich über beide Wangen. Im gleichen Moment sprang sie auch schon auf und rannte aus der Küche. Ein mulmiges Gefühl machte sich in Nathalies Magengegend breit.

»Ich wusste, dass du das sagst«, erklärte Rebecca, als sie nach wenigen Sekunden mit einer Tüte zurückkehrte. »Deshalb habe ich was für dich dabei. Du kannst mir später danken.«

Rebecca zog ein langes Abendkleid heraus, es schillerte in einem zarten Roséton. »Los, schlüpf mal rein!«

»O Gott, damit werde ich aussehen wie ein Bonbon!«, kreischte Nathalie entsetzt.

»Wirst du nicht, sei nicht albern. Es passt perfekt zu deinen grünen Augen und den wundervollen haselnussbraunen Haaren.«

Nathalie zog eine Grimasse. »Ihr macht mich fertig! Aber eine Bewerbung habt ihr noch nicht für mich abgeschickt, oder?«

Ihren Freundinnen traute sie alles zu. Gleichzeitig fand sie es süß, dass sie sich Sorgen machten, dass sie einsam sein könnte. Schade war nur, dass die zwei keine bessere Idee gehabt hatten, als sie in einen bescheuerten Männerclub schleppen zu wollen. Klar, für einen Ball brauchten die feinen Herren natürlich auch mal ein paar Frauen in ihren Räumlichkeiten. Hoffentlich wurde das nicht zu einer dämlichen Tanztee-Nummer aus dem letzten Jahrhundert. Zuzutrauen war es diesen Leuten, die so sehr an Traditionen hingen.

Sie hasste es jetzt schon. Diesen Frühlingsball würde sie nur mithilfe von viel Alkohol ertragen, so viel war klar. Das behielt Nathalie lieber für sich, denn Rebecca und Miriam schienen sich wirklich darauf zu freuen – was Nathalie absolut nicht nachvollziehen konnte. Welche Gehirnwäsche hatte man den beiden eigentlich verpasst?

Miriam lachte. »Du bist süß, nein, haben wir nicht, aber gut, dass du es ansprichst. Mach die Mappe fertig und sag mir dann Bescheid, ich gebe sie Götz, der wird dann ein gutes Wort für dich einlegen. Du bist zuverlässig und gewissenhaft und so weiter, du weißt ja, wie das klingen muss.«

Nathalie rieb sich über die Stirn. »Ich hasse es, wenn man durch Vitamin B an einen Job kommt. Also vergiss es. Ich will dort überhaupt nicht arbeiten, für keine Summe der Welt!«

»Wenn es dich tröstet, die Stelle ist ganz bestimmt auch lausig bezahlt«, wandte Rebecca breit grinsend ein.

Nathalie schüttelte den Kopf über ihre Freundinnen. Andererseits, ein bisschen Abwechslung könnte nicht schaden. Auf das Geld war sie im Prinzip nicht angewiesen, sie verdiente ganz gut mit dem Telefonsex, auch wenn das niemand hören wollte. »Ihr seid mir zwei.« Nathalie grinste schief.

»Als Nächstes müssen wir dir auf jeden Fall zwei neue Mitbewohner suchen«, wechselte Miriam schließlich das Thema.

»O nein, nach dem ersten Versuch bin ich mir nicht sicher, ob ich das will«, protestierte Nathalie und erinnerte sich mit einem Schaudern an die Studentin, die Miriams Zimmer für einige Wochen bewohnt hatte. Eine hatte sie mit Räucherstäbchen und sphärischen Klängen beinahe in den Wahnsinn getrieben, und eine weitere hatte sie mit Heavy Metal und süßlichem Grasgeruch genervt. Das hatte gar nicht funktioniert und noch weniger harmoniert. Nein. Vielleicht lag es ja an ihr, dass sie außer Rebecca und Miriam niemanden aushielt. Andererseits, allein in dem großen Haus zu wohnen, fand Nathalie auch nicht gerade berauschend. Über kurz oder lang musste sie sich entscheiden, ob sie nicht umziehen sollte – aber nicht heute. Nathalie sprang von der Arbeitsfläche und guckte in den Ofen. »Lasst uns erst mal essen, und dann überlegen wir wegen der neuen Mitbewohner, Deal?«

»Deal!«, stimmten ihre Freundinnen zu.

KAPITEL
ZWEI

Miese Laune war gar kein Ausdruck dafür, was Thies empfand, als er sich nach der siebenstündigen Operation die Hände wusch. Wenigstens war sie erfolgreich verlaufen. Aber er hatte für diesen Samstag ganz andere Pläne gehabt. Dumm, wenn man nicht darauf achtete, wann man Rufbereitschaft hatte.

Thies spülte sich den Seifenschaum von der Haut, dann zupfte er zwei Papierhandtücher aus dem Spender. »Es gibt wohl niemanden auf der Erde, der mit einem Papier auskommt«, brabbelte er vor sich hin.

Die OP-Schwester, die sich neben ihm die Hände wusch, warf Thies einen interessierten Seitenblick zu. Ihren Mundschutz hatte sie unters Kinn gezogen, unter der OP-Haube lugten rote Ringellocken hervor. Er wusste, wie man in der Klinik hinter vorgehaltener Hand über ihn tuschelte. Als ob er Teil einer Krankenhaus-Seifenoper wäre. Doktor Hottie oder Doktor Unnahbar waren zwei Namen, die man ihm verpasst hatte.

Thies hatte allerdings null Interesse daran, seine Arbeitszeit auch noch mit Weibergeschichten zu verkomplizieren, deshalb reagierte er nicht auf ihren Augenaufschlag. Thies warf die Papiertücher in den Mülleimer, riss sich die Haube vom Kopf und trat aus dem OP-Bereich. Während er den Flur entlangschritt, um mit den Angehörigen des Patienten zu sprechen, legte ihm jemand von hinten eine Hand auf die Schulter. Luca musste, von Thies unbemerkt, aus einem Patientenzimmer gekommen sein.

Thies fuhr herum.

»Seit wann bist du so schreckhaft?«, witzelte sein geschätzter Kollege. Dabei entblößte er eine ganze Reihe gerader weißer Zähne.

»Hast du auch die Dienst-Arschkarte gezogen?«, erwiderte Thies, ohne auf den Spruch einzugehen. Tatsächlich war Thies in Gedanken versunken gewesen.

»So ungefähr, ja. Aber nach dem Schichtwechsel bin ich sozusagen frei, wie wär's, wollen wir nachher was trinken gehen?«

Was das bedeutete, war klar. Luca wollte feiern und im besten Fall eine nette Frau kennenlernen, die ihm während des Restwochenendes das Bett wärmte. Leider hatte Thies für heute schon andere Verpflichtungen, obwohl er gern mit seinem Freund um die Häuser gezogen wäre. Er schlenderte gerade mit Luca auf die orthopädische Station, wo es einen Aufenthaltsbereich gab. Dort sollten die Angehörigen der Unfallopfer warten. Die Wände waren kürzlich gestrichen und die alten Kunstdrucke gegen neue ausgetauscht worden. Aber die hellgelbe Farbe konnte nicht darüber hinwegtäuschen, dass auch im Universitätsklinikum der übliche Krankenhausstress herrschte. Mehr Patienten, weniger Zeit, weniger finanzielle Mittel bei größerem Aufwand. Schon allein deswegen wäre es fantastisch, einen ungezwungenen Abend mit einem guten Freund zu verbringen, um den Druck, der auf Thies als Oberarzt lastete, ausblenden zu können. Aber sein Leben war kein Wunschkonzert, und manche Verpflichtungen konnte er nicht absagen.

»Ich würde gern, aber ich kann heute nicht. Du musst wohl ohne mich dein Glück versuchen.« Thies war kein Kostverächter; nur weil er nicht am Arbeitsplatz flirtete, hieß das nicht, dass er keinen Gefallen an unverbindlichen Bekanntschaften hatte.

»Zu schade. Oh, shit.« Luca versteckte sich hinter Thies, nachdem eine Krankenschwester mit dem Medikamentenwagen um die Ecke gebogen war. Erst als diese in einem Zimmer verschwunden war, um den dort untergebrachten Patienten ihre Abendmedikation zu verabreichen, kam Luca hinter Thies hervor.

»Probleme?«, schlussfolgerte Thies mit zuckenden Mundwinkeln.

»Ja, lach du nur.«

»Ich habe dir gleich gesagt, dass es keine gute Idee ist, mit jemandem von der Station rumzumachen.«

Luca schnaubte und verdrehte die Augen. »Ja, du bist immer so schrecklich vernünftig! Wenn ich dich nicht so gut leiden könnte, würde ich dich jetzt hassen.«

»Ich würde ja gern weiter mit dir plaudern«, witzelte Thies. »Aber ich muss mit Angehörigen reden, und dann bin ich auch weg und hoffe, dass mein Telefon heute Abend stumm bleibt.«

»Na, ich drücke dir die Daumen. Dann wäre es sowieso nicht lustig geworden, wenn du nüchtern bleiben musst.«

»Im Gegensatz zu dir kann ich auch ohne Alkohol Spaß haben.«

Luca hob eine Augenbraue. »Genau, Thies. Und morgen trägst du ein Schwesternhäubchen zum Dienst.« Sein Freund klopfte Thies auf die Schulter und verabschiedete sich dann mit einem Augenzwinkern von ihm.

Nachdem Thies die Familie des Patienten über den erfolgreichen Ausgang der Operation informiert hatte – er hatte die während des Sportunfalls zerbröselten Fußknochen in einer komplizierten mehrstündigen Operation wie ein Puzzle wieder zusammengesetzt –, machte er sich auf den Weg zu seinem Büro.

Leider war heute sein absoluter Pechtag. Denn gerade als er die Klinke heruntergedrückt hatte, kam die kaufmännische Direktorin, die auch im Vorstand saß, um die Ecke. Ihr Blick teilte ihm auch ohne Worte mit, dass sie auf der Suche nach ihm war.

Thies verdrehte innerlich die Augen, während er höflich nickte. »Guten Abend.«

Frau Professor Dr. Claudia Henschel war der Inbegriff einer strengen Chefin. Sie erfüllte alle Klischees, die Thies bekannt waren. Mit ihren Ende vierzig sah sie gut aus, wenn man von der Schluppenbluse zu ihrem strengen Hosenanzug mal absah. Ihre Haare trug sie zum akkuraten Bob frisiert, Perlenstecker an den Ohrläppchen durften natürlich nicht fehlen. Soweit er wusste, war sie geschieden und kinderlos – sie konnte sich voll und ganz auf ihre Tätigkeit im UKE konzentrieren. Das merkte man ihr auch an – außerdem war das vermutlich der Grund, warum sie an einem Samstagabend auf dem Flur unterwegs war. Gleichzeitig fragte sich Thies, welches Vögelchen ihr gezwitschert hatte, dass er heute hier war. Andererseits – Dienstpläne waren für Frau Henschel kein Geheimnis und dass er gerufen worden war, um einen Notfall zu operieren, sicher auch nicht. Das Klinik-Intranet bot wenig Spielraum für Heimlichkeiten. Thies hoffte, dass er das Gespräch schnell beenden konnte, um nicht mehr Zeit zu vergeuden. Er war ohnehin schon spät dran.

»Gut, dass ich Sie treffe, Dr. Engelmann«, fing sie an.

Als ob es Zufall wäre! So ein Unsinn.

Er verkniff sich einen Kommentar und schaute stattdessen interessiert. Er versuchte es zumindest.

»Suchen Sie mich?«, fragte er höflich.

»Tatsächlich gibt es ein Thema, das ich gern kurz mit Ihnen besprechen würde. Wenn Sie einen Augenblick Zeit haben?«

Hatte er nicht, verdammt. Nur weil er es sich nicht mit einem Mitglied des Vorstands verscherzen wollte, bat er sie in sein Büro. »Kommen Sie, hier sind wir ungestört.«

Er ließ ihr den Vortritt und bot Frau Henschel einen Stuhl an.

Nimm ihn nicht, hoffte er stumm.

Blöderweise zog sie ihn an der Lehne zurück und setzte sich. Während sie die Beine überschlug, lehnte sich Thies nur mit dem Hintern gegen seine Schreibtischkante und verschränkte die Arme vor der Brust. Er war nach wie vor in OP-Kleidung, hatte noch nicht die Zeit gefunden, sich umzuziehen.

»Warum ich mit Ihnen sprechen wollte …«, fing sie an und zögerte.

›Halleluja, kommt die Frau auch mal zum Punkt?‹, dachte er ungeduldig. In seinem Magen meldete sich ein unheilvolles Grummeln. »Ja?«

»Sehen Sie, ich sitze gerade am Quartalsbericht für die nächste Vorstandssitzung.« Frau Professor machte eine bedeutungsschwere Pause, ehe sie fortfuhr. »Zudem kam mir aus der Personalabteilung etwas zu Ohren.«

Was das wohl gewesen sein könnte, dachte Thies sarkastisch. Natürlich wusste er, worum es ging. Um die Überstunden, die er sich nicht auszahlen ließ, sondern als Urlaubstage nahm. »Ja?«, tat er trotzdem ahnungslos.

»Mir ist klar, dass Sie sich für den, äh, guten Zweck engagieren. Aber sehen Sie, Dr. Engelmann, wir sind ein Unternehmen, das auch an der Wirtschaftlichkeit arbeiten muss.«

Gott, wie sehr er das an seinem Beruf hasste.

Die Medizin durfte nicht ans Finanzielle denken, es sollte nur um das Wohl der Menschen gehen. Als er sich für diesen

Beruf entschieden hatte, war ihm nicht klar gewesen, wie weit diese Schere auseinanderklaffte. In den letzten Jahren hatte sich das alles weiter zugespitzt. Dazu kam der Fachkräftemangel. Als Geschenk konnte man es gewiss nicht bezeichnen, in dieser Branche tätig zu sein. Trotzdem war er froh, dass er hier stand. »Bitte klären Sie mich auf, ich kann Ihnen nicht ganz folgen.«

Himmel, wie lange sollte sich dieses Gespräch hinziehen? Er unterdrückte den Impuls, ungeduldig mit seinem Fuß zu wippen oder auf die Uhr an der Wand neben sich zu schauen.

»Gut, ich fasse mich kurz.«

Fast hätte er gelacht, stattdessen presste er die Lippen zusammen und rührte sich nicht.

Frau Henschel guckte einen Augenblick komisch, hoffentlich hatte er seine Gedanken nicht laut ausgesprochen. Thies ließ sich nichts anmerken. Den arroganten Blick, den er jetzt aufsetzte, lernte jeder Mediziner bereits frühzeitig im Studium. Auch er beherrschte ihn selbstverständlich im Schlaf – genau wie Frau Professor …

»Die Kosten im Haus explodieren, gleichermaßen wie uns das Personal fehlt.«

Und was hatte er damit zu tun?

»Die Geschäftsleitung findet, dass Sie sich weniger im Ausland für Ihre, äh, sozialen Zwecke engagieren sollten, sondern eher hier bei uns.«

Nun konnte Thies die Entgleisung seiner Gesichtszüge doch nicht ganz verhindern. »Wie bitte? Was soll das heißen?« Er gab sich die Antwort selbst. »Ich soll hier freiwillige Dienste schieben? Für wen? Für die Klinikleitung?«

Frau Henschel atmete schneller, Thies merkte ihr das Unbehagen deutlich an.

»Nein, natürlich nicht. So war das nicht gemeint.«

»Wie dann?« Allmählich verlor er die Geduld, was er jetzt

mit einem Blick auf die Wanduhr deutlich machte – am Handgelenk trug er keine, da jeglicher Schmuck im OP verboten war.

Sie stand auf und strich sich nervös über die Oberschenkel, ganz untypisch für sie. »Nun, ich wurde gebeten, Ihnen nahezulegen, diese Reisen ins Ausland sein zu lassen, um sich mehr in unserer Klinik zu engagieren.«

Diese Reisen. Thies schluckte trocken. Das konnte unmöglich ihr Ernst sein. Was er in seiner Freizeit und seinem Urlaub tat, war und blieb seine Sache. Er hatte sogar bei der Einstellung darauf geachtet, dass es im Arbeitsvertrag explizit mit aufgenommen worden war, dass er ehrenamtlich in seinem Berufsfeld tätig sein durfte. Er hoffte jedenfalls, dass er damals alles richtig gemacht hatte. Das würde er so bald wie möglich noch einmal prüfen. »Was erwarten Sie jetzt von mir? Dass ich Ja und Amen zu allem sage, was mir der Vorstand aufbrummt?«

Er erkannte an ihrem entsetzten Gesichtsausdruck, dass er sich im Ton vergriffen hatte. Frau Henschel blinzelte ein paarmal hektisch, dann fasste sie sich wieder. »Nun, Herr Dr. Engelmann, denken Sie darüber nach, was für das Wohl von uns allen das Richtige wäre.«

Wenn er sich nicht so gut im Griff hätte, hätte er ihr vor den Latz geknallt, dass sie ihn mal kreuzweise konnte. Und der übrige Vorstand gleich mit. Thies kämpfte gegen den Würgereiz, der ihn häufig überfiel, wenn reiche Leute, die alles hatten, so über »den guten Zweck« redeten. Er hatte sich vor langer Zeit geschworen, niemals so zu werden, und er würde heute nicht damit anfangen. Aber er war auch nicht dumm oder naiv. »Das werde ich. Wenn Sie mich jetzt entschuldigen? Ich bin nämlich nicht mehr im Dienst. Guten Abend.«

Den Wink verstand die gute Frau, nach einer kühlen Verabschiedung, bei der sie ihm versicherte, dass es hier nur um das Wohl der Patienten ginge, blabla, er hatte beim Rest gar nicht mehr zugehört, schloss Thies sein Büro ab und machte sich mit seinem Rad auf den Nachhauseweg. Dabei drehte er die Musik in seinen Kopfhörern so laut auf, dass sie die finsteren Gedanken in seinem Kopf übertönte. Gleichzeitig fragte er sich, wie er nach diesem Gespräch heute Abend fröhlich lächeln konnte, während er sich für seine Sache einsetzte. Nun, etwas Zeit blieb ihm noch, er musste außerdem dringend duschen. Und dann würde er das tun, was er immer tat: seine Aufgaben und seine Pflicht erfüllen.

KAPITEL
DREI

»Ich wusste, dass ich wie ein Bonbon aussehen würde«, jammerte Nathalie, während sie sich vor dem Spiegel im Kreis drehte. Das Kleid saß wie angegossen, und tatsächlich harmonierte die Farbe sehr gut zu ihren Augen. Trotzdem fühlte sie sich verkleidet.

»Sei nicht albern«, tadelte Rebecca sie und goss ihr ein wenig Prosecco nach. »Du siehst bezaubernd aus.«

Nathalie gab ein undamenhaftes Schnauben von sich. »Du willst mich abfüllen, damit ich aufhöre zu meckern?«

Rebecca lachte. »Du spinnst. Im Gegenteil sogar, du brauchst deine Sinne noch.«

»Warum ist mein Glas dann schon wieder voll?«

»Die Dosis macht das Gift, Schätzchen. Und jetzt hör auf zu jammern, die Farbe steht dir ganz hervorragend.«

»Ja, und mit dem hohen Schlitz an der Seite wird auch keinen mehr das Rosa interessieren, weil die ganzen alten Säcke nur auf meinen Oberschenkel glotzen werden.«

Kopfschüttelnd lachte Rebecca. »Ich liebe dich, weißt du das? Deine Sprüche sind einfach die besten. Du wärst eine fantastische Anwältin geworden. Hattest du dich eigentlich schon auf eine Fachrichtung festgelegt?«

Nathalie rollte mit den Augen. »Wenn es nach meinem Vater ginge, hätte ich mich – passend zur Kanzlei – auf Handels- und Kapitalrecht spezialisieren sollen. Habe ich aber nicht.«

»Sondern?«

»Tut das jetzt noch was zur Sache?« Nathalie winkte genervt ab. »Gehen wir endlich zu diesem blöden Männerclub, oder nicht? Und wo steckt überhaupt Miriam?«

»Sie kommt direkt mit Götz dorthin, sie waren vorher bei ihren Eltern zum Kaffeetrinken eingeladen.«

»Schön, dass sie sich alle so gut verstehen. Wie geht's eigentlich mit Vinzents Eltern und deinen?«

Rebecca zuckte die Achseln. »Ach, weißt du: mehr schlecht als recht. Das Verhältnis von Vinzent zu seiner Familie ist nach wie vor nicht einfach. Auch weil der Vater endlich kapiert hat, dass Vinzent wirklich sein eigenes Ding macht und nicht mehr ins Familienunternehmen zurückkehren wird. Und meine Eltern? Die freuen sich – aber vor allem, weil Vinzent eine richtig gute Partie ist. Wobei meine Mutter ständig betont, dass ich vielleicht auf meine Linie achten sollte, damit Vinzent mir nicht davonläuft.«

»O Mann. Dass sie immer noch nicht begriffen hat, dass deine Kurven dein Kapital sind und einfach nur bezaubernd!«

Rebecca trank ihr Glas aus und stellte es energisch auf den Tisch. »Familie kann man sich eben nicht aussuchen. Die Hauptsache ist, dass es zwischen mir und Vinzent super läuft. Und ich meine, wer hätte das gedacht? Kannst du dich an die Toskana-Reise letztes Jahr erinnern? Da sind wir uns ja beinahe an die Gurgel gegangen. Ich wollte ihn echt umbringen.«

»Man hat von der ersten Begegnung an gesehen, dass da was zwischen euch läuft. Die Funken haben nur so gesprüht.«

»So ein Unsinn – der Typ hat mich mit seiner arroganten Art schlicht auf die Palme gebracht.«

»Letztlich hat sich der Grund, warum du ihn – vermeintlich – gehasst hast, ja als Missverständnis herausgestellt.«

Rebecca legte sich die Handflächen auf die glühenden Wangen. »Gott, erinnere mich nicht daran. Ich schäme mich heute ein bisschen, dass ich das nicht gleich in der Küche aufgeklärt habe.«

»Ach, ich fand es irgendwie sehr amüsant, euch zuzusehen«, konnte sich Nathalie nicht verkneifen.

»Warte nur ab, irgendwann triffst du auch mal jemanden, der dein Blut zum Kochen bringt.«

»Ich weiß nicht, ob ich das überhaupt möchte«, gab sie ehrlich zu. Die zwei Gläser Prosecco hatten ihre Zunge wohl ein bisschen zu sehr gelockert.

»Nicht?« Rebecca wirkte überrascht. »Komm her, ich stecke dir schnell die Haare hoch. Du hast so einen schönen Nacken, den musst du zeigen.«

Nathalie ließ sich von ihrer Freundin zu einem Stuhl schieben und setzte sich. Sie schloss die Augen und plapperte drauflos. »Ich habe über die Jahre eine ziemlich hohe Mauer um mich errichtet. Ich kann mir nicht vorstellen, dass es da draußen jemanden gibt, der sich die Mühe machen möchte, dahinter zu blicken. So weit ist es bisher jedenfalls nicht gekommen. Die meisten Typen fallen ja schon bei der Erstbesichtigung durch.«

»Das klingt eher nach einem Gebrauchtwagenkauf.«

»Ich finde, das ist ein super Vergleich. In meinem Alter sind die Kerle auch meist irgendwie beschädigt – so langsam ist der erste Lack bei den meisten ab.«

»Mein Gott, Nathalie, du tust so, als ob du siebzig wärst.

»Im Herzen bin ich das vielleicht auch. Nach der Sache mit dem Arsch, dessen Namen ich nie wieder aussprechen werde, habe ich mich oft gefragt, ob ich so was wie eine Beziehung überhaupt noch mal möchte. Jedenfalls habe ich keine Lust, mich auf jemanden einzulassen, dem ich nicht vertrauen kann. Dann bleibe ich lieber allein.«

»Das verstehe ich, Süße«, gab Rebecca verständnisvoll zurück. »Aber schließe nicht alle Türen, dafür ist dein Herz zu groß. Außerdem, da draußen sind nicht nur egoistische Schweine unterwegs, das kannst du mir glauben.«

Nathalie schluckte. Wenn man ihr eines nicht nachsagen konnte, dann, dass sie offen über Gefühle sprach. Dass Rebecca sie dennoch so gut einschätzte, zeigte nur, wie wertvoll ihre Freundschaft war, und dafür war Nathalie dankbar. Oje. Heute war sie seltsam rührselig. Hoffentlich verflog diese Sentimentalität bald, sonst würde sie den Abend unter den feinen Pinkeln nicht aushalten, ohne ausfällig zu werden.

Eine Stunde später bereute Nathalie es schon, dass sie nicht zu Hause geblieben war. Es wimmelte nur so von Schickilacki-Typen mit ihren Frauen. Rebecca, Miriam, Götz und Vinzent hatten sie gefühlt schon hunderttausend Leuten vorgestellt, an deren Namen sich Nathalie längst nicht mehr erinnerte. Ein Streichquartett spielte Klassik. Das Licht war gedämpft, Gläserklirren, Gesprächsfetzen und Gelächter drangen an ihr Ohr. Sie sehnte sich nach einem Moment der Ruhe. Sie brauchte eine Pause vom Dauergrinsen, das sie aufgelegt hatte, um ihre Freundinnen nicht zu blamieren.

Natürlich konnte Nathalie ihre Rolle spielen, sie wusste sich in diesen Kreisen zu bewegen, sie mochte es nur nicht. Ihr Nachname war vielen auch ein Begriff, nicht wenige hatten den direkten Bezug zur Kanzlei Henning und Berger hergestellt. Nathalie trank einen Schluck Wasser, dabei würde sie viel lieber etwas Stärkeres schlürfen. Nach dem Prosecco hatte sie jedoch ein Päuschen eingelegt, der Abend war jung. Andererseits, vielleicht würde sie ja in Plauderlaune kommen, wenn sie erst einmal einen guten Tropfen im Tumbler hatte.

»Entschuldige mich einen Moment«, sagte sie zu Miriam, die mit einer Frau im Gespräch war, deren Namen Nathalie sofort wieder vergessen hatte. Nathalie schlenderte zur Bar und bestellte einen achtzehn Jahre alten Talisker ohne Eis.

Sie hatte das Glas noch nicht zu ihren Lippen geführt, als Götz mit einem älteren Herrn im Smoking an die Bar trat. »Nathalie, darf ich dir Herrn Dr. Helmut Prenzler vorstellen. Er ist Mitglied der Geschäftsführung und im Vorstand des Clubs. Herr Dr. Prenzler, das ist Nathalie Henning, ich hatte Ihnen schon erzählt, dass sie vielleicht für die offene Position in der Verwaltung infrage käme.«

Offene Position in der Verwaltung? Das hatte aus den Mündern ihrer Freundinnen aber ganz anders geklungen. Nathalie biss sich auf die Lippe und lächelte tapfer.

»Freut mich, Sie kennenzulernen«, begrüßte der Mann sie, und etwas an ihm kam ihr bekannt vor. Aber der Name sagte ihr nichts. »Ist das Henning, wie Henning und Berger?«

Natürlich. Dr. Prenzler kannte die Kanzlei, obwohl ihr Vater hier kein Mitglied war, aber das musste nichts heißen.

»Freut mich, ebenso«, log sie.

»Sind Sie auch in diesem Bereich tätig? Wenn ich fragen darf?«

Nathalie hob eine Braue, dann guckte sie Götz an und dann wieder zu dem Herrn. »Nein, ich bin keine Anwältin, wenn Sie das meinen, um ehrlich zu sein, bin ich … Autsch.«

Götz hatte ihr einen unauffälligen Schubs in die Rippen verpasst. Klar, sie sollte nicht über die Arbeit bei der Sexhotline reden. Schade.

Aber Moment mal. Jetzt erinnerte sie sich, woher sie den Mann kannte oder zumindest die Stimme.

Helmut!

Ach ja, natürlich!

Unglaublich.

Oder auch wieder nicht.

Dass man sich hier begegnete, war ein sehr seltener Zufall, die Hotline agierte deutschlandweit.

Dass man sich an einem Ort wie diesem über den Weg lief, war extrem unwahrscheinlich.

Aber nicht unmöglich.

Verrückt.

Bei ihr riefen die unterschiedlichsten Männer an. Früher hätte Nathalie nie geglaubt, wie viel diese Menschen aus ihrem Leben an eine völlig Unbekannte preisgaben. Aber jeder Anruf blieb vertraulich. Ihre Telefonleitung war ein geschützter Raum. Durch die Gespräche mit Helmut wusste sie, dass er sexuellen Frust schob und sich bei Nathalie deshalb anonym über seine Fantasien unterhalten konnte.

»… ich bin derzeit in der Telefonbranche tätig«, erklärte Nathalie seelenruhig, sie sah, wie Götz die Luft anhielt. Es war klar, dass ihm ihr Job peinlich war. Sie konnte ihn verstehen, er war erzkonservativ – anders als sie. Aber sie wollte Götz nicht irritieren und auch Helmut nicht bloßstellen, deshalb sagte sie nicht mehr dazu.

»Ja, Ihre Stimme kommt mir auch bekannt vor, vielleicht haben wir uns ja schon mal gehört, erst letzte Woche hing ich eine halbe Stunde am Handy, weil unser Internet zu Hause ausgefallen war.«

Okay, Helmut hatte eins und eins noch nicht zusammengezählt. Aber sie sah ihm an, dass sein Gehirn arbeitete. Als es bei ihm klick machte, wurde er blass.

Nathalie trank einen Schluck. Sie hatte nicht vor, ihren Kunden vor anderen zu demaskieren – wenn man es so nennen konnte. Was er ihr anvertraut hatte, blieb sein Geheimnis.

»Das kann gut möglich sein. Aber alle unsere Anrufer sind anonym, also kann ich es Ihnen nicht mit Sicherheit sagen.« Durch die Blume versuchte sie ihm mitzuteilen, dass er sich keine Sorgen machen musste.

Helmut schluckte trocken. Dann hustete er. »Sehr gut, sehr gut.«

Götz mischte sich ins Gespräch ein, er war sichtlich nervös. »Ich dachte, ich stelle Ihnen Nathalie einfach persönlich vor, das ist sicher einfacher, da sich ja nicht nur eine Person auf die Stelle bewirbt. Ein persönlicher Kontakt hilft ja manchmal bei der Vorauswahl.«

Oje. Der arme Götz hatte natürlich keine Ahnung, dass Helmut nach dieser Erkenntnis Nathalie ganz sicher nicht im Club haben wollte. Andererseits, so, wie er jetzt guckte, fürchtete er sich davor, dass sie ihn enttarnte. Oder bloßstellte.

Beides würde von ihrer Seite aus nicht passieren.

»Ich muss ein wenig frische Luft schnappen«, erklärte sie und nickte den Männern höflich zu. Nathalie wollte den armen Helmut – der wirklich ein netter Kerl war, für seine sexuellen Vorlieben konnte er ja nichts – nicht mehr aus der Fassung bringen.

»J-ja«, stotterte er, dann räusperte er sich und lächelte geschäftsmäßig. »Dann noch einen angenehmen Abend, Frau Henning.«

NATHALIE FÜRCHTETE, dass diese Veranstaltung niemals enden würde, nicht mal die kurze Auszeit auf die Terrasse stellte einen Lichtblick dar. Sie seufzte leise und genoss die kühle Abendluft und den Blick auf die Elbe. Zwei Schiffe tuckerten in der Ferne, man sah die Lichter bis zur Villa des Clubs schaukeln. Aus dem Haus hinter ihr drang Stimmengemurmel, Gläserklirren, leise Musik und Gelächter an ihr Ohr. Ein Windhauch streifte

Nathalies nackte Schultern. Es war frisch, aber sie bibberte lieber, als sich länger das Geschwätz der Reichen und Schönen anhören zu müssen. Sie trank ihren Whisky aus und wollte gerade wieder hineingehen, als das Handy in ihrer Clutch bimmelte. Erst überlegte Nathalie, es zu ignorieren, dann schaute sie doch aufs Display. Es war ihre Mutter.

»Hallo, Mama«, beantwortete Nathalie das Gespräch.

»Na, wie geht's? Bist du unterwegs?«

»Könnte man so sagen, was ist denn?« Es war ungewöhnlich, dass sie an einem Samstagabend anrief.

»Gar nichts, ich wollte nur ein bisschen mit dir plaudern.«

Das klang nicht sehr überzeugend, denn einfach nur so rief sie am Wochenende so spät nie an. Nathalie furchte ihre Stirn. »Ähm, okay?«, gab sie zurück, während sie versuchte herauszufinden, was bei ihrer Mama los sein könnte. Sie klang nicht einsam oder schlecht gelaunt, überhaupt war sie generell viel besser drauf, seit sie sich von ihrem Ehemann getrennt hatte. Im Hintergrund ertönte ein Geräusch, dann gluckste ihre Mutter. »Pst!«

»Mama? Wo bist du? Ist jemand bei dir?«

Christine Henning räusperte sich. »Also, äh, Nathalie«, stammelte sie. »Ich rufe an, weil, na ja, vielleicht kommst du morgen mal vorbei?«

Das kam Nathalie spanisch vor. »Nun sag schon, deswegen meldest du dich doch nicht so spät am Samstag.« Sie verdrehte die Augen. Und dann dämmerte ihr, was die Neuigkeit sein könnte, die ihre Mutter so verlegen machte. »Du hast einen Freund?« Die Feuerwehr war eine lahme Ente im Vergleich dazu, wie ihre Eltern sich in neue Beziehungen stürzten. Das war ja wohl nicht zu fassen.

»Nathalie! Woher weißt du …?«

Nathalie atmete geräuschvoll aus, ihre Mutter plapperte munter drauflos. »Er ist wirklich nett und zuvorkommend, und ich möchte euch bekannt machen, aber das ist nicht alles. Ja, was ich dir auch mitteilen wollte, Papa und ich, wir haben …«

O Gott, sie hatten sich doch nicht etwa versöhnt?

»Also Papa und ich, wir sind uns einig, dass wir untereinander ein gutes Verhältnis behalten wollen, und weil du uns natürlich auch sehr wichtig bist, möchten wir, also wir …«

Meine Güte, wieso stotterte Mama so herum? Allmählich verlor Nathalie die Geduld. »Nun spuck es schon aus!« Vielleicht klang das ein bisschen schroff, aber sie hatte gerade nicht die Nerven, sich das Herumgedruckse ihrer Mutter anzuhören.

»Gut, Nathalie. Also: Wir planen ein langes Wochenende, damit sich alle kennenlernen können. Papa organisiert das Hotel.«

Nathalie verstand nur Bahnhof. »Was meinst du? Rede doch mal Klartext.«

»Wir möchten, dass sich alle gut verstehen, und um uns besser kennenzulernen, wollen wir uns an einem Wochenende am Meer treffen, wir laden dich natürlich ein. Na, ist das nicht fantastisch?«

»Wundervoll«, gab Nathalie wenig begeistert von sich. Auf eine Wattwanderung bei Nieselregeln und zehn Grad hatte sie wenig bis gar keine Lust. »Habt ihr auch schon ein Datum?«

»Noch nicht, wir wollen die Termine natürlich erst absprechen. Und, Nathalie …«

»Was denn noch?« Sie konnte sich beim besten Willen nicht vorstellen, was ihre Mutter nach dieser Verkündung wollen könnte.

»Wir fragen uns, ob du auch mal wieder einen Freund mitbringst. Du bist ja jetzt auch schon eine Weile allein …«

O Gott. Hoffentlich hatten die neuen Partner ihrer Eltern keine Söhne im heiratsfähigen Alter! Es klang fast so. Ihr schwante Übles.

»Ich wüsste nicht, was das für eine Rolle spielt«, war alles, was sie dazu von sich gab, weil ihre Laune unter den Nullpunkt gesunken war. Als wäre dieser Abend nicht schon nervig genug gewesen.

Weil es ihre Art war, mit schrägem Sarkasmus auf schlechte Neuigkeiten zu reagieren, hatte sie auch hierzu eine witzige Idee. Sie könnte sich einen Fake-Freund zulegen wie in einer schlechten Komödie. In der Realität könnte es hingegen lustig werden. Andererseits, Bewerber für eine solche Farce standen nicht gerade Schlange. Aber die Idee gefiel ihr. Mit einem Freund an der Seite hätte sie wenigstens ihre Ruhe vor etwaigen Söhnen, die ihr als Heiratskandidaten angepriesen werden sollten. Es müsste aber ein Typ sein, der überhaupt nicht zu ihr passte. Einer von diesen Schnöseln, der total überzogen drauf war. Affektiertes Verhalten, altes Geld und noch verstaubtere Ansichten am besten. Das wäre genau das, was ihre Eltern begrüßen würden und Nathalie nicht leiden konnte.

Wenn sie einen Fake-Freund mitbrächte, könnte sie wenigstens ein bisschen Spaß haben und sich über ihre eigene Komödie amüsieren.

Nur woher nehmen und nicht stehlen?

»Klingt das nicht großartig? Wir verbringen alle zusammen ein Wochenende in einer wundervollen Umgebung. Na, was sagst du?«

Nathalie zog eine Schnute. Sie hatte schon bessere Vorschläge gehört. Nicht, dass sie in den kommenden Wochen große Reisepläne oder feste Termine hätte, aber das mussten ihre Eltern ja nicht wissen. Von gewissen Dingen in ihrem Leben hatten sie glücklicherweise keine Ahnung – sie wussten zwar, dass sie für eine Hotline tätig war, aber nicht, worum es bei diesen Servicegesprächen ging.

Nathalie drehte das leere Glas zwischen ihren Fingern. »Das wird sicher toll, Mama. Ich bespreche alles Weitere mit Papa, aber ich brauche auf jeden Fall ein Doppelzimmer, und das Datum zu wissen wäre natürlich auch von Vorteil.«

Oje. Vielleicht hätte sie das nicht sagen sollen. Sie begriff schon nach dem freudigen Jauchzen ihrer Mutter, dass es ein Fehler gewesen war, sich dermaßen weit aus dem Fenster zu lehnen. Möglicherweise hätte sie den letzten Drink nicht mehr zu sich nehmen sollen. Sie musste verrückt geworden sein.

Ihre Mutter hörte sicher schon die Hochzeitsglocken läuten. Egal, nun war es raus, und sich »trennen« konnte sie bis zur Reise – wann auch immer die sein sollte – auch noch. »Ich muss jetzt auflegen«, erklärte sie ihrer Mutter. »Ich melde mich die Tage bei dir, okay?«

»Ja, gern, komm doch mal zum Frühstück vorbei. Dienstag vielleicht?«

»Klingt gut, bis dann, Mama.« Nathalie beendete das Gespräch. Sie legte das Handy vor sich auf das kleine Mäuerchen neben ihre Clutch, dann schloss sie die Lider und atmete tief durch. Was für ein Käse!

Sie brauchte nach diesen Neuigkeiten definitiv einen weiteren Whisky. Ihre Eltern ließen so kurz nach der Trennung echt nichts anbrennen. Dass sogar ihre Mutter schon wieder liiert war, schockierte Nathalie. Das hätte sie nie für möglich gehalten. Was das betraf, war Nathalie wohl eindeutig aus der Art geschlagen. Sie war auch nach Jahren nicht bereit für eine neue Beziehung.

Nathalie wollte jetzt nicht über ihr brachliegendes Liebesleben nachdenken, daher schnappte sie sich ihre Clutch und drehte sich auf dem Absatz um. Leider hatte sie nicht an ihr unpraktisches Outfit gedacht und fiel beinahe der Länge nach hin. Sie konnte sich gerade so auf den Stöckelschuhen halten. »Dieses Mistkleid, ich hasse es …« Weiter kam sie nicht, denn sie war nicht mehr allein. Vor ihr stand ein großer, breitschultriger Mann im Smoking, der ihr vage bekannt vorkam.

»Ich finde, dass es fantastisch an Ihnen aussieht«, erklang eine dunkle Stimme.

Entsetzt stellte Nathalie fest, dass sich eine Gänsehaut auf ihren Armen ausbreitete – was ausnahmsweise nichts mit den Temperaturen zu tun hatte.

Nathalie schaute in sein Gesicht und verlor sich in einem Paar samtbrauner Augen. Sein Smoking saß perfekt, eine Hand hatte er lässig in der Hosentasche vergraben, in der anderen hielt er einen Tumbler. Whisky, dachte sie. Ganz mein Geschmack. Nicht nur das Getränk.

Und dann kam sie darauf, an wen er sie erinnerte. Nein, er war es sogar. Der Typ mit dem BMW.

War ja klar, dass so ein Fuzzi hier herumtanzte.

Nathalie sagte nichts, sondern starrte ihn wortlos an.

»Ach, Sie sind es.« Jetzt spielte ein spöttisches Grinsen auf seinen sinnlichen Lippen. Eine Augenbraue hatte er nach oben gezogen. Er hatte sie also auch nicht vergessen, was sie überraschte. Typen wie er nahmen sonst keine Notiz vom gemeinen Fußvolk, zu dem Nathalie sich zählte.

Sie wollte ihm einen blöden Spruch vor den Latz knallen, aber ihr Gehirn war wie leer gefegt. Für einige sehr lange Sekunden schauten sie sich tief in die Augen. Nathalies Herzschlag raste.

Ihr Kleid gefiel ihm, hatte er gesagt. Anstatt sein Kompliment aufzugreifen und damit in ein gepflegt langweiliges Geplauder einzusteigen, folgte sie einem Impuls. Sie ging auf den Fremden zu, nahm ihm das Glas aus der Hand und leerte es in einem Zug. Seine Augen weiteten sich vor Erstaunen.

Der torfige Geschmack des edlen Tropfens brannte erst in ihrer Kehle, dann in ihrem Bauch. Sie hielt das Glas in der Hand und merkte mit Genugtuung, dass er überrumpelt wirkte.

Nathalie lächelte zufrieden. Sie stellte sich auf die Zehenspitzen und tat etwas, was sie nie zuvor bei einem Fremden getan hatte: Sie legte ihm die freie Hand in den Nacken und zog seinen Kopf zu sich herab. Er wehrte sich nicht. Im Gegenteil, er schien ganz und gar nicht abgeneigt.

Und dann legte sie die Lippen auf seine. Es war eine zarte Berührung, federleicht, aber mit großer Wirkung. Ein Prickeln breitete sich in Nathalies Körper aus, während sie sich eingestehen musste, dass es sich fantastisch anfühlte. Seinen Mund auf ihrem zu spüren, zündete ein Feuerwerk in ihren Nervenenden. Nathalie wurde mutiger und ließ ihre Zunge sanft über seine Unterlippe gleiten. Er erwiderte den Kuss mit einem leisen Stöhnen.

O Gott.

Mit der Wirkung, die dieser kleine Überfall auf sie haben könnte, hatte Nathalie nicht gerechnet. Er war ein großartiger Küsser, was sie eigentlich nicht überraschen sollte. Ihr Körper stand in Flammen. So hatte sie sich nie zuvor gefühlt. In ihrem ganzen Leben nicht.

Sie wollte mehr davon. Viel mehr.

Nathalie löste sich von ihm und trat einen Schritt zurück. Atemlos strich sie sich mit den Fingern über die Lippen. Obwohl sie ihn gerne wieder küssen würde, tat sie es nicht. Langsam wurde ihr bewusst, was sie da eben gemacht hatte, während sich das Warum damit jedoch nicht erklärte.

Eine Übersprunghandlung nach dem Gespräch mit ihrer Mutter vielleicht? Möglich.

Der Fremde starrte sie mit einer glühenden Intensität an, als wollte er ihr gleich das Kleid vom Leib reißen.

Überraschenderweise fand sie diese Idee grandios – was absolut untypisch für Nathalie war. So groß ihre Klappe auch sein mochte, so wenige Taten ließ sie normalerweise folgen.

Nathalie begriff, dass er etwas fragen wollte, aber sie hob ihre Hand, um ihn aufzuhalten. »Warte! Sag nichts. Das war nur ein Kuss. Und jetzt werde ich weglaufen. Wie Aschenputtel, mit dem Unterschied, dass ich meine Schuhe behalte und absolut nicht auf der Suche nach einem Prinzen bin. Also vergessen wir die Sache und tun so, als wäre das hier nie passiert.«

Nathalie wartete nicht auf eine Antwort, sondern stürzte sich mit brennenden Wangen ins Getümmel. Sie schaute sich nicht noch einmal um und hoffte, er würde ihr nicht folgen. Und irgendwie wünschte sie es sich doch. Was war nur in sie gefahren?

~

Wie vom Donner gerührt glotzte Thies der unbekannten Schönen hinterher. Er blinzelte ein paarmal.

Was war das denn gewesen? Sie hatte ihn tatsächlich geküsst. Und das, nachdem sie ihn neulich so bitterböse beschimpft hatte? Obwohl es ihm wie ein Traum vorkam, spürte er die Nachwirkungen dieses kleinen, leidenschaftlichen Intermezzos noch immer. Sein Körper pulsierte vor Verlangen. Das war verrückt.

Er kannte sie nicht mal. Wusste nicht, wie sie hieß.

Zu blöd, denn das würde er gern erfahren. Aber er brauchte einen Moment, um zu sich zu kommen – nicht nur das, er wäre gern über diesen Kuss hinaus gegangen. Geräuschvoll atmete Thies aus und drehte sich um. Während er über die Elbe blickte, beruhigten sich sein Puls und seine Hormone wieder. Jetzt entdeckte er ein Handy vor sich auf der Mauer. Das musste ihr gehören. Thies schnappte sich das Ding und ließ es in der Innentasche seiner Smokingjacke verschwinden. Mit einem leisen Lächeln auf den Lippen kehrte er in den Saal zurück, um sein Aschenputtel zu finden. Sie hatte vielleicht keinen Schuh hinterlassen, aber etwas, das viel hilfreicher sein könnte, um Kontakt mit ihr aufzunehmen. Während er sich einen Überblick über die Gäste verschaffte und mit Bedauern feststellen musste, dass sie nirgends zu entdecken war, fragte er sich zum wiederholten Mal, ob er sich das alles nur eingebildet hatte.

Nein, es war wirklich passiert.

Es kam ihm trotzdem unwirklich vor.

Seit Tagen hatte er immer wieder an sie gedacht und sich geärgert, dass er auf dem Parkplatz nicht nach ihrer Nummer gefragt hatte.

Auf eine merkwürdige Weise hatte sie trotz ihrer Beschimpfungen, oder vielleicht gerade deswegen, etwas in ihm angerührt, was in ihm den Wunsch hervorgerufen hatte, sie wiedersehen zu wollen.

Aber am Tag der Beerdigung seines Großvaters hatte er nicht so schnell geschaltet. Er hatte neben sich gestanden, und dann war sie weg gewesen.

Nun, so ähnlich fühlte er sich jetzt, auch wenn es nicht das Gleiche war –, heute war es nicht die Trauer, die ihn beschäftigte. Thies wollte sie unbedingt wiedersehen. Sie war anders als alle Frauen, die ihm jemals begegnet waren.

»Dr. Engelmann«, sprach ihn jemand an, und Thies setzte eine freundliche, nichtssagende Miene auf. Schließlich ging es heute Abend darum, Kontakte herzustellen, um seine Hilfsprojekte im Ausland zu finanzieren. Er ließ sich auf ein Gespräch mit Herrn Sowieso ein, was ihn wertvolle Zeit kostete, die am Ende aber hoffentlich nicht verschwendet war.

Erst sehr viel später kam Thies dazu, weiter nach Aschenputtel zu suchen. Er wertete es als Zeichen, dass er ihr das vergessene Handy wiederbringen durfte. Er würde sie schon ausfindig machen.

Thies nahm das Handy heraus und guckte auf den Bildschirm. Keine verpassten Anrufe. Es war mit einem Code gesichert, den er natürlich nicht kannte. Noch immer hatte er keinen blassen Schimmer, wie sie hieß und warum sie heute hier war.

O verdammt. Das machte ihn wahnsinnig.

Vielleicht war sie mit einem anderen Mann hier?

Der Gedanke gefiel ihm ganz und gar nicht.

Und warum hatte sie ihn auf dem Parkplatz neulich so derbe beschimpft, ihn in eine Schublade gesteckt, von wegen »Leute wie er«, und nahm dann selbst am Frühlingsball in diesem noblen Club teil?

Das ergab keinen Sinn, aber es sollte ihn vielleicht nicht wundern. Die Frau schien ein Widerspruch auf hübschen Beinen zu sein.

Seufzend ließ er das Handy zurück in die Jackeninnentasche gleiten. Wo steckte sie nur?

KAPITEL VIER

Als Thies zu Hause in Eppendorf aus dem Taxi stieg, war es weit nach Mitternacht. Von seinem Aschenputtel hatte er keine Spur mehr ausfindig machen können. Das war seltsam. Niemand konnte ihm sagen, wer sie war.

Aber er hatte immer noch ihr Handy. Was er damit anfangen sollte, würde er sich bis morgen überlegen.

Müde schob er den Schlüssel ins Schloss und öffnete die Haupteingangstür des Altbaus. Ausnahmsweise drückte er den Knopf für den Aufzug. Er war einfach zu erschöpft, um selbst in die fünfte Etage zu laufen. Sonst nahm er die Treppe, aber der lange Tag forderte allmählich seinen Tribut. Als er kurz darauf oben aus dem Lift stieg, traf ihn beinahe der Schlag. Vor seiner Wohnungstür stand ein Koffer, davor saß ein Mann mit dem Kopf an die Wand gelehnt. Zwischen seinen langen Beinen stand eine leere Weinflasche. Er döste oder schlief.

»Malte?«, stieß Thies überrascht hervor.

Sein Kumpel öffnete flatternd die Lider, unter seinen Augen lagen dunkle Schatten, er war nicht rasiert. »Mensch, wo warst du? Ich habe dich tausendmal angerufen!«

Thies verzog den Mund, er hatte nur ein Handy gecheckt – ihres, nicht seines, aber das musste Malte nicht wissen. »Was machst du hier?« Er hielt seinem Kumpel die Hand hin, um ihm aufzuhelfen. Mit einem Ruck kam Malte auf die Beine.

»Kann ich bei dir pennen?«, fragte er.

»Klar, kein Ding. Was ist los?«

»Steffi hat mich rausgeschmissen«, gab er kleinlaut zu.

Es war nicht das erste Mal, dass das passierte, die beiden führten eine anstrengende Ehe. »Verstehe.« Thies öffnete die Haustür und ließ Malte den Vortritt, den Koffer schob Thies hinterher. Die Weinflasche nahm er vorsichtshalber gleich mit. Das hier war keine Gegend, in der man Leergut herumstehen ließ, das wusste Malte eigentlich auch – aber der hatte gerade wohl andere Sorgen.

Obwohl Thies nur ins Bett wollte, bot er Malte höflichkeitshalber einen Drink an und knipste das Licht im Wohnzimmer an. Der Dielenboden knarzte unter seinen Füßen. Die Einrichtung der Altbauwohnung war eher spartanisch, für einen Junggesellen zweckmäßig. Es gab ein großes Sofa, einen kleinen Tisch, einen extragroßen Fernseher und ein halb leeres Bücherregal. Hauptsächlich benutzte Thies es als Ablage für seine Post, die sich dort stapelte. Seine Bude war aufgeräumt, aber nicht, weil er ein Ordnungsfanatiker wäre. Zum Glück gab es Elena in seinem Leben, sie hatte nicht nur einen Ersatzschlüssel, sondern auch die Aufgabe, einmal die Woche für klar Schiff zu sorgen. Warum er gerade jetzt an seine Putzperle dachte, konnte Thies nicht genau sagen – oder doch, es lag an Malte. Der hatte sich nämlich schon auf dem Sofa breitgemacht und ließ seine Schuhe direkt danebenfallen. Mit ihm als Gast würde seine Bude in Rekordzeit zu einer Männerhöhle mutieren.

»Bier?«, wiederholte Thies seine Frage und hoffte, dass sein Freund die Eheprobleme möglichst bald in den Griff bekam. So gern er ihn hatte, so nervig war er als »Mitbewohner«. Das hier war nicht das erste Mal, dass er bei Thies Unterschlupf suchte.

Malte grunzte zustimmend. Vielleicht sollte Thies ihm lieber ein Wasser bringen, aber er war weder ein Moralapostel noch Maltes Kindermädchen.

Kurz verschwand er in der Küche und zog zwei Flaschen Jever aus dem Kühlschrank. Er ließ die Kronkorken auf die Arbeitsfläche fallen und kehrte dann ins Wohnzimmer zurück, wo er sich neben Malte setzte. »So, und nun erzähl mal«, bot er seinem Freund die Gelegenheit, sich zu erklären.

Der zuckte die Schultern. »Du weißt ja, wie sie ist, hat total übertrieben reagiert. Und dann kam eins zum anderen, und jetzt bin ich hier.«

Thies verstand zwar nicht wirklich, was los gewesen war, aber wenn er ehrlich war, wollte er die Details über den x-ten Ehestreit auch gar nicht kennen. Üblicherweise dauerte es eine Nacht, maximal zwei, dann versöhnten sich die beiden und hatten erst mal lauten Sex – dabei war es ihnen egal, wo diese Wiedervereinigung stattfand. Auch das hatte Thies schon miterlebt und die Flucht aus seinen eigenen vier Wänden ergriffen.

Nachdem sie das Bier geleert hatten und Malte doch noch ein bisschen mehr über den Zwist mit seiner Gattin preisgegeben hatte, bezog Thies das Gästebett für seinen Kumpel. Der stand schon im Bad und putzte sich die Zähne. Der feine Prinz dachte gar nicht erst daran, mitzuhelfen. Thies verzog seine Lippen zu einem sarkastischen Grinsen. »Mit dir würde ich auch nicht zusammenleben wollen«, rief er über den langen Flur in Maltes Richtung. »Faules Stück, du.«

»Hey, ich bin dein Gast. Wenn du mal vor meiner Tür stehst, lass ich dich auch nicht die Hausarbeit machen.«

Thies verdrehte die Augen, was Malte nicht sehen konnte. Es war auch egal. Er war gerade fertig, als es in seinem Jackett vibrierte.

Plötzlich war er hellwach, zog das Handy hervor und grinste. Es war *ihr* Telefon, und er konnte es nicht abwarten, Aschenputtels Stimme wiederzuhören.

Thies verzog sich in sein Zimmer und schloss die Tür, erst dann ging er ran. Die Vorhänge waren nicht zugezogen, es fiel genügend Licht herein, um Umrisse zu erkennen.

»Hallo?«, beantwortete er mit einem Lächeln auf den Lippen. Er freute sich auf dieses Gespräch.

»Wer ist denn bitte schön hallo?«, schimpfte die geheimnisvolle Frau.

Thies bekam eine Gänsehaut, während er sich daran erinnerte, wie wunderbar es sich angefühlt hatte, ihre Lippen auf seinen zu spüren. Er könnte sich sehr gut vorstellen, das bald zu wiederholen und vielleicht etwas weiterzugehen.

»Ich weiß jedenfalls, dass du *doch* etwas von Aschenputtel hast.«

Ein Schnauben auf der anderen Seite ließ ihn erneut schmunzeln. »Ich hätte gern mein Telefon zurück«, erwiderte sie kurz angebunden. Sie klang nicht amüsiert, eher genervt.

»Und ich würde dich gern wiedersehen.«

»Das dürfte sich ja wohl kaum vermeiden lassen.«

»Wie reizend. Bist du immer so nett?«, erwiderte er grinsend.

»Ich meine es ernst, ich habe *zero* Interesse an einer Bekanntschaft mit dir.«

»Das sah vorhin aber ganz anders aus.«

Er hörte, wie sie Luft holte. »Mir ist eine Sicherung durchgebrannt.«

»Dann bin ich gerne in der Nähe, falls du noch einmal einen Kurzschluss haben solltest. Wo wohnst du?«

»Gott, ich wusste, dass du ein Verrückter bist. Nur Idioten parken auf Behindertenparkplätzen.«

»Das tut mir leid.«

»Was genau?«

»Das mit dem Parkplatz neulich, ich hatte einen schlechten Tag und habe nicht darauf geachtet.«

»Das kann ja jeder sagen.«

»Du bist ganz schön vorlaut, Aschenputtel.«

Ein erneutes Schnauben erklang, das ihn köstlich amüsierte. Thies tapste zum Fenster und lehnte seine Stirn gegen das kühle Glas, während er auf die schwach beleuchtete Straße hinausschaute. Im Geiste hatte er jedoch nur ein Bild vor Augen: sie, wie sie in diesem glänzenden Kleid vor ihm stand und ihn aus blitzenden Augen anfunkelte. »Nun sag schon, wie heißt du?«

»Welcher Name würde denn zu mir passen?«

War das der Ansatz eines Flirtversuches? Schon wieder eine Sinneswandlung. Interessant.

»Allmählich finde ich Gefallen an diesem kleinen Spiel.«

»Gott, pass bloß auf, dass der Akku nicht gleich leer ist, sonst sehe ich mein Telefon nie wieder.«

Guter Punkt. Thies guckte aufs Display, der Batteriezustand war halb voll. »Keine Panik, alles im grünen Bereich. Ich finde, Milena würde gut zu dir passen.«

»Eeeeeehhh.« Sie imitierte das Brummen, wie es in Gameshows ertönte.

Eines war klar: Mit ihr würde es garantiert niemals langweilig werden. Thies hatte keine Ahnung, wie er sie taufen würde, und er wollte seine Zeit auch nicht mit Ratespielen verschwenden. »Ich heiße Thies, und da ich hier dein Handy habe, solltest du mal ein bisschen netter zu mir sein«, neckte er sie.

»Was wird das, ein Erpressungsversuch?« Sie klang amüsiert, was ihm gefiel.

»Das habe ich gar nicht nötig, Cindy.«

»O Gott, ich muss mich gleich übergeben.«

»Ich bringe dir dein Telefon. Wenn du möchtest, sofort.«

»Mach dir keine Umstände, ich hole es ab, aber nicht mehr heute. Ich würde ja sagen, texte mir deine Adresse, aber das geht wohl schlecht.«

»Na schön, du scheinst ja wirklich eine harte Nuss zu sein. Ich wohne in der Löwenstraße 8. Thies Engelmann.«

Sie stieß einen Pfiff aus. »Feinste Wohngegend. Kein Wunder, dass du dich in deiner Freizeit auch im Feine-Herren-Club rumtreibst.«

»Aus dir muss mal einer schlau werden, du warst doch selbst dort.«

»Frag lieber nicht, warum.«

»Schade, aber es ist schön, mit dir zu plaudern.«

»Du wirst es nicht glauben, aber das höre ich nicht zum ersten Mal.«

Ihre Stimme war sanft geworden, er könnte ihr Ewigkeiten lauschen. »Verrätst du mir deinen Namen, damit ich weiß, von wem ich heute träumen kann?« Nebenbei speicherte er die Nummer aus dem Display in seinem eigenen Handy – eine Hamburger Festnetznummer. Ein Anhaltspunkt. Er kam sich vor wie ein Privatermittler, fand dieses Spielchen überaus reizvoll.

»Na schön, sonst gehst du mir wohl ewig auf den Keks. Ich heiße Nathalie Henning.«

»Nathalie«, wiederhole er langsam und schloss die Augen. »Perfekt.«

»Perfekt? Was soll das denn heißen?«

»Ach, gar nichts. Wann darf ich dich morgen erwarten? Zum Frühstück vielleicht? Ich besorge gerne ein paar Croissants für dich.«

Nebenan rumpelte es, dann ging seine Zimmertür auf und das Licht an.

Verdammt. An seinen nervigen Freund hatte er ja gar nicht

mehr gedacht. »Schahatz, ich brauche eine Aspirin«, trällerte der, und Thies verdrehte die Augen.

»Um elf bei mir, okay? Bis morgen, Nathalie.«

Thies legte auf und hoffte, dass sie von Maltes blödem Gelaber nichts mitbekommen hatte. Außerdem wünschte er sich, dass Malte morgen um diese Uhrzeit wieder weg sein würde. Vielleicht sollte er gleich Steffi anrufen und sich als Vermittler anbieten, dabei machte er so was eigentlich nur ungern. Weil er möglichst bald wieder seine Wohnung für sich haben wollte, würde er eine Ausnahme machen und sich in die Eheprobleme seines Kumpels einmischen.

»Im Bad«, brummte Thies und ging an Malte vorbei, drückte zwei Pillen aus dem Alustreifen und brachte sie ihm mit einem Glas Wasser ins Gästezimmer. »Und jetzt schlaf deinen Rausch aus, mein Bester. Du siehst furchtbar aus.«

»Danke, Mann.« Malte klopfte Thies auf die Schulter.

»Schon okay.« Er schloss die Tür hinter sich und wählte von seinem eigenen Telefon Steffis Nummer. Die ging nach dem zweiten Klingeln dran.

»Was willst du, Thies? Ist er bei dir?«

»Wenn du deinen lieben Ehemann meinst, dann ja.«

»Lieb. Von wegen. Der kann mich mal.«

Das klang nicht nach baldiger Versöhnung. »Was hat er denn dieses Mal angestellt?«

»*Dieses Mal* ist der Ofen aus, das kann ich dir sagen.«

Er atmete leise aus und wieder ein, ehe er weitersprach. »Es geht ihm wirklich schlecht, und es tut ihm leid.« Thies wusste zwar nicht, ob das stimmte, aber das war doch das, was Steffi hören wollte und musste.

»Ja, wer's glaubt. Bis zum nächsten Mal.«

»Nun sag schon, was hat er gemacht.«

»Hat er's dir nicht erzählt?«

»Ich möchte deine Sicht hören«, log Thies, genau

genommen hatte Malte nämlich nur etwas von Missverständnis und unnötigem Streit gefaselt, als sie zusammen ein Bier getrunken hatten.

»Er chattet mit irgend so einer Tussi.«

»Du hast sein Handy durchsucht?« Thies verzog sein Gesicht, das war nicht gut. Malte war zwar sein Kumpel, aber er wusste auch, dass er eine Schwäche für hübsche Frauen hatte.

»Das war gar nicht nötig. Der Typ ist so blöd und hat sie über iMessage mit dem iPad verbunden. Ich saß also bei einer Folge von Outlander und bekomme es direkt auf den Schirm, dass die Bitch verschiedene Sachen ausprobieren möchte, die ein verheirateter Mann maximal mit seiner Frau tun sollte.«

O Gott. Verdammt. »Das kann doch nur ein Missverständnis sein.« Er würde Malte den Hals umdrehen. So gern er ihn hatte, so unmöglich fand er es, dass er Steffi womöglich betrog. Dass er gern mal flirtete, war bekannt. Soweit Thies wusste, war es nicht darüber hinausgegangen – das hatte schon oft genug zu Ärger geführt, denn Steffi war höllisch eifersüchtig. Aus guten Gründen anscheinend.

»Er sagt, es ginge um die Arbeit. Aber im Ernst, Thies, Malte verkauft mich für dumm. Ich hab die Schnauze voll.«

»Dann ist sie eine Kollegin? Was war denn der genaue Wortlaut?«

»*Seltsam, ich fühle mich von dir angezogen, aber ehrlich gesagt, ausgezogen wäre mir lieber.*«

Thies schluckte. Davon hatte Malte wirklich nichts erzählt. »Und das kam von einer Kollegin? Vielleicht hat sie die Nachricht an eine falsche Nummer geschickt.«

Steffi lachte bitter. »Ja, klar. Für wie blöd hältst du mich eigentlich.«

Er wusste nicht, was er sagen sollte. »Tut mir leid, selbst wenn es so wäre, er liebt nur dich.« Gott, das klang so lahm. Bei

Unehrlichkeiten wie diesen hatte Thies auch null Verständnis, am liebsten würde er Malte selbst rausschmeißen.

Er würde ihm morgen noch einmal auf den Zahn fühlen müssen, Maltes Verhalten war absolut unerträglich.

»Du kannst ihm sagen, dass er sich hier nicht wieder blicken zu lassen braucht. Klar?«

»Glasklar«, kommentierte Thies. »Sag Bescheid, wenn ich was für dich tun kann. Ich hoffe wirklich, dass sich das aufklärt und es ein Missverständnis ist.«

~

NATHALIE HATTE WENIG GESCHLAFEN. Trotzdem war sie hellwach und aufgekratzt, als sie am nächsten Morgen in Unterwäsche vor ihrem Kleiderschrank stand und nach etwas Passendem zum Anziehen suchte.

»Das ist doch alles Mist«, schimpfte sie und knallte die Schranktür wieder zu – was es natürlich nicht besser machte. Eigentlich wollte sie Thies gar nicht wiedersehen, aber sie brauchte ihr Handy – es war ihr Arbeitsgerät, sie telefonierte zwar nicht mit ihrer SIM-Karte, aber die Gespräche wurden über eine App der Agentur gesteuert, die über das Smartphone lief. Gott, sie musste ihre Chefin anrufen und ihr sagen, dass sie heute ausfiel. Das würde nicht gut ankommen, sonntags war immer eine Menge los, da hatten die Leute Zeit. Mist.

Nathalie stapfte schlecht gelaunt zur Kommode und zupfte ein schwarzes, sehr schlichtes Wäscheset heraus. »Als ob ich mich für ihn schön machen würde!«

Das wollte sie nicht und würde sie auch nicht tun. Denn sie hatte nicht vor, da weiterzumachen, wo sie gestern aufgehört hatten.

Ihr Entschluss stand fest: Sie brauchte ein Outfit, mit dem

Thies ganz schnell klar wurde, dass sich aus ihrer Bekanntschaft nichts weiter ergeben würde.

Wie hatte sie nur so verrückt sein können, ihn zu küssen? Bei Tageslicht betrachtet kam ihr diese Aktion bescheuert vor. Das Dumme war nur, dass sie immer wieder daran dachte, wie perfekt sich seine Lippen auf ihren angefühlt hatten. Es war nicht so leicht zu vergessen. Leider.

Trotzdem konnte sie es nur als Dummheit abtun. Deshalb ging sie in den Flur und öffnete den Wandschrank, in dem sie ihre Kostüme aufbewahrte. Eine Weile waren Mottopartys in Nathalies Freundeskreis angesagt gewesen – dementsprechend war die Auswahl auch recht ansehnlich.

»Das ist es«, stieß sie mit einem zufriedenen Glucksen hervor.

Fünfzehn Minuten später saß sie in ihrem klapprigen Polo und war auf dem Weg nach Eppendorf.

Das unangenehme Gespräch mit der Agenturchefin hatte sie da schon hinter sich gebracht. Die war nicht begeistert gewesen, aber Nathalie konnte nun mal nichts daran ändern, dass sie ihr Handy noch nicht wiederhatte. Ihren Vater musste sie auch anrufen. Obwohl sie auf dieses Gespräch keine Lust hatte, wollte sie es doch nicht länger aufschieben, denn es schien ihren Eltern wichtig zu sein, dass sie diese komische Patchwork-Heile-Welt-Nummer durchzogen.

Der Verkehr hielt sich in Grenzen, sonntags schliefen die Hamburger gern mal länger. So kam es, dass sie schon kurz vor elf auf der Suche nach einer Parklücke in die Löwenstraße einbog. Heute schien ihr Glückstag zu sein, denn gerade wurde eine frei. Eilig setzte sie den Blinker und bugsierte ihre Klapperkiste hinein.

In den letzten Tagen war es schlagartig überall grün geworden. Die alten Eichen und Linden gaben ein prächtiges Bild ab. Eppendorf hatte schon was. Die Altbauten waren hier allesamt restauriert und erstrahlten in frischen Farben. So auch das Haus, in dem Thies wohnte. Die Hecken waren kürzlich geschnitten worden, der Weg gefegt. Für so was gab es hier bestimmt einen Hausmeister, anders als in ihrer Bleibe. Der Garten der alten Kapitänsvilla in Altona sah schlimm aus. Noch schlimmer, seit Miriam und Rebecca ausgezogen waren. Sie würde sich bei nächster Gelegenheit darum kümmern müssen oder umziehen. Diese Entscheidung würde sie garantiert nicht jetzt treffen. Nathalie merkte an ihren hin und her springenden Gedanken jedoch, dass sie nervös war.

Nachdem sie ausgestiegen war, zupfte sie ihren Trenchcoat zurecht. Sie wollte Thies den Überraschungseffekt nicht nehmen. Nathalie grinste und stöckelte über die Straße und den Weg zur Haustür. Dort suchte sie nach der Klingel mit dem Namen Engelmann. Aha, da war sie. Ganz oben. Ihr Herz schlug höher, während sie den Messingknopf drückte. Die Gegensprechanlage wurde gar nicht erst in Betrieb genommen, der Türsummer ertönte direkt, und die Haustür schwang auf.

Nathalies Hände waren eiskalt, als sie das Haus betrat. Ihre Absätze klackerten laut, während sie über den glatten Boden mit Schachbrettmuster im Eingangsbereich zum Aufzug lief. Als sich die Türen des Lifts öffneten, trat ein rotblonder Mann mit Koffer hervor. »Oh, Entschuldigung«, murmelte sie und ließ ihn vorbei.

Der Mann schaute sie direkt an und grinste schelmisch. »Ist ja nichts passiert.« Dann schob er sein Gepäck weiter, und Nathalies Weg war frei.

Sie stieg ein und versuchte ihren rasenden Herzschlag mit tiefen Atemzügen zu beruhigen. Dann war sie auch schon oben.

Thies wartete mit der Schulter an den Rahmen gelehnt auf sie, die Wohnungstür stand offen. Er trug eine helle Jeans und ein lässiges Shirt mit V-Ausschnitt, das seinen Oberkörper perfekt in Szene setzte. Er war barfuß. Eine Erleichterung. Filzpantoffeln wären doch ein Abtörner gewesen. Oder halt! Schade, dass er keine Hausschuhe trug. Je hässlicher, desto besser. Leider war das Gegenteil der Fall.

Sie war ja schließlich nicht hier, um sich ihm schon wieder an den Hals zu werfen.

Gut, dass sie sich das in Erinnerung rief.

In seinen Augen blitzte der Schalk.

Er wirkte tatsächlich erfreut, sie zu sehen.

»Hallo, Nathalie«, begrüßte er sie, und Nathalie erschauderte kaum merklich beim Klang seiner sonoren Stimme.

»Hallo, Thies.«

Sein Blick glitt über ihren Körper und blieb eine Sekunde länger an ihren Schuhen hängen: Schwarze Lackstiefel mit Pfennigabsätzen.

»Komm doch rein«, bat er sie mit unergründlichem Gesichtsausdruck.

»Ich bleibe nicht zum Frühstück«, erklärte sie und stolzierte trotzdem in seine Wohnung.

»Wieso nicht?«

»Ich habe zu tun, dafür brauche ich mein Handy.« Sie schloss die Haustür hinter sich und öffnete den Gürtel ihres Trenchcoats mit einer lässigen Bewegung.

Er war bereits auf dem Weg in die Küche und guckte gar nicht hin.

Mist.

Das hatte Nathalie so nicht geplant. Verdammt. Eigentlich hatte sie damit gerechnet, dass sie ihn abschrecken würde.

Für einen Moment hielt sie inne, um sich umzuschauen. Der Dielenboden wirkte gepflegt, die Wände waren in Weiß gehalten. Schnickschnack wie Gemälde oder andere Kunstgegenstände gab es hier nicht. Im Flur stand lediglich eine alte Kommode, auf der ein Schälchen mit Schlüsseln glänzte.

Wie in Altbauten üblich, führte ein langer Gang durch die

Wohnung, es gingen fünf Türen ab, das sagte genug über die Größe aus. Billig war das hier nicht, aber das hatte Nathalie auch nicht erwartet. Natürlich nicht. Sie folgte ihm in die Küche, hängte ihren Trenchcoat über eine Stuhllehne und wartete gespannt auf seine Reaktion, wenn er ihr Outfit erblickte. Thies sollte danach schnell klar werden, dass sich aus ihrer Bekanntschaft nichts weiter ergeben würde.

Auf dem kleinen Küchentisch lag eine Brötchentüte. Das sollte ein Brunch sein? Beinahe hätte sie gelacht. Hatte er nie zuvor eine Frau zum Frühstück eingeladen? Ihr fiel der Spruch ein: Er hat sich bemüht.

Vielleicht machte Thies so was nicht häufiger, was sie sich nicht vorstellen konnte, ein Mann wie er hatte doch bestimmt an jedem Finger eine Verehrerin. Womöglich führte er die aber sonst hübsch zum Brunch aus. Auch eine Möglichkeit.

Die Küche war schlicht gehalten, aber musste kürzlich erneuert worden sein. Grifflose Schranktüren und eine Granitoberfläche rundeten das Bild der schmucklosen Eleganz ab. Natürlich hatte Thies eine moderne und teuer wirkende Kaffeemaschine, er stellte zwei Tassen darunter und drückte auf einen Knopf. Das Mahlwerk ertönte, und endlich drehte er sich zu ihr um.

Sie unterdrückte ein Grinsen, als sie sah, dass seine Augen untertassengroß wurden. Kein Laut kam über seine Lippen. Sie freute sich, dass zumindest etwas Überraschung zu sehen war.

»Wenn du mir freundlicherweise mein Telefon geben würdest?«, bat sie ihn jetzt mit unschuldigem Wimpernaufschlag. Beim Make-up war sie heute auch großzügiger gewesen, ihre Augen hatte sie dramatisch geschminkt.

»Gleich, Nathalie, warum die Eile?«, gab Thies zurück und wirkte nun alles andere als schockiert.

So hatte sie sich das nicht vorgestellt. Sie hatte das Domina-

Outfit doch nicht rausgeholt, damit er es ignorierte! Sie hatte ihn abschrecken wollen. Vielleicht stand er ja sogar darauf.

»Wie gesagt, ich muss arbeiten«, erklärte sie und hoffte, dass er den Wink mit dem Zaunpfahl verstand.

Nun frag schon wo, dachte sie ungeduldig und starrte ihn an.

Er ließ sich davon nicht beirren, sondern reichte ihr eine Tasse. Seelenruhig. »Milch? Zucker?«

Weil sie nichts von ihrer Coolness einbüßen wollte, erklärte sie: »Schwarz, wie meine Seele.«

Seine Mundwinkel zuckten, dann ging er an ihr vorbei. »Komm mit.«

Nathalie presste ihre Lippen zusammen und folgte ihm ins Wohnzimmer.

Auf dem Tisch standen zwei leere Bierflaschen, die spartanische Einrichtung aus der Küche setzte sich hier fort. Dass er einen riesigen Fernseher hatte, entging ihr nicht. Für den Hauch einer Sekunde sah Nathalie sich auf diesem Sofa liegen. In seinen Armen, während sie einen Blockbuster mit Popcorn genossen. Sie blinzelte verwirrt und schritt mit schwingenden Hüften zum Fenster. Dabei drehte sie ihm den Rücken zu und nippte vorsichtig an ihrem Kaffee.

»Willst du dich nicht setzen?«, bot er an.

Nathalie spürte seinen Blick im Rücken. Langsam drehte sie sich um, setzte sich auf die Fensterbank und überschlug ihre Beine. Dabei rutschte ihr Lack-Minirock ein Stück weiter nach oben. Das entging Thies ebenfalls nicht, ein Muskel zuckte an seiner Wange. Was das bedeutete, konnte sie nicht sagen. Vielleicht stand er auf den Domina-Look. Er wirkte jedenfalls eher neugierig und nicht entsetzt, wie es ihr Plan gewesen war.

Das hieß wohl, dass sie die nächste Stufe zünden musste.

»So, ich sitze. Kann ich jetzt mein Handy bitte wiederhaben? Ich verliere allmählich die Geduld«, gab sie kühl zurück, obwohl ihr Puls raste.

»Natürlich, dein Telefon.« Thies stand auf, verschwand und kehrte kurz darauf mit ihrem Smartphone zurück. Er drückte es ihr in die Hand und ließ sie dabei nicht aus den Augen. Der Sauerstoff im Raum schien sich zu verflüchtigen. Nathalie musste die Lippen öffnen, um besser atmen zu können. Dabei fiel ihr auf, wie gut er roch. Herb und frisch, wie ein echter Mann.

Ihre körperliche Reaktion auf diesen Schnösel war absolut unpassend.

Nathalie räusperte sich und entsperrte das Display, um zu sehen, ob sie etwas Wichtiges verpasst hatte.

»Verrätst du mir noch, was dieser Look soll?«

Mein Einsatz, dachte sie und lächelte ihn an. »Kannst du dir nicht denken, in welchem Gewerbe ich tätig bin?«

Er hob eine Braue. »Es scheint, als wäre ich ein wenig schwer von Begriff, klär mich auf.«

»Ich verdiene mein Geld als Sexarbeiterin.«

Thies zögerte, aber er wirkte nicht schockiert oder angewidert. »Weißt du, was ich glaube?«

»Nein, aber ich habe so eine dunkle Ahnung, dass du es mir gleich mitteilen wirst.«

Nun lächelte er spöttisch. »In der Tat, das werde ich, Nathalie. Ich glaube, dass du mich verschrecken möchtest. Aber das funktioniert so nicht, meine Liebe. Eine echte Domina würde sich von deinem Kostüm beleidigt fühlen.«

Oha. Das war gemein.

Und woher wusste er, dass es ein Kostüm war?

Nathalie nagte an ihrer Unterlippe und überlegte. »Es stimmt, ob du es nun glauben willst oder nicht.« Sie stand auf und stellte die Tasse ab.

»Warte, gib mir dein Telefon.«

Sie hielt es ihm hin. »Warum?«

Die Antwort erübrigte sich, er tippte eine Nummer ein.

Seine vermutlich. Dann bimmelte es im Nebenraum. »Damit du mich anrufen kannst, wenn dir danach ist«, erklärte er und gab es ihr zurück.

Seine Fingerspitzen auf ihrer Haut zu fühlen, ließ einen Schwarm Schmetterlinge in ihrem Bauch herumflattern. Was machte der Kerl mit ihr? Sie hatte ihn aus dem Konzept bringen wollen, stattdessen wirkte er nur noch interessierter. Verdammt.

Vielleicht stand er ja auf diese Art von Sex.

Nathalies Ding war es jedenfalls nicht, Männer vor sich krabbeln oder knien zu lassen, obwohl sie niemanden dafür verurteilen oder bewerten wollte. Sexuelle Vorlieben waren Privatsache, und jeder sollte tun oder lassen, was ihm oder ihr gefiel. Da war sie liberal. Solange man niemand anderem damit schadete, natürlich.

Nathalies Kehle wurde trocken, sie schluckte und rang um Fassung. Mit ihrer Lässigkeit war es jedenfalls vorbei. Sie merkte, dass ihr Lächeln ein wenig verkrampft war.

»Wenn du meinst«, war alles, was sie dazu sagte. Dann ging sie ein paar Schritte.

»Nathalie?«

Sie machte den Fehler und drehte sich zu ihm um. Der durchdringende Blick aus seinen braunen Augen traf sie ins Mark. Dieser Mann war gefährlich. Sehr gefährlich. Mit Leichtigkeit brachte er ihr inneres Gleichgewicht ins Wanken, und er wusste es. Er kannte seine Wirkung auf Frauen. Von Weiberhelden und untreuen Kerlen hatte sie die Nase voll. Nein, vielen Dank. Sie und Thies Engelmann, das konnte keine Gleichung werden. Dafür waren sie viel zu verschieden.

Sie hätte ihn niemals küssen dürfen. Für eine Sekunde starrte sie auf seine Lippen, und er bemerkte es natürlich.

Sein Mund verzog sich zu einem sinnlichen Lächeln. »Wann sehen wir uns wieder?« Es klang nicht nach einer Frage, eher nach einem erotischen Versprechen.

O Gott. Sie saß so was von in der Patsche.

»Gar nicht«, war alles, was sie erwiderte.

Es gab nur eine Lösung, sie würde diesen Mann meiden wie der Teufel das Weihwasser. Leider hatte sie den Eindruck, dass er das absolut nicht so sah. Ihr Plan, ihn mit ihrem Job zu verschrecken, hatte schon mal nicht geklappt. Ehe sie ging, erklärte sie dennoch: »Du denkst vielleicht, du bist mit allen Wassern gewaschen, Thies Engelmann. Und du bist davon überzeugt, dass du unwiderstehlich bist …«

»Bitte, wer hat hier eigentlich wen geküsst?«, unterbrach er sie amüsiert.

Tja, dem konnte und würde sie nicht widersprechen. Daher winkte sie ab. »Ach, vergiss den Kuss. Das ist Kinderkram. Ich habe nicht gelogen, als ich gesagt habe, dass ich eine Sexarbeiterin bin. Vielleicht arbeite ich nicht als Domina, aber in einem Job, der einem Mann wie dir für seine Partnerin, Freundin oder Affäre nicht gefallen würde.«

Er zog seine Brauen zusammen. »Was soll das denn heißen, einem Mann wie mir? Erklär mir das.«

Thies wirkte beleidigt, was Nathalie überraschte. Er musste doch wissen, was sie meinte. Man brauchte sich nur umzusehen, um das zu verstehen. Eppendorf. Männerclub. Gut geschnittene Anzüge.

Gut, was er nicht wusste, war natürlich, dass sie kein Interesse an gut betuchten Typen mit dem gewissen Hamburger Hintergrund hatte. Also würde sie es ihm erklären, dann konnten sie wieder ihrer Wege gehen. »Teures Essen mit viel Chichi, Klamotten, die mehr kosten, als andere im Monat verdienen, sehen und gesehen werden, geerbtes Geld, der richtige Stadtteil, der passende

Club, das richtige Auto, ein Ferienhaus auf Sylt – all das ergibt für mich keinen Sinn. Das meine ich mit *Leute wie du*.«

Thies hielt inne, dann nickte er. »Verstehe.« Seltsamerweise war der bedröppelte Gesichtsausdruck verschwunden, aber er lächelte auch nicht. Er wirkte nachdenklich, sie hatte eher mit einem weiteren spöttischen Kommentar gerechnet. »Dann habe ich bei dir also keine Chance?«

Nathalies Kehle wurde eng. Sie schüttelte den Kopf. »Leider nein, Thies. Das würde nichts werden mit uns. Du und ich, wir sind zu verschieden.«

Er trank einen Schluck Kaffee und schaute sie nachdenklich an. »Das ist schade, denn du kennst mich ja gar nicht.«

Punkt für ihn. Da stand sie nun in ihrem Kostüm auf irrsinnig hohen Absätzen und war sprachlos. Jeder andere Schnösel hätte längst das Weite gesucht – oder sie bereits ins Bett gezerrt. Dass Thies interessiert wirkte, obwohl sie alles versucht hatte, um das Gegenteil zu erreichen, rührte etwas in ihr an, was ihr Angst machte.

»Ich muss gehen«, war alles, was sie hervorbrachte, dann hastete sie aus seiner Wohnung.

Im Auto hielt sie das Lenkrad umklammert und ließ das Gespräch in ihrem Kopf Revue passieren. Das war wirklich anders verlaufen, als sie es geplant hatte.

Mit zittrigen Händen fuhr sie nach Hause. Dort wartete eine weitere Überraschung auf sie.

Rebecca saß mit einem Kaffee auf dem Sofa. »Wo kommst du denn her?«, wollte ihre Freundin wissen und richtete sich auf. »Und wie siehst du überhaupt aus?«

Nathalie prustete los. »Du klingst wie meine Mutter, Rebecca.« Nathalie setzte sich auf einen Stuhl und zog die Reißverschlüsse ihrer Stiefel herunter. »Was machst du hier?«

»Ich wollte nach dir sehen, du warst gestern so plötzlich

verschwunden, und an dein Telefon bist du auch nicht gegangen. Was ist los?«

»Ach, das ist eine lange Geschichte.« Sie winkte ab.

Rebecca grinste. »Zufälligerweise habe ich gerade Zeit. Also, schieß los! Spielt ein Mann darin eine Rolle? Hoffentlich kein Kunde!«

Nathalie seufzte. »Zuerst mal, es ist ein Kostüm, das ich angezogen habe, um einen – sagen wir mal – Verehrer abzuschrecken.«

»Ui, das klingt spannend. Hat es funktioniert?«

»Das ist ja das Seltsame: Nein. Er will mich trotzdem kennenlernen.«

»Du hast ihm gesagt, dass du als Domina arbeitest?«

»So ungefähr.«

»Mal von Anfang an. Letzte Woche war da noch niemand im Bild, oder hast du uns was verschwiegen?«

»Nein, natürlich nicht. Es ist eine flüchtige Bekanntschaft, und gestern Abend ist er dann im Club aufgetaucht. Das kam unerwartet, mit ihm hatte ich nicht gerechnet. Das Blöde ist …« Sie vergrub ihr Gesicht zwischen ihren Händen. »Ich habe eine Dummheit gemacht.«

»Das musst du näher erklären.«

»Ich war auf die Terrasse rausgegangen, um durchzuatmen, und dann stand er auf einmal vor mir. Davor hatte meine Mutter mir ein paar Neuigkeiten eröffnet, die mich ein bisschen verwirrt hatten. Er sah fantastisch aus, und ich dachte mir nur: Warum haben alle ein Liebesleben, nur ich nicht. Und na ja. Dann habe ich ihn geküsst.«

»Neeeeein!«, stieß Rebecca mit einem Quietschen hervor. »Und dann bist du mit ihm nach Hause gegangen, und ihr habt schmutzige Spielchen gespielt?«

Nathalie lachte. »Nein, Süße. Dann bin ich nach Hause

gefahren, weil er genau der Typ Mann ist, den ich nicht in meinem Leben haben will.«

Rebecca verdrehte die Augen. »Du nun wieder! Und warum dann der nuttige Aufzug?«

»Ich hatte mein Telefon auf der Terrasse vergessen, er hat es mitgenommen – was ich nicht wusste.« Sie erzählte von ihrem Anruf und seiner Frühstückseinladung und dass sie sich verkleidet hatte, um ihn abzuschrecken. Leider hatte es nicht so ganz funktioniert, wie sie es sich erhofft hatte.

»Und zuletzt hat er seine Nummer in mein Handy eingetippt und gefragt, wann wir uns wiedersehen.«

»Und?«

»Ja, gar nicht!«

Rebecca schimpfte. »Mensch, Nathalie. Thies Engelmann? Der Name sagt mir etwas, er ist Single. Das weiß ich bestimmt. Und er lässt nichts anbrennen. Der will bestimmt keine Beziehung, sondern Sex. Er ist genau das, was du brauchst. Eine Ablenkung vom grauen Alltag.«

Ein Lacher drang aus Nathalies Kehle. »Ach, jetzt kommst du so? Erst bin ich zu verrucht gekleidet, und jetzt willst du mich verkuppeln?«

»Ich hatte Sorge, du arbeitest seit neustem auch in St. Pauli.«

»Und wäre das so schlimm?«

»Ich glaube nicht, dass dich das glücklich machen würde, das ist mein Punkt.«

»Aber unverbindlicher Sex mit Thies Engelmann schon?«

Rebecca nickte und zeigte mit dem Daumen nach oben. »Bingo!«

»Du spinnst. Er sieht aus wie ein Anzugmodel, das auf der GQ abgebildet werden könnte.«

»Klingt perfekt«, kommentierte ihre Freundin gut gelaunt.

»Eben nicht. Das ist genau der Typ Mann, der mich nicht interessiert.«

»Wem willst du hier eigentlich was vormachen?«

Genau das fragte Nathalie sich auch gerade, denn welche Klamotten Thies trug, war ihr relativ gleichgültig. In ihrer Vorstellung zog er sie nämlich aus. Aber das würde sie Rebecca nicht erzählen, der fiel sonst womöglich irgendein Unsinn ein, um sie doch irgendwie mit ihm zu verkuppeln. Darauf konnte sie gut und gerne verzichten.

Rebecca ließ sich nicht davon abbringen. Sie zückte ihr Handy und googelte ihn. »O mein Gott!«

»Was?« Nathalie trat näher.

»Ach, ich denke, du bist nicht interessiert?« Sie grinste boshaft.

Nathalie verdrehte die Augen und stöhnte. »Du nennst dich Freundin? Ich weiß nicht …«

»Dr. Thies Engelmann. Er ist Arzt. Facharzt für Orthopädie in der Uniklinik Eppendorf, er hat es schon zum Oberarzt gebracht.«

Nathalie holte tief Luft. »Sage ich doch. Absolut nicht mein Typ.«

Blöd nur, dass ihre Hormone verrücktspielten, sobald sie an ihn dachte.

KAPITEL
FÜNF

Thies trat aus der Haustür in die schwache Nachmittagssonne. Im Garten der Großeltern roch es nach frischem Gras und Frühlingsblüten. Eine Biene summte an ihm vorbei und setzte sich auf eine Narzisse, die ihren Kopf durch das zu lange Gras reckte. »Was soll ich nur mit dem alten Kasten?«, brummte er vor sich hin, während er sich über die Stirn rieb. Jasper legte ihm eine Hand auf die Schulter und drückte sie aufmunternd.

»Opa wird sich schon was dabei gedacht haben, dass er dir sein Haus hinterlässt.«

Da war Thies sich nicht so sicher. Oder andersherum: Alles, was Opa ihm mit dieser Erbschaft sagen wollte, gefiel ihm nicht. »Die Praxis sieht aus, als könnte er gleich um die Ecke kommen. Es ist verrückt.« Sein Großvater hatte hier nicht nur gelebt, sondern auch gearbeitet.

»Ich glaube nicht, dass Opa davon ausging, dass du deinen Job im Krankenhaus sausen lässt, um hier in seine Fußstapfen zu treten.«

»Was dann?«

»Vielleicht hat er einfach begriffen, dass ich keine Villa brauche, du aber schon.« Jasper grinste.

»Ich habe eine Wohnung, wie du sehr gut weißt.«

»Was auch immer, womöglich interpretierst du zu viel hinein. Mir ist Cash ohnehin lieber. Vielleicht glaubte Opa, dass du derjenige sein könntest, der etwas Sinnvolles aus dem alten Schuppen machen könnte.«

»Was denn zum Beispiel? Abreißen und ein Mehrfamilienhaus hinklotzen?«

»Genau das nicht, mein Bester, und das weißt du auch sehr gut.«

Thies bekam Kopfschmerzen. Der Tag war ohnehin auch so schon mörderisch stressig gewesen, nicht genug damit, dass es zu Wochenbeginn ständig dazu kam, dass Dienstpläne wegen Krankheiten umgeschmissen werden mussten. Zudem war ihm auch die Klinikleitung auf den Senkel gegangen, dass er seine anstehende Reise nach Anatolien verschieben oder besser absagen sollte. Genau genommen wurde ihm das alles gerade zu viel. Die Erbschaft, der Stress mit den Vorgesetzten und das fehlende Kleingeld, um seine ehrenamtlichen Pläne zu finanzieren. Die Gespräche auf dem Frühlingsball hatten bisher keine nennenswerten Spenden hervorgerufen.

Thies war davon überzeug, dass, wenn er ein wenig mehr Zeit investieren könnte, auch die Geldbeutel lockerer säßen. Aber wenn er eines nicht kaufen konnte, dann mehr Stunden an einem Tag. »Wir können tauschen, Jasper, du kriegst das Haus und ich das Geld?«, bot er an.

Sein Bruder zeigte ihm einen Vogel. »Vergiss es. Tut mir leid, aber ich brauche das Geld, um es in meine Firma zu stecken.«

Thies seufzte, zu mehr kam er nicht, denn Jasper umarmte ihn kurz. »Ich muss los, wir hören uns die Tage, ja?«

»Klar, mach's gut.« Thies schlenderte zu seiner Vespa und setzte sich. Der Helm baumelte am Lenker. Er zückte sein Handy und schaute darauf. Keine Nachricht.

Zu schade, er hatte gehofft, dass Nathalie sich melden würde. Die Gute hatte gestern nämlich schon wieder etwas vergessen. Er schmunzelte bei der Erinnerung an ihre Erscheinung. Sie hatte einen schrägen Humor, das war klar, und es gefiel ihm. Sie gefiel ihm sogar sehr gut. Deshalb wählte er Nathalies Nummer, von wegen, wenn der Prophet nicht zum Berg kam …

Es klingelte, aber sie nahm nicht ab. Thies verlor beinahe den Mut und wollte sein Telefon gerade wieder wegstecken, als sie doch noch dranging.

»Was willst du?«, kam sie direkt zum Punkt. Ihre Stimme klang jedoch freundlich, nicht schroff. Seine Lippen verzogen sich zu einem Grinsen. Mit ihr würde er sicher niemals auch nur eine Sekunde Langeweile verspüren, so viel war klar.

»Vermisst du mich nicht?«, neckte er sie.

Es folgte ein kurzes Schweigen, ehe Nathalie antwortete. »Wie kommst du nur darauf?«

Obwohl er wusste, dass sie es nicht sehen konnte, zuckte er die Schultern. »Nur so eine Vermutung …«

»An Selbstüberschätzung leidest du wohl nicht?«

»Wer hat denn hier wen geküsst?«

»Ach, geht es immer noch darum?«

»Nicht direkt, nein. Du hast eine Tendenz, Dinge liegen zu lassen, weißt du das?«

»Sprich nicht in Rätseln.«

»Du hast deinen Mantel bei mir vergessen.«

»Oh«, war alles, was von ihr kam.

»Ich bin unterwegs und könnte ihn dir bringen.«

»Du hast doch keine Ahnung, wo ich wohne.«

»Deswegen rufe ich an.«

»Na schön, aber glaub nicht, dass ich dich reinbitte.«

Er lächelte. »Wenigstens bist du ehrlich, das mag ich an dir, Nathalie.« Tatsächlich war das eine der Eigenschaften, die er schätzte. Sehr sogar. »Also, wo darf ich den Mantel abliefern?«

Sie nannte ihm ihre Adresse. Nach Altona würde er ungefähr zwanzig Minuten unterwegs sein. Er freute sich, sie gleich wiederzusehen. »Lauf nicht weg, ja?«

»Keine Sorge, Thies. Ich werde deine Lieferung persönlich entgegennehmen.«

In seinem Bauch regte sich ein seltsames Kribbeln, während er das Grinsen gar nicht mehr aus dem Gesicht bekam. Ein wenig albern kam ihm seine Freude selbst vor, aber er war kein Typ, der alles überanalysierte, deshalb verdrängte er diese komischen Anwandlungen und fuhr los.

»WOMÖGLICH MUSS ich mir bald ein Zweithandy zulegen«, murmelte Nathalie, während sie das Nagellackfläschchen zudrehte und ihre Hände ausschüttelte. Die eingehenden Teilnehmer der Hotline wurden über die App weitergeleitet, und es war eigentlich kein Problem, sie von »normalen Anrufen« zu unterscheiden, aber eben hatte sie kurz nicht aufgepasst – und dann war es Thies gewesen.

Nathalie überlegte, ob sie sich umziehen sollte, entschied sich aber dafür, die Jogginghose und das Top anzubehalten – um gar nicht erst einen falschen Eindruck entstehen zu lassen. Ehe sie zu einem weiteren Gedanken kam, blinkte ein Hotline-Anruf auf ihrem Display. Gut, dass sie das Headset trug. Nach der üblichen Begrüßung meldete sich der Kunde. Es war Helmut, sie erkannte ihn an seiner Stimme.

»Ich, äh«, stammelte Helmut, er klang bedrückt und peinlich berührt.

»Wir können offen miteinander reden, nichts hat sich verändert«, versuchte Nathalie ihn zu beruhigen. Tatsächlich war es so, dass sich für sie schon etwas modifiziert hatte, aber das betraf nicht nur Helmut. Zum ersten Mal, seit sie diesen Job machte, hatte sie es heute als anstrengend und mühsam empfunden. Sie überlegte ernsthaft, eine Pause einzulegen. Es sollte ja nicht zur lästigen Pflicht werden. Nathalie hatte ein wenig Geld zur Seite gelegt, und schließlich hatte sie seit Monaten nicht länger als ein paar Tage freigemacht. Vermutlich rührte ihr mangelnder Elan daher, dass sie urlaubsreif war. Aber jetzt würde sie sich erst einmal um Helmuts Anliegen kümmern.

»Es ist mir schrecklich unangenehm«, fuhr er fort und klang mehr als zerknirscht dabei.

»Das sollte es nicht. Es ist, wie ich sagte, das hier ist ein geschützter Raum, nichts von dem, was am Telefon besprochen wird, wird jemals jemand erfahren – außer, du möchtest es.«

»Ich liebe meine Frau. Sie ist perfekt, sie ist fürsorglich, wundervoll und eine großartige Mutter. Es würde sie umbringen, wenn sie *das* erfährt.«

»Von mir nicht, mach dir keine Sorgen.«

»Ich … Das Einzige, was mir fehlt, ist das, was ich bei dir bekomme.«

Nathalie sah sich weder als Therapeutin noch als Eheberaterin, aber sie wusste, dass die Männer oft woanders das nicht ausleben konnten, was sie ihnen übers Telefon ermöglichte. Es waren Gespräche, die Männer redeten über ihre Fantasie, und Nathalie hörte zu und lenkte die Unterhaltung in die Richtung, die sich die Anrufer wünschten. Sie wertete nicht über die Vorlieben anderer. Sie sagte ihnen einfach das, was sie hören wollten. Am Ende fühlten die Kunden sich besser als vor dem Gespräch. Was nicht zwingend mit der sexuellen Erlösung zu tun hatte. Einige mussten nur das Gefühl vermittelt bekommen, dass mit ihnen alles okay war, dass sie mit ihren Vorlieben in

Ordnung waren. Natürlich gab es auch die Anrufer, die nur eine rasche Befriedigung suchten, die brauchten dann nicht mehr als die Standardsprüche, auch das war schnell erledigt und gehörte zum Job dazu.

»Ich bin kein Objekt«, erklärte sie Helmut. »Ich bin nicht deine Fantasie, und ich sehe mich auch nicht als Projektion deiner Sehnsüchte. Aber ich bin für dich da, ich höre zu, und ich sage dir das, was du brauchst, um dich angenommen zu fühlen.«

»Bisher habe ich mir kaum Gedanken darüber gemacht, wer am anderen Ende der Leitung sitzt, aber seit Samstag konnte ich damit nicht aufhören. Ich hätte nie gedacht, dass mir das passieren würde.«

»Ich verstehe, dass es unangenehm für dich ist, aber ich wusste nichts von dir, ehe ich dort angekommen bin, und ich werde auch niemandem etwas erzählen.«

»Du kannst den Job natürlich haben im Club.«

Nathalie verdrehte die Augen. Genau das war etwas, was sie absolut nicht wollte. »Nein, danke. Ich glaube, das ist keine gute Idee.«

»Ich werde nicht mehr anrufen.«

»Mach dir keine Sorgen, niemand wird etwas erfahren«, wiederholte Nathalie. »Ich kann das gar nicht oft genug sagen. Ich verstehe, dass sich für dich alles ändert, seit du weißt, wer ich bin.«

Es ging ihr ähnlich. Sie wünschte Helmut den Mut, seiner Frau vielleicht doch einmal von seinen Fantasien zu erzählen.

Aber das ging sie nichts an, deshalb hielt sie dazu den Mund. Sie würde ihrem Partner immer von ihren Wünschen berichten – Nathalie hatte Helmut schon öfter dazu ermutigt. Aber er hatte zu viel Angst, in den Augen seiner Frau als Perverser dazustehen. Er hatte Sorge, seine Würde zu verlieren.

Das konnte Nathalie nachvollziehen, nicht jeder war bereit, seine intimsten Wünsche zu teilen, dabei waren seine Vorstellungen nicht mal besonders schräg.

»Kann ich dir eine persönliche Frage stellen?«, riss er sie aus ihren Grübeleien.

»Eigentlich nicht«, erwiderte Nathalie, dann fügte sie hinzu: »Aber tu es, ich weiß nur nicht, ob ich sie beantworten möchte.«

»Mir war immer klar, dass Frauen, die als Sexarbeiterinnen tätig sind, nicht hohl oder hässlich sind. In unserer Gesellschaft ist es nur nicht akzeptiert oder angesehen. Ich habe großen Respekt vor dir und dem, was du tust. Aber warum machst du es? Männer wie ich können dir doch nichts geben. *Ich* bin nicht das, was dir Freude bereitet.«

»Es ist meine Arbeit – es geht hier nicht um mein Vergnügen, sondern darum, dem Anrufer das zu geben, was er sich wünscht.«

»Verstehe. Und was sagen deine Eltern dazu?«

»Die wissen es nicht, und es wäre schön, wenn es so bliebe.« Sie lächelte schwach.

»Warum bist du nicht offen in dieser Hinsicht, du wirkst immer so … lässig und ehrlich.«

»Warum bist du es nicht?«, erwiderte sie freundlich.

»Weil ich nicht verurteilt werden möchte für das, was meine Fantasien sind. Es ist doch pervers, dass ich mir ausmale, wie ein Hausmädchen nicht nur mein Zimmer putzt, sondern mich heiß findet …« Er hörte auf zu erzählen. Natalie fand seine Vorstellungen alles andere als pervers, sie hatte schon ungewöhnlichere Sachen gehört. Ein kleines Rollenspiel war völlig normal, viele hatten Freude daran. Vielleicht ja auch seine Frau, aber Nathalie verstand, warum er sich nicht traute, es zu besprechen.

»Ich verurteile dich nicht. Unsere Gesellschaft ist nun mal

scheinheilig. Ich mag meine Arbeit, aber ich habe keine Lust, mich dafür rechtfertigen zu müssen. Dir geht es mit deinen Anrufen möglicherweise ähnlich.«

»Das stimmt. Und du hast dir beruflich nie etwas anderes erträumt? Entschuldige, wenn ich so neugierig bin. Du wirkst so kompetent und klug, reicht es dir, mit Männern wie mir zu telefonieren?«

»Das geht jetzt doch ein bisschen zu weit.« Nathalie dachte an ihr Studium und an all das, was sich seitdem verändert hatte.

Wäre sie nicht auf den falschen Mann hereingefallen, wäre sie heute beruflich wahrscheinlich in einer ganz anderen Position. Sie konnte nur nicht sagen, ob sie es bedauerte oder begrüßte. »Aber, Helmut, was ich noch loswerden möchte: Sag nicht Männer wie du, du bist in Ordnung, es ist nichts Besonderes, gewisse Vorlieben zu haben, weißt du?«

Er ging nicht darauf ein. »Ich wünsche dir alles Gute. Und mein Angebot steht, wenn du die Stelle im Büro bei uns möchtest, bekommst du sie.«

»Nein, danke, wirklich nicht. Alles Gute auch für dich.«

Er legte auf, und Nathalie war nicht sicher, ob sie je wieder von ihm hören würde. Fast tat es ihr ein bisschen leid, er war nett, aber sie war nicht seine Therapeutin. Dennoch war klar, dass Helmut sich für etwas schuldig fühlte, was definitiv nichts Verwerfliches war. Das müsste doch auch seine Frau so sehen? Oder auch nicht, Menschen waren unterschiedlich. Auf eine gewisse Weise konnte sie verstehen, warum er es lieber für sich behielt. Sie hatte gerade das Headset beiseitegelegt, als es an der Tür klingelte.

O Mist. Hatte sie so lange mit Helmut gesprochen? Nathalie schaute an sich hinunter, auf ihrer Jogginghose war ein weißer Fleck, vorhin war ihr etwas Joghurt vom Löffel getropft. Sie verzog ihr Gesicht, dann zuckte sie die Achseln und ging zur

Tür, um Thies nicht unnötig lange warten zu lassen. Sie merkte, dass ihre Handflächen feucht waren. Wie unangenehm. Sie war tatsächlich nervös!

Nathalie wischte sich die Handflächen an der Hose ab, dann öffnete sie die Tür. Thies sah gut aus, natürlich. Er würde wirklich als Covermodel durchgehen – egal in welchem Outfit. Heute trug er ein weißes Hemd zu einer dunkelblauen Chino und braunen Bootsschuhen. Seine Haare waren ein wenig zerzaust, und sein Lächeln war strahlend.

Ihr Mund wurde staubtrocken. »Du bist ja schneller als die Feuerwehr.«

»Wo ist dein Dominakostüm heute?«

»Sehr witzig.«

»Zu hübschen Frauen fahre ich gern ein bisschen zügiger. Besser?«

Nathalie runzelte die Stirn. »Pass auf, sonst hinterlässt du eine Schleimspur.«

Thies grinste und hielt ihr den Mantel hin. »Bitte, hier ist das gute Stück zurück.«

»Es ist nett, dass du dir die Umstände gemacht hast.«

Sein Blick wurde so intensiv, dass Nathalie heiß wurde. Ihr Herz klopfte schneller. Was war nur mit ihr los? So heftig reagierte sie nie auf fremde Männer. Es war nicht nur ungewöhnlich, es war unangenehm und höchst verwirrend.

»Im Grunde war es nur ein Vorwand, um dich wiederzusehen. Ich bin dir also dankbar, dass du mir ein Pfand dagelassen hast.«

Die Anmachsprüche hatte er gut drauf. Das Blöde dabei war nur, dass sie funktionierten. Schmetterlinge flatterten in ihrem Bauch auf.

»Fängst du jetzt wieder mit dieser Cinderella-Nummer an?«

Thies lächelte spöttisch. »Ich glaube nicht an Märchen.«

Sein Tonfall jagte kleine Schauer an ihrer Wirbelsäule auf und ab. Nathalie räusperte sich. »Dabei sind wir uns wenigstens einig. Ich habe den Mantel nicht absichtlich vergessen, manchmal bin ich einfach ein bisschen zerstreut. Du solltest es nicht als Kompliment oder Anmache ansehen.«

Sein Grinsen sagte mehr als genug, er wusste, wie er bei Frauen ankam – und auch bei ihr. Das ärgerte Nathalie, und auf Spielchen hatte sie keine Lust. Andererseits kam ihr Rebeccas Kommentar, dass er nur auf der Suche nach Sex wäre, wieder in den Sinn. Dass er hier keine ernsthaften Absichten hegte, war offensichtlich. Was sie davon halten sollte, konnte sie allerdings nicht genau sagen. Sie war hin- und hergerissen. Deshalb entschied sie sich, wie fast immer, für einen direkten Ansatz. »Nur in Filmen machen Männer so komisches Zeug, wie den Frauen Sachen hinterherzutragen. Die Absicht ist dann immer klar. Sie wollen jemanden flachlegen. Wie ist es bei dir?«

»Bei mir ist es auch so. Daraus mache ich kein Geheimnis. Du faszinierst mich, und den Kuss fand ich auch ganz gut.«

»Ganz gut?« Sie schnappte nach Luft.

Er war fantastisch gewesen. Weltverändernd. Zumindest für sie.

Thies neigte den Kopf zur Seite, und es kam ihr so vor, als ob er genau wüsste, was sie dachte. Nathalies Wangen fingen an zu brennen. Sie wollte sich Luft zufächeln, aber ließ es sein. Sie war definitiv aus der Übung, was Flirten anging.

Thies trat einen Schritt näher, der Duft seines Aftershaves stieg ihr in die Nase. Verdammt, er roch einfach himmlisch. »Ich will ehrlich sein, Nathalie. Ich habe seit unserer ersten Begegnung immer wieder an dich gedacht. Und seit dem Frühlingsball bekomme ich dich nicht aus meinem Kopf.« Er hob eine Hand und strich ihr eine Strähne aus dem Gesicht. Seine kühlen Finger auf ihrer erhitzten Haut zu spüren, raubte ihr den Atem. Sie öffnete ihre Lippen und verlor sich in seinen samtbraunen Augen.

Dass sie in Jogginghose und Shirt vor ihm stand, schien Thies nicht im Geringsten zu stören. Sie hätte ihn oberflächlicher eingeschätzt. Oder er litt unter sexuellem Notstand, was sie sich nicht vorstellen konnte – an Kandidatinnen mangelte es ihm bestimmt nicht.

»Ich will es wieder tun«, wisperte er, seine Stimme war heiser.

Sie schluckte und schaute zu ihm auf. Thies war ihr so nah, seine Hand spielte noch immer mit ihrer Haarsträhne. Ein lustvolles Pochen meldete sich in ihrem Unterleib. »Was?«, war alles, was sie erwiderte, ihre Stimme klang atemlos.

»Ich möchte dich küssen. Wieder und immer wieder.«

Ihre Knie waren jetzt vollends weich.

Sie war Single. Sie war allein. Das hier war nichts Ernsthaftes. Keine Gefahr also für ihr Herz.

Nathalie schaltete ihren größten Gegner aus: ihren Kopf. »Dann tu es doch«, wisperte sie und zog ihn an seinem Hemd zu sich heran und legte ihren Kopf in den Nacken.

Doch ehe seine Lippen auf ihre trafen, löste sie sich von ihm. »Moment«, stieß sie hervor. Verdammt. Es hatte doch nicht geklappt, einmal nicht nachzudenken.

Er kniff die Augen kurz zusammen und sah sie fragend an.

»Du weißt, dass ich keine Witze gemacht habe, oder?«

»Womit?«

»Mit meinem Job.«

»Möchtest du das vor deiner Haustür mit mir besprechen?«

»Wieso nicht? Ist es nicht schön hier?«

»Du könntest mich auch hereinbitten. Ich habe Hunger, ich bin den ganzen weiten Weg bis zu dir rausgekommen …«

Nathalie lachte. »Es ist ja nicht so, dass du auf dem Rücken eines Esels durch Wind und Wetter her reiten musstest.«

»Nathalie, Nathalie.« Er seufzte leise und schüttelte schmunzelnd den Kopf. »Du bist anders als alle Frauen, die mir je begegnet sind.«

Ob das als Kompliment oder Beleidigung gemeint war, konnte sie nicht sagen. Sie sollte ihn wegschicken, aber sie wollte nicht. Es war schön, ihn zu sehen. Sie hatte sich wirklich gefreut. »Na gut, dann komm rein, aber erwarte keinen Palast.«

»Was lässt dich glauben, dass mir das wichtig wäre?«

Sie lachte sarkastisch, aber hielt die Klappe. »Wasser oder Wein?«, fragte sie stattdessen, während sie ihn ins Wohnzimmer führte.

»Ich habe das Gefühl, dass ich besser einen klaren Kopf behalte, also Wasser. Aber ich hätte Hunger.« Er schaute sich um und ließ sich aufs Sofa plumpsen.

»Fühl dich wie zu Hause«, meinte sie mit hochgezogener Augenbraue.

»Du bist witzig.«

Nathalie wusste nicht, wohin mit ihren Händen, also steckte sie sie in die Hosentaschen des Joggers. »Ich stamme aus Sarkastien, einem Dorf am ironischen Ozean.«

Thies legte den Kopf in den Nacken und lachte kehlig. »Genau das. Herrlich. Neulich habe ich mich gefragt, ob du betrunken sein könntest, jetzt weiß ich wenigstens mit Sicherheit, dass du immer so bist. Das gefällt mir.«

Seine Offenheit machte ihr zu schaffen. Das konnte doch gar nicht sein.

Nathalie holte ihr Handy vom Tisch und sah, dass sie zwei Kundenanrufe verpasst hatte. Egal. Sie loggte sich aus der App aus und öffnete stattdessen die Seite eines Lieferdienstes. »Ich kann nicht kochen. Wenn du Hunger hast, müssen wir was bestellen.«

»Siehst du, da würden wir uns gut ergänzen, denn ich bin

ein fantastischer Küchenmeister, soll ich mal in deinen Kühlschrank schauen?«

»Da wirst du nichts finden, tut mir leid. Wie wäre es mit Chinesisch?«

Thies überschlug ein Bein. »Von mir aus gern.«

»Was Bestimmtes?«

»Such was für mich aus.«

Während sie die Bestellung aufgab, fragte sie sich, was sie da gerade machte. Führte das geradewegs in ihr Bett? Und wollte sie das überhaupt? Ihre Hormone schrien Ja, aber der Rest von ihr? Nathalies Einstellung gegenüber Männern aus Thies' Liga hatte sich nicht geändert. Sie wollte keinen Oberarzt aus guter Familie, und sie hatte auch nicht vergessen, wie arrogant er bei der ersten Begegnung gewesen war.

Was, wenn diese Lockerheit hier nur Show war, um sie ins Bett zu bekommen? Sie betrachtete Thies verstohlen, der gerade in einem Lifestyle-Magazin blätterte, das auf ihrem Wohnzimmertisch gelegen hatte. Entweder er war ein verdammt guter Schauspieler, oder sie hatte sich anfangs in ihm getäuscht. Dass sie auf Letzteres hoffte, ließ alle Alarmglocken in ihr schrillen. Eilig ging sie in die Küche, schickte die Order ab und füllte zwei Gläser mit Wasser.

»Dauert zwanzig Minuten«, verkündete sie, als sie zurück ins Wohnzimmer kam. Sie stellte ihm ein Glas vor die Nase, zog sich einen Stuhl vom Esstisch heran und setzte sich ihm gegenüber.

»Was wird das, ein Verhör?«, scherzte er und klappte die Zeitschrift zu.

»Was willst du wirklich hier?«

Er neigte seinen Kopf auf diese gewisse Weise, ehe er antwortete. »Du bist ganz schön misstrauisch. Kannst du nicht an das Gute in einem Menschen glauben?«

»Ehrlich gesagt, nein.«

»Erzähl mir von deinem Job, Nathalie. Es scheint dir wichtig zu sein, dass man das über dich weiß.«

Seine direkte Art überrumpelte sie. Sonst war das ihre Art. »Telefonsex. Das ist das, was ich mache, so verdiene ich meine Brötchen.«

»Okay.« Er sah nicht schockiert aus. »Erklär es mir.«

»Wie das geht? Willst du mich mal eben anrufen?«, scherzte sie.

Seine Mundwinkel zuckten. »Klingt verlockend, vielleicht später, wenn ich zu Hause bin.«

O Gott. Dieser Blick. Dieses Lächeln. Nathalie biss sich auf die Unterlippe, weil sich das, was sie tief in ihrer Mitte spürte, gefährlich gut anfühlte.

»Nun, Scherz beiseite.« Sie konzentrierte sich aufs Thema. »Ich habe keine Ahnung, ob du es schon mal probiert hast, also für Telefonsex zu bezahlen. Ich bin die am Ende der Leitung.«

Thies fuhr sich durch die Haare. »Ich bin Telefonsex-Jungfrau, um ehrlich zu sein.« Er grinste spitzbübisch. »Wie bist du dazu gekommen?«

»Das ist eine lange Geschichte«, wich sie aus. Sie hatte keine Lust, über die Gründe zu reden, dafür kannten sie sich nicht gut genug und würden sich vermutlich auch niemals gut genug kennenlernen. Nur ihre besten Freunde wussten alles über die schmerzhafteste Epoche ihres Lebens, und so sollte es bleiben.

»Dann erzähl mir, wie es für dich ist. Ich kann es mir nicht vorstellen, redet man einfach drauflos?«

Nathalie war überrascht, dass er sich ernsthaft dafür zu interessieren schien. Sie benutzte die Wahrheit sonst als Mittel, um mögliche Verehrer loszuwerden. Thies war der Erste, der nachfragte und keine abwertenden Kommentare dazu abgab. Die Gesellschaft ächtete Leute, die in diesem Business tätig waren. Dass Thies offenbar keiner von denen war, überraschte sie.

»Das erste Gespräch war eine Katastrophe«, gab sie zu. »Mein Herz schlug mir bis zum Hals hinauf. Ich habe kaum ein Wort rausgebracht, was natürlich bei einem Telefonat blöde ist. Ich war klatschnassgeschwitzt. Ich war überfordert damit, zuzuhören und mir gleichzeitig etwas Geeignetes zu überlegen, was man erwidern kann, und es dann auch auszusprechen. Damit nicht genug, man muss auch schauen, dass man es im passenden Tonfall rausbringt, sonst klingt es ja schlimm. Du kannst dich nicht einfach hinsetzen und sagen: So, Junge, jetzt hol dir mal einen runter.« Nathalie lächelte, und Thies erwiderte es. Er hörte gespannt zu, also erzählte sie weiter. »Ein falscher Begriff, und der Mann legt auf. Der meldet sich nie wieder. Dafür braucht man viel Übung und – Achtung Wortspiel – Fingerspitzengefühl, bis man in so einem Gespräch sicher ist.«

»So komplex habe ich mir die Sache nicht vorgestellt.«

»Ist es aber.«

»Was wünschen sich Männer so?«

»Es ist sehr unterschiedlich. Als mir der Erste erzählt hat, dass er sich gern Frauenwäsche anzieht, dachte ich, meine Güte, Nathalie, der macht sich lustig über dich. Aber nein, es gibt so viele geheime Fantasien, dass ich mich anfangs oft gefragt habe, ob ich wirklich so wenig erlebt habe, dass mir das nicht mal in den Sinn gekommen ist.«

»Ich habe gedacht, dass heute alles übers Internet laufen würde, mit Webcams und so. Machst du so was auch?«

»Nein, das geht mir zu weit. Telefonsex ist außerdem nach wie vor sehr gefragt.«

»Und was sind die Stoßzeiten?« Er lachte und schlug sich dann an die Stirn. »Sorry, das war ein blöder Witz.«

»Schon gut. Es läuft Tag und Nacht, sieben Tage die Woche. Manche Männer liegen neben ihren Frauen. Wenn die schlafen, rufen sie mich an.«

Thies' Mund klappte auf. »Nein!«

»Doch. Das gibt es. Weniger los ist Sonntagabend, da schauen alle Tatort.«

Er lachte. »Die Deutschen sind anscheinend berechenbar, hm? Also zur Fußball-WM kannst du auch Urlaub machen?«

»So ein Spiel dauert ja nur neunzig Minuten, aber in der Zeit kann ich in Ruhe abendessen, ja.«

»Und wie viel telefonierst du?«

»Es ist lukrativ, daher weniger, als man denkt.«

»Aber stundenlang über Sex zu reden kann auch langweilig werden, macht dir das wirklich Spaß?«

»Es ist Arbeit für mich, kein Spaß. Und viele rufen nicht nur deswegen an, einige haben ganz andere Sorgen. Manchmal bin ich einfach nur eine Gesprächspartnerin. Ich höre zu, und die Männer können reden. Natürlich geht es bei vielen darum, dass sie sich Lust verschaffen. Das ist klar.«

Für einen Moment herrschte Schweigen. Sie schauten sich in die Augen, und Nathalie wurde nervös. Sie las Zuneigung in seinem Blick und ehrliches Interesse. Es verunsicherte sie, und deshalb schaute sie auf ihr Handy. »Die Bestellung müsste gleich kommen«, wich sie aus.

»Eine Frage noch«, bat Thies sie.

»Ja?«

»Erregt es dich, mit den Männern zu sprechen?«

Nathalie verdrehte die Augen. »Nein, das ist das größte Missverständnis. Die Männer, die mich anrufen, denken auch nicht, dass ich mich dabei selbst befriedige – es ist eine einseitige Sache. Es geht nicht um mich, sondern darum, den Anrufer mit Worten da hinzuführen, wo *er* hinwill. Meine Worte müssen Bilder erschaffen, und das tue ich für die Anrufer. Es ist nicht mein gedanklicher Film, es ist ihrer.«

Thies wirkte ernst, nachdenklich. »Ich glaube, dass du das sehr gut kannst.«

»Danke.« Auf einmal war sie verlegen.

»Und … du bleibst dran, bis sie …? Du hörst ihnen beim Orgasmus zu?«

»Manchmal. Der Anrufer entscheidet, wann er sich ausklinkt. Viele wollen tatsächlich für sich sein, sie legen auf, ehe sie kommen. Der private Moment soll bei einigen privat bleiben, es ist unterschiedlich.«

»Das alles klingt seltsam für mich, aber irgendwie auch spannend. Das Komische ist …« Er rückte ein wenig auf dem Sofa hin und her, als ob er verlegen wäre … oder erregt?

»Was?« Ihr Herz schlug schneller, sie öffnete die Lippen.

»Ich habe das immer als etwas Perverses abgetan.«

Nathalie sagte nichts, aber sie war ein wenig enttäuscht. Bis eben hatte sie gedacht, dass er es verstehen würde.

»Jetzt sehe ich das anders«, fuhr er fort.

Sie atmete erleichtert aus. »Aber?«

Thies lächelte, es wirkte ein wenig angespannt. »Du wirst es mir nicht glauben oder womöglich falsch verstehen …«

Er zögerte? Das war eigenartig. Spannend irgendwie. Sie wollte wissen, was in ihm vor sich ging. »Ich verurteile dich nicht, du kannst aussprechen, was du denkst.«

»Ich würde nicht mit jemandem anonym telefonieren wollen, aber ich verstehe, was du mir erzählst. Allerdings … Ich könnte mir verdammt gut vorstellen, es mit dir zu tun, weil ich weiß, wer du bist. Trotzdem würde ich mir immer wünschen, dass du kein Bild für mich malst, sondern dass es eher etwas Gemeinsames wäre.«

»Das ist der Unterschied zu einem Anruf, bei dem du anonym bist und bezahlst, würde ich sagen. Privat habe ich so was noch nie gemacht. Ich weiß auch gar nicht, ob ich das könnte.«

»Ich wollte damit nicht sagen, dass ich das von dir will, ich hoffe, du verstehst mich da jetzt nicht falsch.«

»Was willst du dann von mir?« Sie schaute ihn direkt an.

Thies hielt ihrem Blick stand. »Ich bekomme dich nicht aus dem Kopf, ich denke immerzu an dich. Ich bin hier, weil ich mich zu dir hingezogen fühle. Wo das hinführt? Das kann ich nicht sagen. Spannender wäre die Frage, ob es dir auch so geht …«

KAPITEL SECHS

Thies atmete tief durch und fuhr sich mit beiden Händen über das Gesicht, während Nathalie das Essen entgegennahm. Froh über diese kurze Verschnaufpause lehnte er sich zurück. Er war nach dem vorausgegangenen, sehr offenen Gespräch durch den Wind.

So gut er nachvollziehen konnte, was Nathalie berufsmäßig machte, so wenig gefiel es ihm, wenn er dabei an die anderen Männer dachte. ›Eifersucht?‹, schoss es ihm durch den Kopf und schob den Gedanken sofort von sich.

Sobald er sich mit ihr in einer erotischen Unterhaltung vorstellte, fand er es reizvoll, aber nur, wenn sie auch etwas dabei empfinden würde.

Nathalie kehrte ins Wohnzimmer zurück und stellte zwei Tüten auf dem kleinen Couchtisch ab, dann zog sie zwei Kissen vom Sofa. Eins legte sie ihm vor die Füße und eins auf die andere Seite für sich selbst. Er setzte sich auf den Boden, der Tisch stand zwischen ihnen. Er zupfte die Tüten auseinander und holte die Boxen heraus. »Teilen?«, schlug er vor, und ihr

Gesicht hellte sich auf. Sie schob ihm ein paar Essstäbchen über die Tischplatte zu. »Gern und danke.«

Er spürte, dass sie genauso befangen war wie er. »Ich möchte nur sagen, dass ich Respekt für das habe, was du tust, Nathalie.«

Sie guckte ihn aus großen Augen an. »Ich spüre ein Aber. Deswegen rede ich offen über das, was ich tue, ich schäme mich nicht, und ich finde es auch nicht verwerflich. Allerdings kann ich mir nicht vorstellen, Telefonsex mit meinem Freund zu haben. Also falls du deswegen hier bist, das wird nicht passieren.«

»Erst mal, ich finde es schön, dass du dir vorstellen kannst, dass ich dein Freund sein könnte.« Er lächelte sie an und sah, dass sich ihre Wangen rosa färbten. Ehe sie etwas antworten konnte, fuhr er fort. »Ich muss zugeben, dass mir das alles neu ist, aber ich verstehe, dass das eine nichts mit dem anderen zu tun hätte. Ich würde jetzt nur nicht unbedingt danebensitzen wollen, wenn du arbeitest.«

Nathalie schaute ihn nachdenklich an. »Okay. Hast du sonst noch Fragen?«

Thies machte sich über die Bratnudeln her. Er fühlte sich erleichtert, dass er das losgeworden war, und davon, in einer Beziehung mit ihr zu sein, waren sie Lichtjahre entfernt. »Es gefällt mir, dass du so offen bist. Das Einzige, was ich hasse, sind Lügen«, meinte er abschließend, denn das war tatsächlich das, womit er niemals klarkommen würde.

Ihre Augen weiteten sich. »Oh. Gut. Das geht mir genauso.«

Wie von selbst verzogen sich seine Lippen zu einem Lächeln. »Schön. Dann hätten wir das geklärt.«

Nathalie lachte. »Und jetzt? Willst du mir einen Zettel über den Tisch schieben, drei Kreuzchen hinmachen und mich fragen, ob ich mit dir *gehen* will?«

»Sagt man das heute überhaupt noch so?«

»Ich stehe auf alte Filme.« Sie fischte ein Stück Hühnchen mithilfe der Stäbchen aus dem Karton und stopfte es sich in den Mund.

»Du bist eine faszinierende Frau, Nathalie Henning.«

»Hör auf, du machst mich verlegen. Ich brauche niemanden, der mir Honig um den Bart schmiert, das kann ich selbst.«

»Bin ich zu direkt?«

»So ungefähr, das ist eigentlich meine Stärke. Außerdem finde ich, das geht alles ein bisschen zu schnell. Zwischen eindeutiger Abneigung und schmeichelhaften Komplimenten liegt kaum mehr als ein Wimpernschlag, also mach mal halblang.«

Thies lachte. »Ich verstehe, was du meinst. Aber mir ist schon lange keine Frau mehr begegnet, bei der ich das gespürt habe, was ich in deiner Nähe empfinde.«

Sie legte ihre Stäbchen beiseite und schaute ihn ungläubig, fast ein wenig unsicher an. »Wo ist der Haken bei dir, Dr. Thies Engelmann? Also vom Beruf und dem Geld mal abgesehen?«

Mit einem Kopfschütteln erwiderte er: »Du bist die Erste, die sich darüber beschwert, dass ich einen guten Job habe.«

Nathalie zuckte die Schultern und senkte den Blick auf ihr Essen. Sie war auf einmal sehr beschäftigt mit den Stäbchen.

Nach einigen Sekunden hob sie ihren Kopf. »Willst du ein Wochenende mit mir verreisen?«

Er stieß einen Pfiff aus. »Huch! Das kommt jetzt aber plötzlich, ist das ein Witz?«

»Ist es nicht. Also?«

»Wenn du es ernst meint, dann ja! Sehr gern.«

»Gut, spontan bist du wenigstens.« Ihre Mundwinkel zuckten.

»Wenn es mein Dienstplan erlaubt«, schob er nach und grinste sarkastisch. »An wann hattest du gedacht?«

»Der Dienstplan, na klar. Das erste Wochenende im Mai.«

»Ist ja nicht mehr lange hin, warte.« Er zückte sein Handy und guckte in den Kalender. »Bisher keine Wochenenddienste eingetragen und Rufbereitschaft habe ich auch erst im Juli wieder.« Dass er im Mai etwas später noch eine Reise geplant hatte, bei der er in einem Krankenhaus verletzte Kinder operierte, behielt er für sich. Er wollte nicht, dass sie glaubte, er wolle Eindruck schinden und mit seiner Wohltätigkeit prahlen. »Wo geht's hin? Und wo ist der Haken bei dir?«, fragte er stattdessen in leichtem Plauderton.

Nathalie verzog ihr Gesicht. »Meine Familie kommt auch mit. Vielmehr ist es ein Familienwochenende …«

»Aha, das sehe ich als Kompliment, wenn du mich direkt deinen Eltern vorstellen möchtest.«

»Nimm es mir nicht übel, Thies. Aber ich glaube nicht, dass wir zusammenpassen. Wirklich nicht. Ich spüre eine gewisse Anziehung, aber da kann niemals mehr draus werden. Ich hoffe, das ist dir klar.«

Er fühlte sich vor den Kopf gestoßen, andererseits merkte er, dass sie nur zurückruderte, um sich selbst zu schützen. Lieber erst mal so tun, als hätte man kein ernsthaftes Interesse, ehe man verletzt wurde. Das konnte er gut nachvollziehen und machte sie nur sympathischer.

»Und warum soll ich dann mitkommen?«

»Du scheinst, wider Erwarten, ganz okay zu sein. Allerdings glaube ich nicht, dass wir dauerhaft miteinander auskommen würden. Meine Familie träumt aber schon davon, dass ich eine gute Partie anschleppe, ich will ihnen mal den Gefallen tun.«

»Du bist echt merkwürdig. Dann soll ich deinen Fake-Freund spielen?«

»Nicht wirklich. Nein. Erst habe ich daran gedacht, aber ich bin weder eine Schauspielerin noch stehe ich auf Lügen – das hatten wir doch schon geklärt, Thies. Sagen wir es doch so: Du kommst mit – wenn es in deinen Plan passt –, und wir schauen, was daraus wird. Aber ich will ehrlich sein, ich kann mir nicht vorstellen, dass unsere Werte irgendwie vereinbar sind.«

»Was weißt du denn über meine Werte?«, gab er pikiert zurück.

Obwohl er Nathalies Direktheit schätzte, fand er sie gerade doch ein wenig zu hart und unfair.

Sie hob eine Braue. »Ich sage nur Männerclub, BMW, Medizinstudium und Smoking …«

Er verdrehte die Augen. Sie hatte keine Ahnung, aber Thies fehlte die Lust, sich zu verteidigen. Das hatte er nicht nötig. Ein wenig von seiner Freude war verpufft, dann erinnerte er sich daran, dass ihr Getue auch einfach ein Schutzmechanismus sein könnte. Thies hatte sich über die Jahre selbst ein paar davon zugelegt.

»Hast du Geschwister?«, fragte er daher, ohne auf ihren verletzenden Kommentar einzugehen.

»Habe ich nicht, ich bin ein Einzelkind.«

»Das erklärt einiges«, neckte er sie und zwinkerte.

Sie warf ihm ein Stäbchen gegen den Kopf. »Du bist gemein. Aber weißt du was? Das ist der Grund, warum ich dich mit auf die Reise nehmen möchte. Meine Eltern sollen sehen, dass wir nicht zusammenpassen. Die bequatschen mich nämlich ständig und wollen wissen, warum ich keinen Freund habe.«

»Dann bin ich ab jetzt also doch dein Freund?« Thies grinste breit, er wusste, dass er sie ärgerte, weil er nicht auf ihre Spitzen einging. Sie meinte es nicht so, sie wollte auf das Gegenteil hinaus, und das freute ihn. Nathalie war keine Frau, die leicht vertraute, vermutlich war das der Grund, warum er so interessiert an ihrer Bekanntschaft war. Er hatte genug von oberflächlichen Liebeleien, zum ersten Mal seit der Trennung von Annalena konnte er sich vorstellen, wieder jemandem sein Herz zu öffnen. Und Nathalie schien so ziemlich das Gegenteil seiner Ex zu sein, was ihm sehr gut gefiel. Sehr, sehr gut. Wenn es länger dauerte, bis Nathalie begriff, dass er einer von den Guten war, war es okay. Er hatte es nicht eilig.

»Du nervst mich jetzt schon, weißt du das?« Ihr leises Lächeln strafte ihre harschen Worte Lügen.

Er ahnte, dass unter Nathalies Oberfläche viel auf ihn wartete, was sich zu ergründen lohnte. Das musste nicht heute sein und auch nicht morgen. Eines Tages würde sie so weit sein, und darauf freute er sich.

Nathalie zog zwei Glückskekse aus der Tüte und schob ihm einen hin. »Lass uns mal sehen, was das Schicksal für uns bereithält.«

Sie riss die glänzende Verpackung auf und brach das Gebäck auseinander, um das Zettelchen herauszuziehen.

»Lies vor«, bat er Nathalie.

»Das glaube ich jetzt nicht«, murrte sie.

»Nun mach schon.«

»*Liebe ist schwer zu finden, aber wunderschön, wenn man sie hat.*«

»Sehr treffend gesagt.« Er grinste breiter, und Nathalie schnaubte genervt. »Hier bin ich! Du hast mich gefunden!«

»Ein Glückskeks macht noch keine Liebe«, brummte sie, aber er sah, dass ihre Mundwinkel verräterisch zuckten.

Thies sah seine Chance, er war mittlerweile davon überzeugt, dass ihr Theater nur dazu diente, sich zu schützen. Sie war vermutlich einmal sehr verletzt worden, deshalb konnte er verstehen, dass sie zurückhaltend war. Das macht sie nur liebenswerter. Mehr wunderte er sich darüber, dass er selbst keine Bedenken hatte.

Nach dem Essen kam eine merkwürdige Stille auf. Er hatte das Gefühl, dass Nathalie auf einmal sehr nachdenklich war. Deshalb verabschiedete Thies sich von ihr, er wollte nicht aufdringlich sein. »Ich nehme den Müll mit raus«, bot er an.

Nathalie lachte sarkastisch. »Ist das dein Verständnis davon, ein Hausmann zu sein?«

Er zuckte die Schultern. »Ich wollte nur behilflich sein.«

»Lass mal, das schaffe ich schon.«

Thies stand auf. »Willst du mich nicht zur Tür bringen?«

»Aber klar doch, so kann ich sicher sein, dass du wirklich gegangen bist.«

»Autsch.« Er lachte. »Bist du immer so zuckersüß?«

»Dafür bin ich bekannt.«

Langsam schritten sie zur Haustür, eine innere Unruhe erfasste ihn. Er drückte die Klinke und trat in die kühle Abendluft hinaus. »Meldest du dich bei mir?«

»Weshalb?«

»Hast du mich nicht gerade auf eine Reise eingeladen? Wo geht es überhaupt hin?«

»Du kommst wirklich mit?«

»Natürlich.«

Wortlos schauten sie sich in die Augen, er las Begehren darin, aber auch Unsicherheit. »Ich fühle mich zu dir hingezogen. Körperlich. Das ist alles«, behauptete sie. »Aber lass uns mal nichts überstürzen.«

»Natürlich«, antwortete er amüsiert. »Für mich ist es mehr als das.«

Auch wenn sie nicht bereit für die harten Fakten war, er war es und würde es ihr so lange erzählen, bis sie davon überzeugt war, dass er es ernst meinte. Den Quatsch, dass sie immer gegen Typen wie ihn stichelte, konnte er jetzt auch besser einordnen. Vermutlich war ihr Verflossener, der ihr Herz einmal gebrochen hatte, ein reicher Schnösel, um bei ihren Worten zu bleiben. Das würde jedenfalls einen Sinn ergeben.

Nathalie seufzte und nagte an ihrer Unterlippe. »Ich habe keine Ahnung, ob das eine gute Idee ist.«

»Was meinst du?« Er nahm ihre Hand in seine und spürte, wie ein warmes Kribbeln durch seinen Körper rieselte.

»Du weißt genau, was ich meine«, murrte sie, ihre Stimme

klang angespannt. Er freute sich, dass er diese Wirkung auf sie hatte.

»Ich bin ein Mann, Nathalie. Du musst Klartext mit mir sprechen, ich kann nicht zwischen den Zeilen lesen«, versuchte er es auf die spielerische Art.

»Ach, stimmt.« Sie gluckste, und etwas von ihrer Anspannung fiel ab. »Kennst du den Spruch, Männer haben auch Gefühle, Hunger zum Beispiel. Bist du so einer?« Sie reckte ihr Kinn herausfordernd nach vorn und funkelte ihn an.

Thies hob ihre Hand an seine Lippen und drückte einen zarten Kuss auf ihren Puls. Ihre Augen weiteten sich. »Was glaubst du?«

Thies wartete nicht auf eine Antwort, sondern schlenderte mit einem Grinsen im Gesicht davon. Er war sicher, dass sie eben leicht erschaudert war. Nathalie war vielleicht verschlossen wie eine Auster, aber er würde die nötige Geduld aufbringen, bis sie sich ihm öffnete. Das Spiel mit dem Feuer gefiel ihm, bei Nathalie würde er sich vermutlich keine Sorgen machen müssen, hintergangen zu werden. Zum ersten Mal seit sehr langer Zeit war er bereit, sich auf etwas einzulassen, von dem nicht klar war, wo es ihn hinführte.

NACH DIESER BEGEGNUNG konnte Nathalie unmöglich einfach so zur Tagesordnung übergehen. Sie war ein einziges Nervenbündel und wusste nicht, wohin mit sich, deshalb schnappte sie sich Hausschlüssel und Handy und holte ihr Rad aus der Garage. Das war ungewöhnlich für sie, so sehr, dass sie erst einmal die Reifen aufpumpen musste. Sport war überhaupt nicht ihr Ding, aber heute brauchte sie etwas, um die überschüssige Energie abzubauen und ihre Gedanken zu sortieren.

Ohne Ziel radelte sie durch die Gegend, bis es allmählich

dunkel wurde. Irgendwann kam sie am Planetarium vorbei, ein verliebtes Pärchen schlenderte Arm in Arm über den Zebrastreifen, Nathalie wich ihnen aus. Es war kühl geworden, aber die Kälte war nicht mehr so klirrend wie in den letzten Tagen. Die Eisheiligen lagen zwar noch vor ihnen, aber man spürte, dass der Frühling an Kraft gewann. Obwohl ihre Muskeln langsam müde wurden, sah es in ihrem Kopf weiter nach Chaos aus.

Worauf ließ sie sich da mit Thies ein? Und meinte er es ernst oder war es doch nur ein Flirt? Nathalie hatte das Gefühl, ihn schon ewig zu kennen. Alles erschien ihr einfach mit ihm. Unkompliziert. Sie fühlte sich wohl in seiner Gegenwart. Aber wie sah es bei ihm aus? Sie könnte auch ein Zeitvertreib sein, ein Spiel, eine nette Unterhaltung an einem Abend, an dem er ohnehin nichts Besseres vorhatte.

Nathalie wunderte sich über ihre Selbstzweifel, das sah ihr nicht ähnlich. Nun gut, man würde sehen, was sich daraus entwickelte. Und ob er wirklich mit ihr verreisen würde.

Ihr Vater hatte ihr vorhin mitgeteilt, dass er ein Luxushotel in Italien gefunden hätte, in dem man sich ohne »städtische Ablenkungen« kennenlernen konnte. Sie hatte keine Ahnung, was das genau bedeutete, aber sie ahnte es: ein Nobelschuppen in der italienischen Pampa.

Ihre Sprüche Thies gegenüber waren nur halb im Scherz dahingesagt gewesen. So anziehend und attraktiv sie ihn auch fand, so wenig war sie davon überzeugt, dass er zu ihr passen könnte. Einen Pluspunkt bekam er jedoch dafür, dass er ihr bei ihren Erzählungen über ihren Job interessiert zugehört und sie nicht verurteilt hatte.

Nathalie radelte an der Rechtsfakultät vorbei. Sie wusste nicht genau wieso, aber für einen Moment hielt sie inne. Normalerweise mied sie diese Strecke, zu schmerzhaft waren die Erinnerungen an alles, was damit zusammenhing. Sie hielt an und zückte ihr Handy und googelte die Rechtsfakultät. Ihr Herz zog sich schmerzhaft zusammen, als sich die Seite langsam aufbaute.

Dann stieß sie einen zischenden Laut aus. Benjamin war hier nicht mehr der Dekan, er musste die Stelle und Uni gewechselt haben. Überhaupt dürfte nach der langen Zeit Gras über die Sache gewachsen sein. Ihre ehemaligen Kommilitonen waren vermutlich alle durch mit dem Examen.

Jemand kam aus dem Gebäude, er trug einen dunklen Pullover zu einer hellen Hose. Der Körperbau erinnerte sie an Benjamin. Nathalie erstarrte. War er womöglich doch noch hier? Der Gedanke, ihm hier über den Weg zu laufen, hatte sie stets davon abgehalten herzukommen; sollte sie jetzt das Pech haben, genau das erleben zu müssen?

In der Dämmerung konnte sie das Gesicht nur schwer erkennen, eine Sekunde verging. Noch eine. Dann fing sie endlich wieder an zu atmen. Bis eben hatte sie nicht einmal gemerkt, dass sie die Luft angehalten hatte.

Er war es nicht.

Gott sei Dank.

Nathalie wischte sich die Schweißperlen von der Stirn und schluckte.

Könnte sie jemals wieder dieses Gebäude betreten? Und wollte sie das überhaupt?

Sie war kein junges Ding mehr, ihre Arglosigkeit hatte sie verloren. Und das war seine Schuld.

Tief in ihrem Inneren wusste sie, dass immer zwei zu einem Unglück dazugehörten. Sie hätte nie etwas mit Benjamin anfangen dürfen. Dass er nicht zu ihr stehen würde, hatte sie sich nicht vorstellen können. Aber sie hatte eben nicht bedacht, dass er seine Stelle als Dekan riskiert hätte, wenn herausgekommen wäre, dass er etwas mit einer Studentin laufen hatte. Dass in ihrer dunkelsten Stunde die Gerüchteküche so heiß gekocht hatte, dass sie öffentlich gedisst worden war, war eine andere Sache. Aber Benjamin hatte auch nicht widersprochen, er hatte sich herausgehalten. Und das hatte es für Nathalie nur schlimmer gemacht, denn sie hätte jemanden an ihrer Seite gebraucht, der ihr beistand, als sie die Fehlgeburt erlitten hatte. Sie hatte dieses Wesen bereits geliebt, aber für Benjamin war es eine Erleichterung gewesen. Er hatte nie vorgehabt, wirklich mit ihr zusammen zu sein.

Wie dumm sie gewesen war.

Das Klingeln ihres Handys riss sie aus ihren Gedanken. Sie sah, dass es ihre Mutter war. Mit ihr wollte sie jetzt nicht sprechen. Mit niemandem, deshalb stellte sie es auf lautlos und atmete durch, dann stieg sie wieder auf ihr Rad und trat in die Pedale.

Es war stockfinster, als sie zu Hause ankam.

»Was machst du denn hier?«, stieß sie hervor, als sie ihre Tante Gundula samt Koffer vor ihrer Haustür entdeckte. Die schwache Außenbeleuchtung erhellte den Eingangsbereich zumindest genügend, um sie zu erkennen. Hatte ihre Mutter deshalb angerufen? Nathalie war überrumpelt.

»Na, begrüßt man so seine alte Tante?«, scherzte Gundula und stand auf.

Erst jetzt fiel Nathalie auf, wie verändert sie aussah. Wo früher ein kinnlanger Bob ihr Gesicht umrahmt hatte, waren die Haare jetzt raspelkurz und frech gestylt. Auf der Nase trug sie ein dunkles Brillengestell, ihre Lippen waren rot geschminkt. Sie trug eine bunte Marlenehose zu einem hellen Top mit Jeansjacke.

»Hallo, Tantchen«, erwiderte Nathalie und umarmte sie fest. Gundula war die ältere Schwester ihrer Mutter, sie lebte an der Ostsee.

»Schön, dich zu sehen.« Gundula drückte Nathalie. »Du fragst dich sicher, warum ich hier vor deiner Tür stehe?«

Das schienen sie gemeinsam zu haben, keine von beiden mochte lange Umschweife. »Stimmt«, gab Nathalie grinsend zurück und schaute auf Gundulas Koffer. »Ist Mama nicht zu Hause? Ich wusste gar nicht, dass du kommst.«

»Tja, das war mehr so eine spontane Entscheidung, und deine Mutter ist zu Hause, aber bei der kann man es nicht aushalten. Deshalb bin ich hier. Kann ich für ein Weilchen bei dir unterschlüpfen?«

»Natürlich«, erwiderte Nathalie perplex, war was mit dem Haus an der Ostsee nicht in Ordnung? »Komm doch erst einmal rein, Platz habe ich genug.«

»Ja, das hat mir deine Mama auch gesagt.«

»Habt ihr euch gestritten? Ich wusste gar nicht, dass du in Hamburg bist«, wollte Nathalie wissen, während sie Gundulas Koffer hineinschleppte.

Gott, das Ding wog beinahe eine Tonne. Die Frage, wie lange sie bleiben wollte, erübrigte sich damit vermutlich.

»Nein, Liebes. Alles in Ordnung. Aber meine Anwesenheit schien mir dort doch unpassend.«

Sie schloss die Haustür hinter ihr. »Kann ich dir was anbieten?«

»Hast du Sekt im Haus?«

»Gibt es was zu feiern?«

Gundula lachte. »Aber natürlich, Schätzchen, wir feiern das Leben!«

Nathalie furchte die Stirn und guckte in den Kühlschrank. Da lag tatsächlich ein Piccolo, den hatte man ihr letztens irgendwo als Werbegeschenk in die Hand gedrückt. Während sie zwei Gläser aus dem Schrank holte, nahm Gundula Platz und schaute sich um. »Und du wohnst jetzt allein hier?«

»So ist es, hat sich bisher niemand gefunden, der zu mir passt. Also in die WG.«

»Nun, das könnte sich jetzt ändern, zumindest für ein Weilchen.«

Nathalie goss ein und setzte sich zu Gundula, sie schob ihr das Glas zu und hob ihres an. »Auf dich!«

»Auf uns, Schätzchen. Auf uns!«

Sie tranken und eine kurze Pause entstand, dann räusperte sich Gundula. »Ich habe mein Haus über den Sommer vermietet.«

»Wieso das denn?«

Brauchte sie Geld? Ihr Mann war letztes Jahr verstorben; soweit Nathalie wusste, war sie gut situiert, aber der Eindruck konnte auch falsch sein.

»Seien wir ehrlich, an der Küste ist nicht viel los. Ich langweile mich, es zieht mich in die Stadt, zumindest für eine Weile. Ich will ins Theater, ins Kino, in Restaurants …«

»Das klingt spannend«, meinte Nathalie und dachte an ihre Arbeit. Sie konnte schlecht Telefonsex haben, während Gundula daneben saß und Kaffee trank. Und ihr Zimmer war für diese Gespräche tabu, Nathalie hielt den Grundsatz, Arbeit und das eigene Schlafzimmer getrennt zu halten, für wichtig.

»Was ist, Schätzchen? Dir passt mein Besuch nicht, oder? Das verstehe ich … Dann suche ich mir was anderes.«

»Nein, nein, das ist es nicht. Überhaupt nicht. Ich freue mich, dass du hier bist. Um ehrlich zu sein, in der letzten Zeit war ich ein bisschen einsam hier.«

»Ach, tatsächlich? Deine Mutter meinte, du hättest jemanden kennengelernt.«

Der Buschfunk schien zumindest zu funktionieren. »Ja, so ist es. Fährst du auch mit nach Italien?«

»Gott bewahre!«, stieß Gundula hervor. Ihre Fingernägel waren passend zum Lippenstift knallrot lackiert. »Das tue ich mir nicht an. Ich habe eigene Pläne.«

Das klang sehr entschlossen. »Kino und Theater«, wiederholte Nathalie.

»Genau. Außerdem habe ich mich fürs Speed-Dating angemeldet.«

Nathalie verschluckte sich. »Was?«

»Ganz recht. Ich möchte ein paar Männer kennenlernen.«

»Das ist ja schön, dass du bereit dafür bist.«

»Ich will nicht ewig allein bleiben, aber was ist mit dir? Was treibst du so?«

Nathalie entschied sich für die Wahrheit. »Falls du mein Studium meinst, es liegt nach wie vor auf Eis.«

»Und wie finanzierst du dich? Noch immer mit der Hotline?«

»So ist es. Und um genau zu sein, es ist eine Sexhotline.«

So. Da war es raus. Ihr Herz pochte schnell.

»Ach, Schätzchen, das ist ja spannend.« Gundula trank einen Schluck.

»Wirklich?« Sie machte große Augen.

»Bereitet es dir Freude?«

»Du findest es nicht … anstößig?«

»Wer bin ich denn? Die Sittenpolizei? Nein, wir leben in einer modernen Welt, Frauen sollten tun und lassen dürfen, was sie wollen. Dann kann ich ja auch offen sein. Ich suche keine feste Beziehung, von Treue habe ich genug. Ich will keine Unterhosen mehr waschen und Brote schmieren. Ich will Sex. Ja, stell dir vor. Auch eine Frau mit Ende sechzig hat noch Bedürfnisse. Das ist ja in unserer Gesellschaft auch nicht erlaubt, dass man das mal ausspricht. Da darf man nur jung und knackig Spaß haben.«

Nathalie war überrascht, sie hatte Gundula tatsächlich immer für ein wenig spießig gehalten, aber es schien, als wäre das jetzt vorbei.

»Wow«, war alles, was sie hervorbrachte, und dann: »Ich finde es cool, dass du so offen bist.«

»Deine Mutter nicht so, vielleicht hatte sie auch Angst, dass ich ihr den Neuen ausspanne.« Gundula kicherte. »Aber nein, danke, wie gesagt, von Monogamie habe ich nach vierzig Jahren Ehe genug. Und wie ist das für dich? Haben diese Telefonate auch *Happy endings* für dich?«

Nathalies Augen wurden vermutlich riesengroß. »Nicht direkt, nein. Es ist eher so, dass ich den Leuten eine Geschichte spinne, für mich ist es Arbeit.«

Gundula wirkte enttäuscht. »Wie schade. Du musst mir unbedingt mehr darüber erzählen, Schätzchen. Trotzdem, und lass mich diesen einen Satz sagen, denke ich, dass du eine Berufsausbildung brauchst. Was ist denn, wenn dich deine schöne Stimme mal im Stich lässt? Willst du dich dann auf das Einkommen deines Mannes verlassen? Ich glaube, eine moderne Frau sollte immer in der Lage sein, für sich selbst zu sorgen. Bei mir damals war das ein bisschen anders. Aber du, du bist so selbstständig.«

Nathalie kam mit so viel Offenheit zu dieser Stunde kaum klar. Das merkte auch Gundula. Sie hob ihre Hand. »Entschuldige, ich quatsche zu viel. Liegt an dieser Puffbrause hier, ich hatte ein Glas vorhin beim Italiener.«

»Schon okay«, erwiderte Nathalie lachend. »Ich mache dir mal dein Zimmer zurecht, du hast Glück, Rebecca hat noch ihr Bett hier und einen Schrank, sie hat garantiert nichts dagegen. Du kannst also so lange bleiben, wie du möchtest. Bitte mach es dir in der Zwischenzeit gemütlich.«

Während sie nach oben ging und alles herrichtete, dachte sie über Gundulas Worte nach. Von dieser Seite hatte sie es nie betrachtet. Dass ihr mal die Stimme wegbleiben würde, hatte sie nie erlebt, aber es könnte natürlich passieren. Eine Kehlkopfentzündung zum Beispiel.

Der Hauptaspekt war jedoch der, dass Gundula recht damit hatte, dass Nathalie keine abgeschlossene Ausbildung vorzuweisen hatte. Das war beinahe grob fahrlässig. Sie war keine zwanzig mehr, sondern über dreißig. Vielleicht war es wirklich an der Zeit, zu überlegen, was sie mit sich und ihrem Leben anfangen wollte. Dass sie ihre Vergangenheit nicht auf ewig verdrängen konnte, hatte sie eben bei ihrer kleinen Radtour schon festgestellt. Auch wenn es schmerzhaft werden würde, es war nötig, sich ihren Ängsten zu stellen.

KAPITEL
SIEBEN

Die Sonne versank hinter den Häusern, es war ein herrlicher Frühlingsabend in Hamburg. Thies war mit seinem Fahrrad auf dem Weg zu Nathalie. Nachdem sie ihm gestern per SMS mitgeteilt hatte, dass es am kommenden Wochenende bereits nach Italien gehen sollte, hatte er sie zum Abendessen eingeladen. Er hatte einen Tisch bei Luigi, einem kleinen schnuckeligen Italiener, reserviert, der weder überteuert noch von Touristen belagert wurde, und freute sich riesig, Nathalie wiederzusehen.

In den vorausgegangenen Tagen war Thies in Arbeit versunken. In der Klinik war so viel los gewesen, dass er viele Überstunden hatte machen müssen und erst spät nach Hause gekommen war. Das war zwar einerseits lästig, andererseits hatte er sich so nicht mit dem Erbe seines Großvaters beschäftigen müssen. Auch heute hatte er nicht vor, sich damit auseinanderzusetzen. Warum er dennoch genau jetzt daran dachte, konnte er sich nicht erklären. Thies hielt gerade an einer roten Ampel, als sein Handy bimmelte. »Hey, Mama«, beantwortete er mit einem Grinsen.

»Thies! Du musst schnell in die Asklepios-Klinik kommen.« Ihre Stimme klang schrill, sein Lächeln erstarb.

»Gott, Mama, was ist denn passiert? Ist was mit Papa?« Das war der erste Gedanke, der ihm in den Sinn kam. Sein Vater war nicht mehr der Jüngste und litt unter Bluthochdruck.

»Mit Papa? Nein! Gottlob. Aber Annalena, sie hatte einen Unfall.«

»Annalena?«, wiederholte Thies ungläubig und gleichzeitig erleichtert, dass sein Vater okay war. »Was ist denn eigentlich passiert?«

»Sie kam gerade von einer Reise aus Paris, am Flughafen in Hamburg ist sie auf der Rolltreppe von jemandem angerempelt worden. Sie hat das Gleichgewicht verloren, ist gestürzt und hat sich ganz unglücklich etwas gebrochen, was, weiß ich nicht genau, es hörte sich jedenfalls sehr schlimm an am Telefon. Es ist ja wohl klar, dass du das richten wirst! Deshalb musst du sofort in die Asklepios-Klinik fahren und sie in die Uniklinik überführen lassen, damit du dich dann ihrer annehmen kannst.«

Thies verdrehte die Augen. Natürlich tat es ihm leid, dass Annalena sich verletzt hatte, aber das, was seine Mutter von ihm verlangte, wollte er nicht tun. Das war lächerlich. In der Asklepios gab es genügend fähige Chirurgen, die Annalenas Verletzung übernehmen konnten. Wenn seine Ex als Erstes ausgerechnet seine Mutter anrief, konnte sie wohl kaum sehr schwer verletzt sein. »Mama, ich habe dafür wirklich keine Zeit, ich bin …«

»Thies Engelmann«, unterbrach seine Mutter ihn streng. »Du hörst mir jetzt genau zu. Annalena braucht deine Hilfe, sie gehört zur Familie, sie ist wie eine Tochter für mich. Dass ihr euch getrennt habt, kann ich akzeptieren, aber nicht verstehen. Nun, es geht mich auch nichts an, und es ist müßig, das jetzt zu diskutieren. Aber dein Verhalten, das gefällt mir nicht, Thies!

Was ist, wenn ich mich verletzt hätte, würdest du dann auch herumtönen, dass du keine Zeit hast? So ein Unsinn! Sieh zu, dass du dich um die Ärmste kümmerst. Und zwar sofort.«

Der Tonfall duldete keinen Widerspruch und Thies hatte keine Lust auf Streit. Nicht schon wieder.

Thies atmete geräuschvoll aus. Für einen kurzen Moment überlegte er, ob er seine Mutter endlich einmal darüber aufklären sollte, warum er mit Annalena nichts mehr zu tun haben wollte, ließ es aber sein. Vermutlich würde seine Mama ihm in der jetzigen Situation nicht glauben und ihm vorwerfen, dass er sich das nur ausdachte, um seinen Feierabend genießen zu können. »Scheiße«, murmelte er.

»Was war das?«, zischte seine Mutter.

»Hast du das mit Annalena so abgesprochen? Wieso weißt du überhaupt von dem Unfall?«

»Sie hat mich angerufen, die Ärmste, weil du nicht ans Telefon gehst.«

Das war eine Lüge – er hatte keine unbeantworteten Anrufe gehabt. Aber es hatte keinen Zweck, das zu erklären, deshalb ließ er es sein und gab sich geschlagen. Wenn es so war, wie er dachte, hatte sie sich maximal den Knöchel verknackst. Annalenas Superpower bestand darin, Leute zu manipulieren. Wie er das hasste, vor allem, weil er selbst einmal darauf reingefallen war.

»Ich bin auf dem Weg«, fuhr er bemüht ruhig fort. Die Ampel sprang auf Grün, und er radelte los. »Ich melde mich dann bei dir, tschüss, Mama.«

Thies benutzte den Sprachassistenten und rief die Klinik an, in der Annalena vermutlich in der chirurgischen Notaufnahme auf sein Eintreffen wartete. Es dauerte zwanzig Minuten, alles abzuklären und auch mit seinen Leuten in der Uniklinik Eppendorf zu klären, was los war. Dass Annalena keine Skrupel hatte,

Vitamin B für so etwas zu nutzen, ging ihm jetzt schon auf die Nerven.

Nachdem Thies alles arrangiert hatte, war er auch bei der Uniklinik angekommen und ging sich umziehen. Dann machte er sich auf den Weg in die Notaufnahme, um auf Annalenas Ankunft zu warten.

Mist. Er musste Nathalie noch absagen, das hatte er in dem ganzen Trubel nicht geschafft, hoffentlich brachte sie Verständnis für diesen »Notfall« auf. Just in dem Moment, als er erneut nach oben in sein Büro flitzen wollte, wurde Annalena von zwei Sanis hereingeschoben. Sie stellte eine leidende Miene zur Schau, aber hatte kürzlich Lippenstift nachgelegt. Zumindest wirkte sie wie frisch geschminkt.

Thies hob eine Augenbraue, dann ließ er sich von den Sanis erklären, was Sache war, und sah selbst nach ihrem Bein. Dass es sich mit hoher Wahrscheinlichkeit um eine Fraktur handelte, war offensichtlich. Wenigstens diesbezüglich hatte sie mal nicht gelogen. »Hallo, Annalena«, wandte er sich an seine Ex. »Wir müssen zunächst ein paar Röntgenaufnahmen anfertigen, um zu schauen, was genau los ist.«

Annalena hob ihre Hand und winkte ihn zu sich heran. Widerwillig trat er neben sie. Sie legte ihre manikürten Fingerchen auf seinen Oberarm. »Thies, ich bin so dankbar, dass du hier bist, ich weiß nicht, was ich ohne dich machen würde. Solche Schmerzen habe ich noch nie aushalten müssen.« Um das zu unterstreichen, verzog sie ihr Gesicht und schloss die Augen.

Klar, es tat bestimmt weh. Sein Mitleid hielt sich dennoch in Grenzen, als er die Stilettos sah, die die Sanis in einer Tüte mitgebracht hatten. Nun, an den Schuhen lag es jedoch nicht, dass er nicht wirklich mitfühlen konnte. Aber er ließ sich nichts anmerken. »Eine Röntgenassistentin wird dich mitnehmen und die Aufnahmen anfertigen, wir sehen uns dann in ein paar Minuten wieder.«

Er wandte sich zu gehen, aber sie krallte sich an seinem weißen Kittel fest. »Nein, Thies, du kannst nicht gehen, ich hab solche Angst. Bitte lass mich nicht allein.«

Um ihre angebliche Not zu unterstreichen, presste sie tatsächlich ein paar Krokodilstränen aus den Augenwinkeln. Er seufzte leise, dann nickte er der Schwester zu, die gerade herangetreten war, und half mit, Annalenas Bett zum Röntgengerät zu schieben.

Zwei Stunden später stand er in einem Privatzimmer auf der chirurgischen Station. Annalenas Verletzung war gerade versorgt worden, und man hatte sie danach heraufgebracht. Es war kein komplizierter Bruch, sie musste nicht operiert werden. Eine ordentliche Dosis Schmerzmittel lief gerade per Infusion durch, sie würde sicher gleich einschlafen. Also wäre er endlich erlöst und konnte verschwinden.

Thies dachte an Nathalie und dass er ihr noch immer nicht hatte mitteilen können, warum er sich so dermaßen verspätete. So ein Mist! Hoffentlich war sie nicht sauer. Er würde es ihr in Kürze erklären und hoffte auf Verständnis.

Annalena wedelte mit ihrer Hand und bedeutete Thies, an ihr Bett zu treten. Sofort griff sie nach seinen Fingern. »Ich werde dir auf ewig dankbar sein, Thies.« Sie klimperte mit den Wimpern, was vermutlich verführerisch aussehen sollte. Früher wäre er darauf angesprungen, heute empfand er nicht mehr als Abscheu.

Er wollte gerade etwas erwidern, als die Tür aufging und ein attraktiver Mittdreißiger im dunkelblauen Anzug mit weißen Turnschuhen hereinkam. Er trug ein helles Shirt unter dem Sakko. Die Haare waren gegelt, auf der Nase saß eine modische Hornbrille. Vermutlich sollte das hip aussehen. Während Thies diese Überlegungen durch den Kopf schossen, begriff er, dass der Mann wegen Annalena hier war. Die Frau war doch wirklich dreist.

»Schatz, was machst du nur für Sachen«, begrüßte der Mann Annalena, dabei drängte er Thies beiseite. Annalena ließ Thies' Hand los, als hätte er sich in Luft aufgelöst, und strahlte ihren Freund an. »Liebling, da bist du ja endlich, ich dachte, du kommst nie mehr …«

Thies spürte Unwillen in sich aufsteigen. Nicht nur das, er fühlte sich auf unangenehme Weise an die Vergangenheit erinnert. So ähnlich hatte er seinerzeit von ihrem Betrug erfahren. Er kam sich mal wieder verarscht und ausgenutzt vor.

»Dann kann ich ja jetzt gehen«, gab er sarkastisch von sich.

Der Mann wandte sich ihm zu. »Sie müssen der behandelnde Arzt sein, vielen Dank, Dr. …« Er schaute auf Thies' Kittel. »Engelmann.«

»Keine Ursache. Ihre Partnerin ist bald wieder auf dem Damm. Sie hätte nach Hause gehen können, hat aber darauf bestanden, eine Nacht hierzubleiben.«

Bis eben hatte er gedacht, Annalena hätte auf die Einweisung beharrt, weil sie sich wieder an ihn heranmachen wollte.

Wenigstens das blieb ihm erspart. Ihr Theater erschloss sich ihm dennoch nicht. Letztlich war es auch egal. Wenn es nach ihm ginge, bräuchte er die Frau nie wiederzusehen. Ob seine Mutter von Annalenas neuem Freund wusste?

Die hatte die Lider geschlossen. Natürlich. Sie zog sich ganz einfach aus der Affäre. Gott, wie ihn diese Frau anwiderte. Vielleicht sollte er der Schwester die Anweisung geben, ihr für die Nacht jegliche Schmerzmittel zu verwehren. Aber so mies war er nicht. Stattdessen nickte er dem Mann höflich zu. »Guten Abend, Ihre Partnerin ist hier in guten Händen.« Dann verließ er das Zimmer und marschierte schlecht gelaunt zu seinem Büro, um sich umzuziehen und endlich Nathalie anzurufen.

~

Schlecht gelaunt war gar kein Ausdruck dafür, wie Nathalie sich fühlte. Sie war von Thies versetzt worden. Das war nicht nur unerwartet gekommen, sondern sogar vollkommen aus dem Nichts heraus. Wenn sie eines nicht von ihm erwartet hätte, dann das. Als er zur verabredeten Zeit nicht aufgetaucht war, hatte sie sich zunächst nichts dabei gedacht. Der Verkehr in Hamburg war oftmals fürchterlich. Deshalb hatte sie ihn eine halbe Stunde später angerufen und erwartet, dass er ihr genau das erzählen würde. Stattdessen hatte Thies den Anruf gar nicht beantwortet. Daraufhin hatte sie eine SMS geschickt und auch keine Reaktion darauf erhalten. Nicht mal zwei Häkchen waren dahinter erschienen, was hieß, dass er die Nachricht nicht gelesen hatte. Das konnte nun zwei Dinge bedeuten: Entweder er war von einem Bus überrollt worden oder er ghostete sie. So was in der Art zumindest.

So eine Scheiße, dachte sie. Sie hätte sich niemals auf ihn einlassen dürfen. Der erste Eindruck hatte also doch nicht getäuscht.

In Nathalie brodelte es. Weil sie es zu Hause nicht ausgehalten hatte, war sie zu Rebecca gefahren. Jetzt saß sie in Vinzents Wohnzimmer und löffelte eine Riesenportion Schokoladeneis. Auf Alkohol hatte sie keine Lust, ein Schwips würde ihren Frust nur vergrößern, weil sie angetrunken einen Hang dazu hatte, Dinge zu überdramatisieren.

Vinzent hatte geschäftlich in Mailand zu tun, sie war mit Rebecca allein zu Hause. Eigentlich hätte Nathalie eine Menge zu erzählen, aber sie wusste nicht, wo sie anfangen sollte. »Das Zusammenleben mit Gundula ist witzig«, begann sie schließlich, obwohl ihr klar war, dass Rebecca auf eine Erklärung wegen ihres spontanen Besuchs wartete. Natürlich hatte ihre Freundin kapiert, dass Nathalie etwas auf dem Herzen lag. Aber Rebecca bedrängte sie nicht, deshalb erzählte Nathalie lieber ein bisschen von dem plötzlichen Besuch ihrer Tante. Gundula witzig zu nennen, wäre eine Untertreibung. Gundula war ein Energiebündel, das gute Laune versprühte, aber heute war sie im Theater und hatte Nathalie nicht aufmuntern können. Sie war viel auf Achse, so, wie sie es angekündigt hatte. Nathalie blieb also genügend Zeit für ihre Telefonate. Aber ihr Elan war dahin, beim letzten Gespräch am Nachmittag hatte sie sich dabei ertappt, wie sie dem Kunden gegenüber ungeduldig geworden war. Anstatt ihm das zu sagen, was er wollte, hatte sie ihn beschimpft, dass er sich das doch wohl denken könne und mal fertig werden solle.

Keine gute Basis für einen zufriedenen Anrufer.

Nathalie seufzte.

»Was ist denn?«, meinte Rebecca und leckte ihren Löffel ab. Sie saß im Schneidersitz auf einem Loungesessel.

»Ich weiß nicht, keine Ahnung. Ich bin einfach mies drauf heute.«

Rebecca neigte ihren Kopf zur Seite. »Du weißt es schon, willst es aber nicht sagen. Stimmt's?«

Deshalb liebte sie ihre Freundinnen, die wussten genau, wie es in ihr ausschaute.

»Es geht einfach so viel in meinem Hirn herum, dass ich es nicht sortieren kann.« Und in meinem Herzen, ergänzte sie still. Tatsächlich hatte sie sich auf den Abend mit Thies gefreut. Dass er sie direkt enttäuschte, indem er nicht auftauchte und nicht einmal absagte, traf sie mehr, als sie zugeben wollte.

»Ich hab Zeit, Süße.«

»Okay, ich überlege, ob ich das Studium doch wieder aufnehmen soll.« Obwohl das auch ein heikles Thema war, plauderte sie lieber darüber als über Dr. Arschloch-Engelmann.

»Nein!«, stieß Rebecca freudig überrascht hervor. »Wie kommt das denn auf einmal?«

»Gundula hat mich auf den Gedanken gebracht, dass es alles andere als smart ist, wenn ich keine abgeschlossene Ausbildung habe. Das habe ich bisher immer verdrängt, um ehrlich zu sein. Ich glaube tatsächlich, sie hat recht. Weil ich nichts anderes kann als Sextalk und Paragrafen, liegt es also nahe, dass ich da weitermache, wo ich aufgehört habe, oder?«

Rebecca wirkte skeptisch. »Das ist aber 'ne komische Wandlung. Neulich klang das noch ganz anders! Und wenn du glaubst, du kannst sonst nichts, dann würde ich sagen, mach es nicht. Es gibt doch andere Möglichkeiten, sich eine Karriere aufzubauen. Du bist ja keine Hundert.«

»Ich weiß. Keine Ahnung, woher es kommt. Oder doch: Das Studium an sich hat mir schon Spaß gemacht, ich weiß, dass ich eine gute Anwältin wäre. Aber es gibt zwei Punkte, warum ich mich bis jetzt dagegen gewehrt habe. A, ich wollte und ich will nach wie vor nicht in der Kanzlei meines Vaters zu seinem Mini-me werden. Und dann wäre da noch B, mein Ex. Aber ich habe herausgefunden, dass Benjamin gar nicht mehr an der Uni hier tätig ist. Ich wäre sozusagen sicher vor ihm, und auch sonst erkennt mich bestimmt niemand mehr.«

»Und die Erinnerungen? Sorry, wenn ich so direkt bin. Aber mir kommt dieser Sinneswandel doch ein bisschen plötzlich.«

Nathalie zuckte mit den Schultern. »Die bleiben mir so oder so. Nach dem Gespräch mit Gundula habe ich realisiert, dass ich nicht weiter davonlaufen möchte. Ich kann mir tatsächlich vorstellen, wieder zur Uni zu gehen. Aber bitte sag es niemandem, vor allem nicht meinen Eltern, wenn du ihnen mal zufällig begegnest. Denn es hat sich nichts daran geändert, dass ich nicht bei meinem Vater einsteigen will. Vielmehr hätte ich Lust darauf, was ganz eigenes zu machen. Was, überlege ich mir noch, ich bin lange nicht fertig. Aber ganz sicher will ich keinen Job, bei dem es nur um Profit geht. Ich möchte in der Lage sein, meine Rechnungen zu bezahlen, ja, aber nicht Geld scheffeln um jeden Preis.«

»Lass das mal nicht deinen Vater hören.« Rebecca lächelte jetzt. »Mir gefällt, was du sagst, Nathalie. Und, ganz ehrlich, ich bin erleichtert, dass du die Sache mit dem Telefonsex an den Nagel hängen willst.«

»Moment mal, davon habe ich nichts gesagt. Irgendwie muss ich mich finanzieren. Bafög würde ich nicht bekommen, das weißt du. Und von meinen Eltern mache ich mich nicht mehr abhängig.«

»Das kann ich gut verstehen, was ist mit dem Job im Club? Hast du dich dort mal vorgestellt?«

Nathalie winkte ab. »Hör mir bloß damit auf. Das möchte ich nicht.«

»Du hast es dir doch gar nicht angeschaut. Warum lehnst du es direkt ab?«

Sie überlegte, ob sie von Helmut erzählen konnte. »Bitte mach mir keinen Druck, okay? Zuerst mal ist es so, dass ich gut was zur Seite gelegt habe. Meine Tante zahlt mir außerdem auch Miete für die Zeit, in der sie bei mir wohnt. Und wie gesagt, meinen Telefonjob habe ich ja noch, obwohl, das muss ich zugeben, mir in letzter Zeit schon ein bisschen der Elan fehlt.«

»Aha! Siehst du! Aber da ist doch mehr, ich sehe es an deiner Nasenspitze.« Rebecca stellte ihre leere Schale auf den Couchtisch.

»Gar nicht.« Nathalie dachte an Thies und dann daran, dass er es nicht wert war, überhaupt erwähnt zu werden.

»Ich glaube, du verschweigst mir was.«

»Sei nicht albern«, redete sie sich heraus und nahm die Fernbedienung zur Hand. »Komm, lass uns einen Film schauen. Was richtig Kitschiges, okay?«

Rebecca sah Nathalie schräg an. »Also jetzt bin ich ganz

sicher, dass da was im Busch ist. Du weißt, dass du mit mir reden kannst, wann immer du möchtest.«

Nathalie umarmte sie. »Ja, das weiß ich, und dafür bin ich dir auch megadankbar. Aber jetzt haben wir genug gequatscht, lass uns was gucken.«

KAPITEL ACHT

Es war spät, als Nathalie nach Hause zurückkehrte. Hinter den Fenstern brannte kein Licht, das bedeutete wohl, dass Gundula noch unterwegs war. Fast war Nathalie ein bisschen traurig darüber, sie hätte gern mit ihr geplaudert. Es war seltsam, wie schnell sie sich an ihre neue Mitbewohnerin gewöhnt hatte. Nathalie erschrak, als sie jemanden auf den Treppenstufen sitzen sah, der definitiv nicht ihre Tante war.

Es war Dr. Thies Engelmann, wie er leibte und lebte.

Was machte er denn hier?

Nathalies Herz setzte einen Schlag aus, um dann in doppeltem Tempo weiterzuschlagen. Ihr Mund wurde trocken. Sie ärgerte sich, dass seine bloße Anwesenheit sie aufwühlte. Vor Ärger, sagte sie sich und wusste doch, dass es nicht stimmte.

»Ist dein Telefon kaputt?«, brummte Nathalie.

Ob es nun erbärmlich war oder nicht, sie hatte vorhin schon wieder auf ihrem Handy nachgesehen, ob er sich nicht doch gemeldet hatte. Dass immer noch keine Nachricht eingegangen war, hatte ihren Ärger nur befeuert. Und nun hockte er hier?

Das war äußerst merkwürdig. Oder dreist.

Dämlicherweise hoffte sie nach wie vor auf eine plausible Erklärung, weil sie nicht schon wieder von einem Typen enttäuscht werden wollte. Ihr Verstand riet ihr jedoch zur Vorsicht.

Thies stand auf und ging auf sie zu, Nathalie blieb stehen. Anscheinend begriff er, dass sie seine Nähe nicht wollte, und hielt inne. »Es tut mir leid, dass ich dich versetzt habe, und nein, mein Telefon ist nicht kaputt.«

Nathalie war überrascht, sie hatte mit einer blöden Ausrede gerechnet. Sie war so schrecklich enttäuscht. Und die dämlichen Ausflüchte konnten ja noch kommen, deshalb schwieg sie und reckte ihr Kinn ein wenig nach vorn. Die Arme verschränkte sie vor der Brust. Ablehnender ging es kaum, und ja, er hatte es verdient. Trotzdem kapierte sie nicht, was er hier zu suchen hatte.

»Es ist ein bisschen kompliziert, darf ich vielleicht reinkommen?«, schlug er vor. Thies klang nicht unsicher, aber ein wenig verlegen.

Nathalie war nach wie vor auf der Hut. Eigentlich hatte sie keine Lust, ihm direkt zu »vergeben«, denn sein Verhalten war unmöglich gewesen. Es gab wohl kaum ernst zu nehmende Gründe, warum er nicht mit einem kurzen Satz hatte absagen können.

»Das sagen Axtmörder auch, ehe sie einen umbringen wollen«, gab sie daher unversöhnlich zurück.

Thies schaute komisch, dann lachte er und hob entschuldigend die Hände. »Bitte, Nathalie. Ich war auf dem Weg zu dir, dann bimmelte mein Telefon, und … lass es mich dir in Ruhe erklären.«

Mein Gott, was sollte daran so kompliziert sein? Sie glaubte ihm nicht, und dass er so herumdruckste, machte es nicht besser. Sie stieß einen leisen Seufzer aus, ehe sie antwortete. »Weißt du, in der heutigen Zeit mit all den technischen Möglichkeiten halte ich es einfach für merkwürdig bis unglaubwürdig, dass man keine drei Wörter texten kann wie: *Ich schaffe es nicht.* Okay, das sind vier, aber ich bin mir sicher, du verstehst, worauf ich hinauswill. Da du hier gesund und munter vor mir stehst und dein Handy offenbar auch noch funktioniert, habe ich nach dem versauten Abend einfach keine Lust, mir dein Gesülze anzuhören. Kein Problem, wenn einem was dazwischenkommt, aber mich hängen zu lassen, sorry, dafür habe ich kein Verständnis.«

Ihr Herz raste, weil sie sich unfassbar darüber aufregte. Vor allem, weil sie ihm eine echte Chance gegeben hatte.

Zum ersten Mal seit der Sache mit Benjamin hatte sie sich dazu durchgerungen. Sie hatte Thies vertrauen wollen, aber wenn er schon bei so etwas Simplem wie einem Abendessen nicht zuverlässig sein konnte, wie würde es dann erst aussehen, wenn mal etwas anstand, was ihr wirklich wichtig war? Von Männern, die erst alles versprachen und einen dann allein ließen, wenn es drauf ankam, hatte sie genug. Für immer und alle Zeiten. Nathalie wollte nicht an ihren Ex denken und schon gar nicht daran, dass er sie mit der Fehlgeburt nicht nur allein gelassen, sondern sich sogar darüber gefreut hatte. Denn so hatte sich sein »Problem« auf einen Schlag gelöst. Es war ihm nie um eine ernsthafte Beziehung gegangen, und schon gar nicht hatte er eine Familie gründen wollen. Nicht mal dem Gerücht, dass Nathalie eine Schwangerschaft erfunden und dann eine Fehlgeburt inszeniert hätte, hatte er entgegengewirkt. Sie war in einem Shitstorm gelandet. Man hatte ihr unterstellt, dass sie ihm etwas hätte andichten wollen, dabei war das Gegenteil der Fall gewesen. Sie hatte gelitten, er hatte sie ausgenutzt. Doch Benjamin hatte das alles kein Stück interessiert, er hatte sie geghostet, und schlimmer, er hatte sie angeschwärzt und der Lügen bezichtigt. Der Verrat saß tief. Nathalie schluckte, ihre Kehle war eng geworden. Thies' Verhalten hatte etwas äußerst Unschönes in ihr getriggert. Davon musste sie sich erst einmal erholen.

»Ich kann dich verstehen, Nathalie, wirklich. Und wenn du mich schon nicht anhören willst, dann lass mich dir wenigstens sagen, dass das heute so absolut nicht geplant war. Aber manchmal kommt in meinem Job einfach etwas dazwischen. Ich würde dir gern sagen, dass es um Leben und Tod ging, aber das wäre eine Lüge, und der Wahrheit bleibe ich treu. Es war nur ein gebrochener Unterschenkel, aber es ist komplizierter als das. Bitte, gib mir die Möglichkeit, es zu erklären, aber nicht zwischen Tür und Angel, Nathalie. Ich finde es schade, dass du so wütend auf mich bist, aber ich kann es auch verstehen, denn du hast natürlich recht – ich hab's vermasselt. Vielleicht gibst du mir ja noch eine Chance an einem anderen Tag. Gute Nacht, Nathalie.«

Mit so einer Reaktion hatte sie nicht gerechnet. Der Mann überraschte mit ehrlicher Demut und punktete, weil er sich tatsächlich nicht mit Ausflüchten herausreden wollte. Trotzdem blieb sie skeptisch.

»Gute Nacht«, war daher alles, was sie hervorbrachte, und schaute zu Boden. Ein Teil von ihr wollte ihn hereinbitten, aber ihre Bedenken waren größer.

Thies trat von einem Fuß auf den anderen. »Gute Nacht, Nathalie.«

Sie hörte, wie er schließlich davonging, und wünschte sich, er würde es nicht tun. Wie albern, sie hatte doch selbst gesagt, dass sie ihn nicht hereinbitten wollte. Thies' Schritte wurden immer leiser, bis sie schließlich ganz verklungen waren. Mit hängenden Schultern schleppte sich Nathalie die Stufen zur Haustür nach oben, schloss auf und trat ein. Auf einmal kam sie sich schrecklich einsam vor. Nathalie knipste das Licht an, kickte die Schuhe von den Füßen und schlappte in die Küche. Das alles war so kräftezehrend. Dort bereitete sie sich erst einmal einen Tee zu, um auf andere

Gedanken zu kommen. Als sie das heiße Wasser aufgegossen hatte, setzte sie sich an den Küchentisch und starrte düster in die Tasse. Das Handy legte sie daneben und hypnotisierte es geradezu.

Wie albern, trotzdem brachte sie es nicht über sich, es wegzuschieben. Ein Teil von ihr hoffte, dass Thies sich noch einmal meldete. Ein dummer Teil, wie sie bemerken musste. Verstand und Herz waren nicht im Einklang. Weil sie aber wusste, dass sie besser auf den Kopf hören sollte – was sonst dabei herauskommen könnte, hatte man ja bei Benjamin gesehen –, schob sie das Telefon schließlich doch von sich.

Es dauerte zum Glück nicht mehr lange, bis Gundula nach Hause kam. Nathalie war erleichtert, dass sie nicht mehr allein mit ihren trüben Gedanken herumsitzen musste.

Fröhlich beschwingt trat ihre Tante in die Küche, bis sie Nathalie entdeckte. »Hallo, Schätzchen. Oje, was ist los? Du siehst ja aus wie drei Tage Regenwetter. War das Abendessen ein Reinfall?«

Gundula setzte sich Nathalie gegenüber und betrachtete ihre Nichte mit sorgenvoller Miene. Ein warmes Gefühl rieselte durch Nathalies Brust. Es war schön, jemanden zum Quatschen zu haben, und Gundulas Weisheit würde ihr jetzt sicher guttun. Deshalb entschied sie sich, ihr das Herz auszuschütten, obwohl das sonst nicht ihre Art war. Meist machte sie alles erst einmal mit sich selbst aus, deshalb hatte sie ja auch Rebecca vorhin nichts erzählt. »Der feine Herr Doktor hat mich versetzt.«

Gundulas Mund klappte auf. »Nein!«, stieß sie hervor. »Was für ein Idiot!«

Wie von selbst tauchte ein schwaches Lächeln auf Nathalies Lippen auf. »Ich war dann bei Rebecca, wir haben bisschen geredet, Eis gegessen und einen Film angeschaut. Der war allerdings ziemlich albern und unrealistisch. Wer steht heute denn noch auf naive Heldinnen?«

»Vergiss den Film, erzähl mir lieber, warum er nicht gekommen ist. Hat er mit einer fadenscheinigen Begründung abgesagt, oder was war los?«

»Eben nicht, das ist ja das, was mich so aufregt. Er war nicht zur verabredeten Zeit hier. Ich habe mir erst nichts dabei gedacht, eine halbe Stunde später rief ich ihn dann an. Ich bekam keine Antwort und meine darauffolgende SMS hat er auch nicht gelesen. Ich war wütend und wollte nicht hier herumhängen, dann bin ich kurz zu Rebecca gefahren. Als ich nach dem Film wieder nach Hause kam, saß Thies vor der Tür.«

Gundulas Gesicht hellte sich auf, was Nathalie nicht wirklich verstand. »Dann hat er also stundenlang auf dich gewartet? Wie romantisch.«

Was sollte daran romantisch sein? »Keine Ahnung, wie lange er gewartet hat, das hat mich auch nicht interessiert.« Die Möglichkeit, dass sie ihn vielleicht nur um wenige Minuten verpasst hatte, hatte Nathalie nicht mal in Betracht gezogen, weil sie zu wütend gewesen war. Das war sie auf eine Weise noch immer.

Wobei, wenn sie ehrlich zu sich war, dann war es mehr die Angst, dass sie Gefühle für jemanden entwickeln könnte, der sie dann wieder hängen ließ. So weit wollte sie es erst gar nicht kommen lassen. Ehe sie ihr Herz in die Sache mit einbrachte, musste sie wissen, ob er es wert war.

»Ich kenne den jungen Mann ja nicht. Also, was hat er zu seiner Entschuldigung vorgebracht?«

»Jedenfalls keine blöden Ausreden.«

»Na, immerhin etwas.« Gundula lächelte.

»Ja.« Nathalie nagte an ihrer Unterlippe.

»Ja, aber?« Gundula wollte mehr hören, natürlich.

Nathalie seufzte. »Es fühlt sich einfach ätzend an, wenn man schon beim ersten Date versetzt wird. Ich saß hier wirklich und habe gedacht, er ghostet mich.«

Wie mein Ex, wollte sie sagen, aber sie mochte das Thema Benjamin jetzt nicht schon wieder auf den Tisch bringen.

»Was soll das bedeuten?«, erkundigte Gundula sich mit einem Stirnrunzeln.

Natürlich, Gundula kannte das Wort nicht. »Dass er sich von heute auf morgen nicht mehr meldet. Dass man den Kerl quasi nie mehr hört oder sieht. Dass er sich in Luft auflöst.«

»Aber das hat er nicht getan. Sondern er ist gekommen, um mit dir persönlich zu reden. Das nenne ich in der heutigen Zeit eher anständig als falsch.« Sie zuckte mit den Schultern und schaute Nathalie prüfend an, weil sie offenbar nicht verstand, warum es immer noch ein Problem gab.

Dem konnte Nathalie nicht widersprechen, trotzdem war da dieses Gefühl in Nathalies Bauch, das ihr zur Vorsicht riet. Gundula wusste von Benjamin und auch von der Fehlgeburt und dem ganzen Drama, das darauf gefolgt war. Sie hatte es ihr gestern erzählt. Gundula war schockiert gewesen, aber seitdem konnten sie sich auf einer viel tieferen Ebene unterhalten. Nathalie fühlte sich wohl in ihrer Gegenwart, sie war ein bisschen wie die Oma, die sie nie gehabt hatte. Der Altersunterschied zu ihrer Mutter war größer, auch sonst hatten die Schwestern nicht so viel gemeinsam. »Ich habe keine Ahnung, oder doch, ich will mich auf niemanden einlassen, der es nicht wert ist. Gebranntes Kind, du weißt schon.«

»Um herauszufinden, ob jemand es wert ist, muss man was riskieren.«

»Ich bin mir einfach nicht sicher, ob ich bereit für etwas Neues bin.«

»Nach allem, was ich mitbekommen habe, hast du dich hier in den letzten Jahren versteckt.«

»Quatsch«, widersprach Nathalie heftig. »Ich bin viel unterwegs.«

»In gewisser Weise stimmt das, aber wenn man dich näher kennt, sieht man, dass du seit der Sache mit Benjamin auf die Pause-Taste gedrückt hast. Ich verstehe das, Nathalie, das tue ich wirklich. Es war ein traumatisches Erlebnis, von dem man sich nie wieder ganz erholt. Und jetzt komme ich zum Punkt, weil du mich so komisch anguckst. Also, Liebes, so spannend ich deine Telefonsex-Sache auch finde, so deutlich macht es mir, dass du lieber für andere Leute Geschichten erfindest, als deine eigene zu erleben.«

»Das stimmt überhaupt nicht. Damit verdiene ich nun mal meine Brötchen. Es ist ein Job wie jeder andere.«

»Aha? Dann erzähl mir doch mal, was du außer deiner Arbeit so machst.«

»Ich treffe mich mit meinen Freundinnen.«

»Und sonst?«

Sonst war da wirklich nicht so viel. Deshalb hatte sie sich zuletzt ja auch so einsam gefühlt, seit Miriam und Rebecca weniger Zeit hatten. Gundula legte ihre Hand auf Nathalies. »Schätzchen, das Leben ist kein Ponyhof, glaub mir, ich weiß, wovon ich spreche. Aber es ist trotz allen Tiefen einfach zu schön, um nicht gelebt zu werden.«

»Du bist mir zu philosophisch heute Abend«, versuchte Nathalie zu scherzen, es gelang ihr nicht so recht, weil sie die ganze Zeit über Gundulas Worte nachdenken musste. Von dieser Warte hatte sie das alles noch nicht betrachtet. Sie hatte immer gedacht, dass sie viel erleben würde, weil sie mit so vielen Menschen zu tun hatte. Dass es dabei wirklich nicht um sie ging, begriff sie erst jetzt. Gundula hatte recht. Was sie mit dieser Erkenntnis anfangen sollte, wusste sie nicht.

Ehe sie etwas erwidern konnte, piepte ihr Handy. Sie

schaute natürlich sofort darauf. Die Nachricht war tatsächlich von Thies.

»Und?«, erkundigte sich Gundula mit einem wissenden Lächeln.

»Ist von ihm.« Ihr Puls beschleunigte sich.

»Dann lasse ich dich mal allein und bringe meine müden Knochen ins Bett.« Gundula stand auf. »Wenn du mich fragst, gib dem jungen Mann eine Chance, Nathalie. Du musst ihn ja nicht gleich heiraten.« Sie gab ihrer Nichte ein Küsschen auf die Wange. »Gute Nacht, Liebes.«

»Gute Nacht, und danke. Ich bin wirklich froh, dass du hier bist.«

»Ich auch, Nathalie. Ich auch.«

Nachdem Gundula die Küche verlassen hatte, öffnete Nathalie ihren Messenger-Dienst.

Ich denke an dich und würde dich gern wiedersehen. Gute Nacht, Thies.

Obwohl sie es nicht wollte, schlug ihr Herz höher, und in ihrem Bauch kribbelte es.

Der Impuls, ihm direkt zu antworten, war groß, aber etwas ließ sie zögern.

Gott, sie hasste diese Furcht.

Mit einem tiefen Seufzer nahm sie einen Schluck von ihrem mittlerweile nur noch lauwarmen Tee, dann tippte sie. *Italien steht. Versau es nicht. Gute Nacht, Nathalie. PS: Wir sehen uns dann am Flughafen.*

Nachdem sie auf Senden gedrückt hatte, merkte sie, wie klamm ihre Finger geworden waren. Sie freute sich und hoffte, dass er auftauchen würde. Dass sie hier einen oder zwei Schritte im Kennenlernen übersprangen und direkt mit Phase 2 starteten, war ihr durchaus bewusst. Andererseits, wenn eine Reise nicht funktionierte, konnten sie die Sache auch direkt wieder beenden.

Sie war aufgeregt. Aber da war mehr. Viel mehr. Ob

Nathalie nun wollte oder nicht, Thies brachte eine Saite in ihr zum Schwingen, von der sie lange nichts mehr gespürt hatte. Es war einerseits Furcht einflößend, aber gleichermaßen elektrisierend. Sie fühlte sich lebendig, und das war ein schönes Gefühl.

Nun. Sie würde trotzdem keine allzu großen Hoffnungen in diese Reise setzen. Maximal würden dabei ein paar heiße Nächte herausspringen, und die würde sie mitnehmen. Und alles weitere würde man dann sehen. Genau. Nathalie nahm einen Schluck Tee und schmunzelte. Das mit Thies würde keine große Liebe werden, also auch kein großes Drama. So, wie ihre Tante gesagt hatte: Sie musste ihn ja nicht gleich heiraten. Nathalie hatte vorhin übertrieben reagiert, weil sein Nicht-Erscheinen etwas in ihr getriggert hatte, was gar nichts mit Thies zu tun hatte. Nachdem sie das begriffen hatte, musste sie zugeben, dass es ihr gefiel, wie Thies reagiert hatte. Er war weder aufdringlich noch penetrant geworden, sondern einfühlsam und geradlinig. Das waren gute Eigenschaften, die ihr gefielen.

Sie wartete ein paar Minuten, aber es traf keine Antwort mehr ein. Vielleicht hatte er mit einer anderen Reaktion gerechnet. Womöglich hatte er keine Lust mehr auf einen Trip nach Italien. Nun, wenn dem so wäre, dann sollte es ihr auch recht sein.

Trotzdem hoffte sie, dass er mitkäme. Es würde sicher um einiges erträglicher, wenn sie ihren turtelnden Eltern nicht allein entgegentreten musste.

Himmel, warum war sie jetzt schon nervös?

Nathalie kippte den Rest ihres Tees in den Ausguss und stellte die Tasse in den Geschirrspüler, dann ging sie ins Bett. Sie hoffte auf einen langen, traumlosen Schlaf. Stattdessen wälzte sie sich von einer Seite auf die andere und dachte immer wieder an Thies und daran, was sie in Italien erwarten könnte. Falls er denn noch Lust darauf hatte. Ihre Zweifel waren längst nicht beseitigt. Im Gegenteil, immer, wenn sie glaubte, einen Einwand aufgelöst zu haben, tauchten zwei neue auf. Sie war einfach zu lange raus aus dem Dating-Geschäft. In diesem Punkt hatten ihre Freundinnen recht. Und auch ihre Tante.

ER KOMMT NICHT, war alles, was Nathalie ein paar Tage später denken konnte, während sie am Flughafen stand und nach Thies Ausschau hielt. Es wimmelte vor Menschen, es war voll und unübersichtlich in der Abfertigungshalle. Sie hatten sich seit dem Abend neulich nicht mehr gesehen, und auch auf ihre Infos zur Reise hatte er nur knapp geantwortet. *Klar, wir sehen uns dann.* Höflich und nett, aber ein wenig unverbindlich. Vielleicht hatte sie ihn doch verschreckt.

Nein, Moment. So würde sie erst gar nicht anfangen zu denken. Sonst wurde sie wie diese naiven Heldinnen in den Hollywood-Komödien, die nur darauf warteten, gerettet zu werden. Nathalie wollte nicht gerettet werden, das konnte sie selbst. Wenn Thies nicht auftauchte, war das sein Pech.

Leider auch ein bisschen ihres, denn ihre Familie würde tausend nervige Fragen stellen, was denn passiert wäre und so weiter. Darauf konnte Nathalie gern verzichten, aber das lag nicht mehr in ihrer Hand. Verdammt.

Was hatte sie sich nur dabei gedacht? Es war einfach eine zu verrückte Idee, einen Fremden mit auf so einen Trip nehmen zu wollen, der ohnehin unangenehm bis oberanstrengend werden konnte.

Vor ein paar Minuten erst hatte sie ihre Eltern samt neuen Partnern begrüßt und hätte am liebsten direkt wieder kehrtgemacht. Vaters neue Freundin Theresa war eine jüngere Ausgabe ihrer Mutter. Nathalie war noch immer entsetzt darüber, hoffte aber, dass man ihr nichts anmerkte.

Und Mutters moppeliger, aber herzlicher Freund Oliver wirkte nett, war aber sehr anhänglich. Nathalie konnte sich nicht vorstellen, dass ihrer Mama das auf Dauer gefiel, aber was wusste sie schon. Ständig klebte Oliver an ihr wie eine Klette, küsste sie, streichelte ihren Oberarm oder sonst etwas. Nathalie war alles zu viel, ihre Mutter lächelte jedoch in einem fort. Vielleicht verhielt man sich so, wenn man verliebt war? Es wirkte in jedem Fall übertrieben harmonisch. Ihre Eltern strahlten jedoch die Ruhe selbst aus, lächelten bis über beide Ohren und überhäuften sich gegenseitig mit Nettigkeiten. Nathalie hingegen hatte jetzt schon das Bedürfnis, sich einen Wodka auf Eis zu genehmigen – und sie trank selten bis nie Hochprozentiges. Das sollte also was heißen.

Und jetzt tauchte Thies nicht auf. So ein Mist!

Sie hatten ihre Koffer alle schon aufgegeben, eingecheckt waren sie ebenfalls längst. Das hatte Nathalies Vater alles online erledigt. Oder vielmehr seine Sekretärin. Nun, ihr war es egal, Hauptsache, sie hatte keine Scherereien damit.

»Wo steckt dein Freund denn?«, sprach ihre Mutter nun endlich das aus, was wohl in ihrer aller Köpfe vor sich ging. Fehlte nur die Frage, ob sie ihn erfunden hätte. Das würde sie ihren Eltern zutrauen.

Nathalie zückte ihr Handy. Nichts. Ob sie ihn anrufen sollte?

Unliebsame Erinnerungen an ihr letztes, verpatztes und damit nicht stattgefundenes Date tauchten in ihrem Kopf auf. »Er ist sicher aufgehalten worden«, murmelte sie mit einem unguten Gefühl im Bauch, das mehr war als nur Nervosität. Es war die negative Vorahnung, die einen befiel, bevor etwas Schreckliches passierte.

»Wir können ja schon mal reingehen, ehe wir alle den Flieger verpassen«, bestimmte ihr Vater, pragmatisch, wie er nun mal war.

Er hielt Händchen mit Theresa, die ihren Strohhut schon auf dem Kopf hatte. Zusammen mit ihrem bunten Folklorekleid, das bestimmt ein Vermögen gekostet hatte, wirkte sie wie ein Star.

Nathalie bemerkte, dass ihre Mutter die Neue ihres Exmannes verstohlen betrachtete. Mama selbst hatte mit ihrer Reisegarderobe nicht so dick aufgetragen, sie trug eine weiße Hose und ein marineblaues Poloshirt mit abgesetztem Kragen zu flachen Loafers. Nathalie spielte definitiv im Team Mama, aber das war vermutlich normal. In die Beziehungen ihrer Eltern würde sie keinesfalls reinreden. Theresa hatte keine Kinder, und Olivers Sohn Alexander würde später nachkommen, er war so früh bei der Arbeit unabkömmlich. Das behauptete Oliver zumindest. Nun, ihr sollte es recht sein. Sie hatte gerade kein großes Interesse, neue Bekanntschaften zu schließen, schon gar nicht innerhalb dieser komplizierten Familienkonstellation.

»Geht schon mal vor«, meinte Nathalie, die immer nervöser wurde. Ihre Handflächen waren feucht, und ihr Puls ging viel zu schnell.

»Bist du sicher, Liebes?«, wollte ihre Mutter mit sorgenvollem Blick wissen. Nathalie erkannte die Zweifel darin und fragte sich, ob Mama wirklich glaubte, sie hätte ihren angeblichen neuen Freund erfunden. Oder ob sie einfach nur annahm, dass er es sich anders überlegt hatte. Damit, dass Thies noch rechtzeitig eintraf, rechnete anscheinend niemand mehr, und das gab Nathalie zu denken. Sie merkte, wie sie sich innerlich wieder verschloss.

»Geht nur, wir schaffen das schon und kommen nach.« Oder auch nicht. Gerade schien es ihr nämlich überaus verlockend, selbst das Weite zu suchen und auf diesen blöden Trip zu pfeifen.

»Vielleicht sollten wir …«, fing ihre Mutter an, aber Martin

Henning unterbrach seine Noch-Ehefrau. »Ach was, Christine, Nathalie hat recht. Wir passieren schon mal die Sicherheitskontrolle, ich möchte einen Kaffee trinken, ehe wir in den Flieger einsteigen.«

Nathalie hatte keine Lust, dass es schon vor dem Abflug Stress unter den noch nicht Geschiedenen gab, deshalb schob sie ihre Mutter ein Stück von sich, liebevoll, aber bestimmt. »Da bin ich ausnahmsweise mal Papas Meinung, bis nachher, geht bitte voraus.«

Ihre Mutter schaute zwar ein bisschen komisch, aber da Oliver ihr selig zulächelte, enthielt sie sich eines weiteren Kommentars. Mama ließ es sich jedoch nicht nehmen, Nathalie einen Kuss auf die Wange zu drücken, der vermutlich als Aufmunterung gedacht war, die Tochter stattdessen beinahe in Tränen ausbrechen ließ.

Hilfe, seit wann war sie denn so nah am Wasser gebaut?

Nathalie atmete tief durch und blinzelte ein paarmal, um das Brennen in den Augen zu vertreiben. Sie guckte dem davontrottenden Vierergespann hinterher und seufzte leise. Mensch, wenn sie Thies jemals wiedersah, würde sie ihn umbringen. So eine treulose Tomate!

Jemand legte ihr von hinten eine Hand auf die Schulter, und Nathalie fuhr zusammen. »Ich bin es nur, sorry, das Taxi ist zweihundert Umwege gefahren.«

Nathalie wirbelte herum und schaute in Thies' braune Augen, die fröhlich funkelten. Seine Mundwinkel waren nach oben gebogen. Er war ein wenig außer Atem, als sei er mit seinem Gepäck gerannt.

»Hallo«, sagte er jetzt, und der Klang seiner dunklen Stimme bescherte Nathalie eine Gänsehaut.

»Du wolltest es wohl spannend machen, hm?«, kommentierte sie betont lässig, zweifelte aber, dass das glaubhaft rüberkam, weil ihre Tonlage viel zu hoch war. Thies sah, wenig überraschend, verdammt gut aus, sein Haar war zerzaust. Er trug ein hellblaues Leinenhemd zu einer ockerfarbenen Chino mit Bootsschuhen. Am Handgelenk funkelte eine teure Uhr. Obwohl Nathalie es nicht zugeben wollte, das Ding stand ihm – auch wenn es sicher auch eine günstigere tun würde.

»Wirklich nicht, aber nun bin ich ja da. Wo ist der Rest? Oder fliegen wir doch allein auf einen romantischen Trip, und das war nur ein Test?« Er grinste bis über beide Ohren.

Schön wäre es, dachte sie. Nathalie kommentierte lieber sein übergroßes Gepäckstück. »Was ist da drin? Deine Mutter?«

Thies lachte. »Nun, da du mir weder mitgeteilt hast, wo wir genau hinfliegen, noch was geplant ist, bin ich einfach auf alle Eventualitäten vorbereitet.«

Das war gar nicht dumm, wenn man es von seiner Warte aus betrachtete. Das Hotel war ein edler Schuppen, davon konnte man ausgehen, wenn ihr Vater es ausgesucht hatte. Allerdings hoffte Nathalie, dass man zum Dinner nicht in Abendgarderobe auftauchen musste – denn so was hatte sie nicht eingepackt. Nicht nur, weil sie kaum teure Fummel besaß, sondern hauptsächlich, weil sie keine Lust auf dieses Getue hatte. Allein dabei schieden sich zwischen Thies und ihr wahrscheinlich schon die Geister.

»Wie auch immer«, meinte sie plötzlich. »Lass uns das Ding mal aufgeben, sonst verpassen wir nämlich den Flug.«

»Sicher. Tut mir leid, wenn ich schon wieder für Irritationen gesorgt habe, das war anders geplant.«

Nathalie guckte ihn von der Seite aus an und spürte, wider Willen, dass es in ihrem Bauch kribbelte. Es war nicht nur das erste Mal, dass sie mit jemandem ins Ausland verreiste, es war noch nicht vorgekommen, dass ihre Eltern mit von der Partie waren.

»Kann es sein, dass du ziemlich schlecht im Zeitmanagement bist? Bei der teuren Uhr sollte man ja was anderes annehmen«, neckte sie ihn.

Thies hob eine Braue und schüttelte sein linkes Handgelenk. »Gefällt sie dir nicht? War ein Geschenk meiner Oma.«

Nathalie zuckte die Schultern. »Ich möchte deiner Oma nicht zu nahetreten.«

Er quittierte es mit einem Grinsen und schob seinen Koffer in Richtung Baggage-Drop-off.

Zehn Minuten später standen sie in der Schlange der Sicherheitskontrolle, es ging nur schleppend voran. Thies legte Nathalie einen Arm um die Schulter, was sie überraschte. Aber es fühlte sich angenehm an. Vertraut irgendwie. »Wir schaffen das schon, keine Sorge, das Boarding ist erst in zehn Minuten«, erklärte er ihr sanft.

Sie war überrascht, dass er offenbar begriffen hatte, dass sie genau daran gedacht hatte.

»Ob deine Eltern mich mögen werden?«, fuhr er fort.

Nathalie schaute ihn von der Seite an, er lächelte und wirkte dabei ein bisschen schüchtern. Süß irgendwie. Gar nicht so wie der Kotzbrocken vom Supermarkt-Parkplatz. »Glaub mir, du bist der feuchte Traum jeder Schwiegermutter«, gab sie grinsend zurück.

Thies prustete los. »Ich mag deinen Humor, Nathalie. Trotzdem würde ich lieber in deinen Träumen vorkommen.«

Er hatte ja keine Ahnung, wie dicht er damit an der Wahrheit lag. In der letzten Nacht war nämlich genau das passiert. Nathalie war schweißgebadet und erregt aufgewacht. Sie fragte sich seitdem, wie es wirklich mit ihm sein könnte. Falls es dazu kommen würde, natürlich. Sicherheitshalber hatte sie eine Familienpackung Kondome eingepackt – besser, Frau war vorbereitet. Der Gedanke sandte heiße Wellen durch ihren Unterleib.

Sie hoffte, dass Thies dieses Mal nicht darauf kam, was in ihr vor sich ging.

»Hör auf, mir zu schmeicheln«, murrte sie und guckte weg.

Thies beugte sich zu ihr und flüsterte an ihrem Ohr: »Das tue ich keineswegs, wir waren uns doch einig, dass wir immer bei der Wahrheit bleiben, genau das mache ich.«

Sie wollte ihm glauben, sie wünschte sich, dass es wahr wäre. Aber sie war zu realistisch, um nur durch die rosarote Brille zu schauen. Zu deutlich erinnerte sie sich an das Gefühl, das noch vor wenigen Minuten in ihr rumort hatte, als sie gedacht hatte, er käme nicht. Nein, sie würde das hier emotional sehr langsam angehen. Was das Körperliche betraf, war sie durchaus bereit für mehr. Das musste man doch trennen können.

Nachdem sie endlich den Sicherheitscheck hinter sich gebracht hatten, besorgte sich Thies *die Zeit* im Buchladen, dann marschierten sie zum Abfluggate. Nathalies Nervosität war mit einem Schlag zurück, als sie ihre Eltern samt Anhängsel entdeckte. »Dann bringen wir das mal hinter uns«, murmelte sie. »Komm, ich stelle dich meiner Familie vor.«

Martin Henning richtete sich kerzengerade auf und musterte Thies skeptisch, er wirkte dabei schrecklich arrogant, und Nathalie schämte sich ein bisschen. Aber so war ihr Vater nun mal, ganz der Patriarch. Vermutlich hatte sie ihm deshalb nie freiwillig einen Freund vorgestellt. Thies blieb jedoch ganz entspannt, sein Lächeln wirkte offen und herzlich. »Freut mich sehr, Herr Henning.«

»Ganz meinerseits, Herr Engelmann. Schön, dass Sie meine Tochter begleiten.«

Zu Nathalies Entsetzen bot er Thies nicht das Du an. Sie verdrehte die Augen. »Und das ist meine Mutter, Christine«, fuhr sie mit der Begrüßungsrunde fort, während sie feststellte, dass sie eigentlich die Mama zuerst hätte erwähnen sollen. Nathalie spürte, wie sich Schweiß in ihren Achseln sammelte, das alles war wirklich unangenehm.

Christine Henning erwiderte Thies' Lächeln offen und

umarmte ihn sehr herzlich statt eines schnöden Händedrucks. Nathalie atmete erleichtert auf. »Wie schön, Thies, wir freuen uns, dass du mit von der Partie bist. Ich bin die Christine, aber das hat Nathalie ja schon gesagt.«

»Es ist mir eine Ehre, ich sehe, woher Nathalie ihre herzliche und offene Art hat … und das gute Aussehen natürlich.«

Gott, der Kerl trug ja wirklich dick auf. Thies grinste Nathalie an, und sie wussten beide, dass sie, bis auf die Augenfarbe und ihre zierliche Figur, wenig bis gar nichts von ihrer Mutter hatte. So deutlich hatte Nathalie es nie begriffen, aber sie kam in ihrer schroffen Art wohl eher nach ihrem alten Herrn. Sie liebte ihren Vater trotz aller Querelen, aber manche Verhaltensweisen waren einfach … anstrengend. Vielleicht sollte sie daran etwas verändern, nicht, dass sie am Ende so wurde wie er.

Nachdem auch Oliver und Theresa ins Bild gerückt worden waren, riefen die Mitarbeiterinnen der Airline zum Boarding auf. Da Martin Henning selbstverständlich Businessclass gebucht hatte, konnten sie zuerst einsteigen. Die Eltern gingen voraus, dann folgten Nathalie und Thies. Thies ließ Nathalie den Vortritt und mimte den perfekten Gentleman, wobei das vermutlich einfach seine Art war: zuvorkommend und verbindlich. Das war ja nichts Schlechtes, musste Nathalie sich eingestehen.

Nachdem der erste Druck mit der Begrüßung von ihr abgefallen war, ließ sie sich auf den Fensterplatz in der dritten Reihe sinken, Thies nahm neben ihr Platz. Ihre Eltern saßen nebeneinander in Reihe eins. »Brauchst du was?«, wollte Thies von ihr wissen.

Sie guckte ihn entgeistert an, was war das denn für eine Frage? Mit so viel Aufmerksamkeit hatte sie nicht gerechnet, vor allem, weil es absolut authentisch und nicht im Mindesten aufgesetzt wirkte. »Eine Fußmassage, ein Glas Sekt und die

Lottozahlen von nächster Woche«, erwiderte sie scherzhaft, weil sie nicht wusste, was sie sonst sagen sollte. Es fiel ihr leichter, ihre Unsicherheit mit blöden Witzen zu überspielen, als das zu zeigen, was wirklich in ihr vorging.

Thies lächelte kopfschüttelnd. »Hellsehen kann ich leider nur selten, die Fußmassage bekommst du heute Abend von mir, und das Glas Sekt, nun ja, das kann ich besorgen, einen Moment bitte.«

Nicht, wollte sie sagen, aber es war schon zu spät. Thies war bereits auf dem Weg zu einer der Flugbegleiterinnen, die in einem fort alle Gäste angrinste. Nur wenige Sekunden danach war er wieder bei ihr, ließ sich auf seinen Sitz plumpsen und verstaute die Zeitung in der Sitztasche vor ihm. »Hast du dich schon angeschnallt?«, erkundigte er sich gut gelaunt.

»Boah, bist du immer so besorgt um andere?«, fragte sie und musste doch lächeln.

Er zuckte die Schultern und nahm die Sektgläser von der Airline-Mitarbeiterin entgegen. »Ehrlich gesagt verstehe ich gar nicht, was du meinst.« Er furchte die Stirn und drückte ihr den Drink in die Hand.

Nathalie war perplex, er schien es ernst zu meinen. Nun, vielleicht hatte sie ja wirklich immer die falschen Männer kennengelernt. So jemand wie Thies war ihr jedenfalls noch nicht begegnet. »Prost«, erwiderte sie. »Den brauche ich, damit ich mich an diesen Pomp hier gewöhnen kann. Ich finde das total übertrieben.«

»Warum wehrst du dich so dagegen?«

»Weil es Leute gibt, die sich so was nicht leisten können. Weil ich gut in der Eco fliegen könnte, und gegen einen Urlaub im Zelt hätte ich auch nichts einzuwenden.«

Thies trank einen Schluck und wirkte nachdenklich. »Wir kennen uns nicht lange genug, als dass ich das beurteilen könnte, aber … irgendwo auf der Welt gibt es immer jemanden, der weniger hat, und immer auch Leute, die mehr haben.«

»So, wie du es sagst, klingt es, als ob du es als normal betrachten würdest, alles zu haben.«

»Das ist nicht fair, Nathalie, denn es entspricht nicht den Tatsachen.«

»Das stimmt, dafür entschuldige ich mich. Trotzdem muss ich sagen, dass ich dieses Getue einfach nicht leiden kann. Diese teuren Klamotten und all das, meine ich.«

»Was ist denn dein Problem?«

»Wie gesagt, es gibt Menschen, die haben nichts, nicht mal Schuhe. Und wir versinken im Überfluss. Hätte es ein Trip an die Ostsee nicht auch getan, um sich besser kennenzulernen?«

»Sicherlich, Nathalie. Aber ich finde, tut mir leid, wenn ich dir damit zu nahetrete, dass das ein bisschen scheinheilig von dir ist.«

Sie schnappte nach Luft. »Wie bitte?«

»Immerhin sitzt du hier und schlürfst Champagner. Du hast ein Haus mit einem Dach und ein weiches Bett. Das alles ist okay für dich, obwohl es Leute gibt, die unter der Brücke schlafen müssen? Ich sage nicht, dass es das nicht ist, aber jeder hat seine eigenen Maßstäbe. Akzeptiere es doch, dass man etwas genießen können sollte, auch wenn man nicht alles Leid der Erde verhindern kann. Das soll nicht heißen, dass man nicht auch Gutes tun soll.«

Sie schüttelte den Kopf. »So was kann nur einer sagen, der alles hat.«

Thies hob eine Braue und zuckte die Schultern. »Und du etwa nicht? Leidest du vielleicht Hunger? Hast du kein Zuhause? Bitte, Nathalie, sei mal nicht päpstlicher als der Papst. Ich bin mir durchaus darüber im Klaren, dass ich Glück hatte. Es ist mein Glück, dass ich in Hamburg und nicht in Dschibuti geboren bin, dass ich eine Ausbildung genossen habe, die mir vieles ermöglicht. Ich bin dankbar dafür, und ich weiß meinen Luxus zu schätzen, ich genieße das, was ich erleben darf, da bin ich ehrlich. Wenn du damit ein Problem hast, dann ist das deines und nicht meines.«

Nathalie schwieg einen Moment und dachte darüber nach. Sie hörte nicht hin, wie die Stewardessen erklärten, wie man sich in einem Notfall verhalten sollte. Flugangst war zum Glück kein Thema für sie. Nachdem sie ihr Glas halb ausgetrunken hatte und die Maschine auf dem Weg zum Rollfeld war, wandte sie sich an Thies. »Okay, du hast recht. Ich habe alles, was ich brauche, trotzdem habe ich Momente, in denen ich das nicht fair finde.«

»Und doch sitzt du hier.« Ja, sie merkte selbst, wie absurd ihr Verhalten war. Dennoch konnte sie nicht mit Gewissheit sagen, warum sie so empfand, warum sie gegen ihre Eltern »rebellierte«, ohne dass die etwas davon mitbekamen. Vielleicht war sie ein Fall für die Couch, ja, vermutlich sollte sie darüber einmal nachdenken. Gerade merkte sie, dass es einiges gab, was sie nicht aufgearbeitet, sondern einfach nur verdrängt hatte – und das äußerte sich dann in ätzendem Verhalten Thies gegenüber. Ihr wurde unangenehm warm.

»Ja, das tue ich. Und ich weiß gerade nicht, was ich von mir selbst halten soll. Also danke, dass du mir diesbezüglich die Augen geöffnet hast. Ich wettere hier gegen alles und jeden und sitze doch mittendrin, statt was zu ändern.«

»Kannst du nicht einfach akzeptieren, dass auch du Glück hattest und privilegiert bist? Das ist doch keine Schande. Was man daraus macht, ist eine andere Sache.«

»Das stimmt.« Auch deshalb würde sie keine Anwältin werden, die sich nur um ihr eigenes Bankkonto kümmerte. Es bestärkte sie jedoch darin, dass es eine gute Idee sein könnte, sich zum Herbstsemester wieder für Jura einzuschreiben. Aber das würde sie vorerst niemandem verraten. »Danke, dass ich mit dir so offen diskutieren kann. Das erlebe ich nicht oft.« Sie lächelte ihn, plötzlich schüchtern, an.

Thies erwiderte es und ein warmes Gefühl machte sich in ihrem Bauch breit. Nathalie räusperte sich und trank den Sekt aus, dann hob die Maschine ab.

Nach einigen Minuten zog Thies seine Zeitung hervor und fing an zu lesen, es fühlte sich nicht seltsam an, sondern merkwürdig vertraut, als sollte es genau so sein. Als würden sie sich schon Ewigkeiten kennen und nicht erst seit Kurzem. Nathalie guckte aus dem Fenster, die Wolken unter ihnen sahen aus wie weiße Wattebäusche. Der Himmel strahlte in einem reinen, satten Blau. Es war herrlich. Tatsächlich stellte sich endlich so etwas wie ein Gefühl der Freude bei ihr ein. Vielleicht war es doch keine schlechte Idee gewesen, Thies mitzunehmen.

Als könne er ihre Gedanken lesen, ließ er die Zeitung sinken und beugte sich zu ihr herüber. »Sollen wir ein paar Regeln festlegen?«

»Wie meinst du das?« Ihr Herz pochte schneller.

»Was sind wir beide denn? Bin ich dein fester Freund?«

»Das klingt, als wären wir dreizehn.«

»Für dich bin ich so alt, wie du mich gern hättest«, scherzte er, und Nathalie kicherte.

»Ich würde, weil du das ja auch immer betonst, einfach bei der Wahrheit bleiben.«

»Und die wäre?«

»Wir haben uns vor Kurzem kennengelernt und wollen unsere … Gefühle füreinander erkunden.«

Beim Wort Gefühle meldete sich ein seltsames Kribbeln in ihrem Bauch. Thies' Augen leuchteten auf. »Das klingt gut. Wie ist es mit anderen Sachen?«

»Die wären?«

Sein Blick wurde eindringlich, ihr wurde ganz heiß. »Anfassen. Händchen halten. Küssen. Sex.«

»Du stehst auf Händchenhalten«, versuchte sie zu scherzen, aber ihre Stimme klang dünn.

Thies lachte nicht. »Wir müssen darüber reden, Nathalie. Ich habe schon gemerkt, dass du manchem lieber ausweichst, aber es ist mir wichtig, dass wir keine falschen Vorstellungen haben. Verstehst du?«

»Oh, ich verstehe sehr gut«, meinte sie leise. Sie befeuchtete sich die Lippen mit der Zunge und sah, wie sich Thies' Pupillen weiteten. Es war gar nicht beabsichtigt gewesen, trotzdem freute sie sich über seine Reaktion, die absolut authentisch wirkte. »Nur so viel, Thies, ich habe eine …« Nathalie beugte sich zu ihm und flüsterte: »Familienpackung Kondome im Koffer.« Dann lehnte sie sich wieder in ihrem Sitz zurück, während ihr das Herz bis zum Hals hinauf pochte.

Sie sah sein zufriedenes Grinsen im Augenwinkel. »Das hört sich sehr gut an. Also lassen wir es auf uns zukommen?«

Nathalie nickte. »Klingt perfekt für mich. So, wie es sich richtig anfühlt.«

Sie war gespannt, was er darauf zu erwidern hatte. Vielleicht wollte er sie küssen? Sie hätte nichts dagegen.

Stattdessen nahm er nur ihre Hand und drückte sie kurz. »Damit bin ich mehr als einverstanden.« Enttäuscht stellte sie fest, dass er sich wieder seiner Zeitung widmete.

Puh. Sie wollte sich Luft zufächeln, ihr war eben ganz schön heiß geworden. Gut gelaunt schaute sie wieder aus dem Fenster und schloss irgendwann die Augen und malte sich aus, wie es sein würde, ihn noch einmal zu küssen. Sie konnte es kaum erwarten … Er war mitgekommen, an ihrer Seite und bereit zu allem. Und sie war es auch.

KAPITEL NEUN

Diese Reise stellte definitiv eine Premiere in Thies' Leben dar, und er war gespannt, was ihn noch so alles erwarten würde. Nathalie hatte neben ihrer lustigen Art auch eine sehr nachdenkliche Seite, die ihn faszinierte. Er freute sich sehr darauf, sie näher kennenzulernen – und damit meinte er überraschenderweise nicht nur die körperliche Ebene. Die auch, aber es war mehr als das.

Am Flughafen in Bari wurde die Familie mit einer Großraumlimousine des Luxushotels abgeholt. Zwei Männer in dunklen Anzügen kümmerten sich ums Gepäck, während Nathalies Eltern mit ihren jeweils neuen Partnern vorausgingen. Man hatte nach der Landung kurz geplaudert, sich erkundigt, wie der Flug gewesen sei und wie sehr man sich auf das Wochenende freute. Dabei hatte Thies gespürt, dass Nathalie noch immer angespannt war. Ihr schien das alles sehr zu schaffen zu machen, das spürte er überdeutlich. Er legte einen Arm um ihre Schultern, und sie wehrte sich nicht dagegen, im Gegenteil, sie schmiegte sich an ihn, während sie das Flughafengebäude verließen und den anderen zur bereits wartenden Limousine folgten.

Das Wetter war herrlich, die Sonne schien an einem wolkenfreien Himmel. Anfang Mai war es mit etwas über zwanzig Grad hier im Süden jedenfalls deutlich angenehmer als im verregneten Hamburg. Obwohl Thies in seinem Leben schon viel herumgekommen war, hatte er es nicht bis in diesen Winkel Italiens geschafft. Bisher hatte er immer gedacht, dass hier ausschließlich die Mafia regierte. Die beiden Fahrer würden – dem Auftreten nach zumindest mit dunkler Sonnenbrille, Knopf im Ohr und schwarzer Krawatte zum Anzug – jedenfalls ohne Zweifel als gute Mitarbeiter durchgehen. Er schmunzelte in sich hinein und setzte sich mit Nathalie in die hintere Reihe des Fahrzeugs. Die Fahrt dauerte eine gute halbe Stunde, die Unterhaltung der anderen plätscherte vor sich hin. Nathalie und Thies hielten sich heraus, keiner von ihnen wollte über den Nacken der vor ihnen sitzenden Eltern hinweg rufen.

»Krass«, stieß Nathalie leise hervor, als sie ihr Ziel schließlich erreichten. Sie waren eine ganze Weile auf einer Landstraße mit Blick aufs Meer unterwegs gewesen.

Die Außenmauern der Anlage waren nicht mit Draht oder Eisen gesichert, über den Steinen ragten stattdessen stachelige Kakteen hervor. »Hier steigt bestimmt niemand ein«, witzelte er leise in Nathalies Richtung.

»Da kannst du sicher sein«, erwiderte sie. »Keine schlechte Idee, muss ich mir merken, das Grünzeug hält unliebsame Besucher auf jeden Fall fern.«

Der Fahrer des Wagens kommunizierte derweil durch das offene Autofenster mit dem Pförtner, dann schwangen die hohen Tore langsam auf, und es ging voran. Der Kies knirschte unter den Reifen. Der Parkplatz der Anlage war groß, es standen einige Busse dort und viele Limousinen, unzählige Mitarbeiter trugen Gepäck umher. Eine ansehnliche Anzahl an bunt gekleideten Menschen bewegte sich über die gekiesten Wege vom Hotel in Richtung Transport.

»Was ist denn hier los?«, wollte Martin Henning vom Fahrer auf Englisch wissen.

»Eine indische Hochzeit, die Gäste reisen gerade ab. Das Hotel war ausgebucht«, erwiderte dieser mit starkem italienischem Akzent.

»Wie viele Zimmer haben die hier eigentlich?«, fragte Nathalies Mutter Christine.

»Fünfhundert«, erklärte ihr der Noch-Ehemann daraufhin.

»Fünfhundert?«, wiederholte Nathalie und drückte sich förmlich die Nase an der Fensterscheibe platt. »Sieht gar nicht so groß aus.«

»Das täuscht«, erklärte ihr Vater. »Es ist eine weitläufige Anlage mit einem Haupthaus und vielen kleinen Villen, es ist eher wie eine Stadt.«

»In der man eingesperrt ist«, flüsterte Nathalie Thies ins Ohr.

Ihren heißen Atem auf seiner Haut zu spüren, löste eine Gänsehaut bei ihm aus. Er gluckste leise und tätschelte ihr Knie. »Mit dir bin ich gern eingesperrt, egal wo.«

Sie schaute ihn zweifelnd an. Als sich ihre Blicke trafen, hellte sich ihr Gesicht jedoch auf, und die Mundwinkel bogen sich nach oben. Dieses Kribbeln zwischen ihnen nahm sie also auch wahr, schön, er freute sich, dass es nicht einseitig war. Gleichzeitig ertappte er sich dabei, dass er ein wenig nervös war. Das war ungewöhnlich, er kannte das in dieser Form nicht von sich. Aber die Umstände dieser Reise waren natürlich gewöhnungsbedürftig, und Nathalie war auch sehr speziell. Er konnte einfach nicht hinter ihre Fassade blicken und wusste oftmals nicht, was scherzhaft und was ernst gemeint war.

Die Limousine wurde geparkt, und sofort strömten zwei in Weiß gekleidete Hotelmitarbeiter auf sie zu. Einer öffnete die

Tür, der zweite ging direkt zum Kofferraum und sprach mit dem Fahrer auf Italienisch, während die Italiener anfingen, das Gepäck auszuladen. Thies staunte, diese Anlage wirkte deutlich exklusiver als ein herkömmliches Fünf-Sterne-Hotel. Die hellen Steine, die Bauweise, alles erinnerte an die traditionelle italienische Baukultur der alten Zeiten und strahlte gleichzeitig einen unermesslichen Luxus aus. Womöglich war es ein altes Gebäude, das man restauriert hatte?

»Beeindruckend, hm?«, meinte Martin und klopfte ihm auf die Schulter.

Wollte Nathalies Vater Lob für seine Auswahl? Vermutlich. »In der Tat, es ist außergewöhnlich«, gab Thies höflich zurück.

»Wir haben Zimmer im Haupthaus, ich hoffe, das ist in Ordnung. Es gibt den Bereich ›il Borgo‹, der einem traditionellen apulischen Dorf nachempfunden ist, ich dachte mir dann, das schauen wir uns morgen Abend lieber im Original an.«

Martin Henning lächelte, aber er war nicht so offen und herzlich wie seine Noch-Ehefrau. Martins Blick war prüfend, und Thies empfand das Gespräch eher als ein weiteres Abtasten des neuen Freundes der Tochter. Das konnte Thies gut nachvollziehen, es sprach für Martin, dass es ihm wichtig war, dass Nathalie einen guten Partner an ihrer Seite hatte. Nathalie checkte gerade etwas auf ihrem Handy, sie wirkte ein bisschen abwesend, entweder das oder sie wich einem Gespräch mit ihrem Vater bewusst aus.

»Es ist mehr als in Ordnung, natürlich, ganz wunderbar, Herr Henning. Ich hätte nie gedacht, dass in so einem abgelegenen Winkel Italiens ein solches Hotel zu finden wäre.«

»Waren Sie schon einmal in Apulien?«, wollte Martin jetzt wissen.

»Bisher hatte ich leider nicht das Vergnügen, was es umso spannender macht.« Thies lächelte unverbindlich.

»Wir sind im Absatz des Stiefels sozusagen.« Er lachte, und Thies nickte, er sparte sich einen Kommentar, dass er durchaus wusste, wie Italien auf der Landkarte ausschaute.

Theresa zupfte an Martins Hemd, ihre Ungeduld wirkte übertrieben. Das fand zumindest Thies, Martins Miene blieb unbewegt. »Schatz, lass uns reingehen, ich möchte gleich einen Termin im Spa vereinbaren, ich bin schrecklich verspannt«, säuselte sie.

Martin sah sie gar nicht an, nickte aber. »Natürlich, Schatz. Kommen Sie, Thies, wir checken ein.«

»Wir folgen Ihnen«, antwortete Thies und ließ das Paar ziehen.

Christine und Oliver waren ebenfalls auf dem Weg hinein, während Thies wartete, bis Nathalie ihr Handy weggesteckt hatte. »Alles okay?«, wollte er wissen.

»Doch, ja klar. Ich habe nur eben Bescheid gegeben, dass ich ein paar Tage weg bin, du weißt schon, Arbeit und so.«

Täuschte er sich oder wurde sie rot? »Soll ich schon mal vorgehen, wenn du noch was erledigen musst? Das ist kein Problem.«

»Nein, nein, jetzt ist ja alles geklärt.« Sie lächelte schüchtern, was irgendwie neu war. Es stand ihr gut zu Gesicht.

Nathalie hakte sich bei Thies ein, was ihn überraschte und gleichzeitig freute. Händchen halten wäre in der Tat ein wenig zu vertraulich gewesen, so weit waren sie noch nicht. Aber hoffentlich bald. Er spürte, wie sehr er sich nach einem Moment allein mit ihr sehnte, und war davon überzeugt, dass die angenehme Atmosphäre hier, fern vom Alltag, dazu beitragen würde, dass sie sich ihm öffnen würde.

Es war kein Geheimnis, dass sie ihm gegenüber äußerst skeptisch war, was nur daher rühren konnte, dass sie früher schlechte Erfahrungen gemacht hatte. Er würde sie einmal in Ruhe fragen. Aber jetzt wollten sie erst einchecken. Zwei Hotelmitarbeiter hielten die hohen Flügeltüren für sie auf und grüßten auf Italienisch.

Das Hotel war nicht nur äußerlich äußerst geschmackvoll gestaltet, sondern auch im Innenbereich, was nach dem ersten Eindruck natürlich keine Überraschung mehr war. Alles war in Creme gehalten. Die Dekoration mit hohen, mit Getreide und Mandeln gefüllten Amphoren, unzähligen Kerzen und indirekten Leuchten erzeugte eine beinahe mittelalterliche Stimmung. Überall gab es kleine Sitzecken und ruhige Nischen.

Martin Henning übernahm den Check-in. Leider waren die Zimmer nicht fertig, also wurde man auf die Hotel-Terrasse begleitet, wo Martin erst einmal eine Flasche Wein orderte, um auf das Wochenende anzustoßen. Es wurden Oliven, kleines Gebäck und gezuckerte Mandeln dazu gereicht. Der Ausblick auf die beiden Pools war fantastisch, auch hier war alles im gleichen Stil mit hellem Naturstein gehalten. Man hatte das Gefühl, in einer anderen Epoche unterwegs zu sein, obwohl klar war, dass es früher natürlich keine Schwimmbäder wie diese gegeben hatte. Auch hier gab es Kakteen und Zitronenbäume in kleinen Beeten, außerdem Büsche, an denen lilafarbene Blüten leuchteten. Da Thies nicht unbedingt als guter Gärtner bekannt war, konnte er nicht sagen, worum es sich handelte, aber die Pflanzen passten stimmig ins Gesamtbild.

Das Gespräch plätscherte ein wenig vor sich hin, Martin erklärte gerade, was alles auf dem Programm stand. »Morgen haben wir viel vor«, kündigte er an und nippte an seinem Wein. »Nach dem Frühstück machen wir eine kleine Fahrradtour mit anschließender Olivenölverkostung. Ich habe mir sagen lassen, dass das sehr spannend sein soll. Für den morgigen Abend habe ich organisiert, dass wir nach Albertobello gebracht werden, dort essen wir dann auch.«

»Wo ist das?«, wollte Nathalie wissen.

»Es ist ein Bergdorf, das für seine besonderen Bauten, die Trulli, bekannt ist.«

»Was soll das sein?«, Theresa zeigte sich wenig begeistert und rückte sich ihren Strohhut zurecht.

»Es sind kleine Häuschen mit einem spitzen Dach. Eine ganz spezielle Bauweise der Gegend hier«, erklärte Martin geduldig.

Oliver streichelte ständig die Schultern von Nathalies Mutter, es wirkte ein wenig übertrieben. Überhaupt war die Konstellation für diese Reise seltsam, Thies konnte verstehen, warum Nathalie ein wenig angespannt war.

»Bleibt gar keine Zeit, um ans Meer zu gehen?«, wandte Nathalie gerade ein.

»Doch, natürlich, aber baden kannst du doch ohnehin nicht, das Wasser ist viel zu kalt.«

Nathalie erwiderte nichts, aber an ihrem Gesichtsausdruck erkannte Thies, dass sie auf jeden Fall schwimmen gehen würde, schon allein, um die Aussage des Vaters zu widerlegen. Er grinste in sich hinein. Sie hatte etwas Rebellisches an sich, das ihm gefiel. Allerdings war er auch davon überzeugt, dass sie sich mit ihrem Dickschädel immer durchsetzen wollte – das hatte er ja bereits zu spüren bekommen. Wenn sie einmal eine Meinung gefasst hatte, war sie sicherlich nur schwer vom Gegenteil zu überzeugen. Nun, das konnte spannend werden …

Wenig später, der Wein war gerade ausgetrunken, tauchten drei Hotelangestellte in beiger Leinenkleidung auf, die die Paare auf ihre jeweiligen Zimmer begleiteten.

»Bis nachher dann«, verabschiedete sich Nathalie, und Thies schloss sich ihr an.

»Gut, dass er uns den Weg zeigt, ich werde mich garantiert verlaufen, das sieht hier ja alles gleich aus«, scherzte Nathalie.

Da konnte Thies nicht widersprechen, tatsächlich musste man sich erst einmal zurechtfinden. Das Hotel war viel größer, als es von außen wirkte. »Keine Sorge, ich passe auf dich auf«, witzelte er.

»Wenn ich einen Babysitter brauchen würde, hätte ich garantiert nicht dich mitgenommen«, erwiderte sie, und Thies seufzte leise.

Nathalie war es offenbar gewohnt, niemanden an sich heranzulassen. Sie hatte ja schon Probleme damit, sich mit den kleinsten Dingen helfen zu lassen. Das dürfte etwas sein, womit er sich tatsächlich erst einmal anfreunden musste. Für ihn bedeutete das Zusammenleben in einer Partnerschaft, dass man Probleme gemeinsam löste und nicht jeder für sich. Aber was machte er sich darüber jetzt schon einen Kopf? Von einer Beziehung konnte man beim besten Willen nicht sprechen, sie hatten mit dieser Reise ein paar Schritte übersprungen, was nicht hieß, dass die noch kommen mussten. Nun, man würde sehen, wie das lief. Er hatte keine Ahnung, vielleicht war das auch der Grund, warum er nach wie vor leicht nervös war.

Es ging eine geschwungene Treppe nach oben, von dort aus gab es mehrere Abzweigungen. Es sah überall ähnlich aus, mit unzähligen indirekten Leuchten und den hellen Steinen. Ein wenig märchenhaft war das Ambiente schon, das musste Thies zugeben. »Der Architekt hat auf jeden Fall was auf dem Kasten«, meinte er zu Nathalie.

»Sicher, dass es ein Mann war?«

Er grinste. »Tut mir leid, die Architektin natürlich. So viel Geschmack beweist nur eine Frau.«

»Das meine ich doch nicht, *genderst* du etwa nicht?«

Thies hob eine Braue. »Hm. Um ehrlich zu sein, nein. Generisches Neutrum finde ich in solchen Fällen durchaus passend.«

»Mir ist es nicht so wichtig.«

»Warum fragst du dann?« Er lachte. Das war typisch Nathalie.

»Weil ich einen Schwips und einen halben Sonnenstich habe und wir uns besser kennenlernen wollen. Da wird man doch mal ein paar Fragen stellen dürfen, oder? Ich muss als Erstes Sonnencreme aus dem Koffer fischen, wenn wir im Zimmer sind, meine Arme sind schon ganz rot.«

Der Angestellte blieb stehen und öffnete die Tür, dann erklärte er ihnen alles. Thies drückte ihm einen Zehner in die Hand, danach waren sie allein. Nathalie schaltete als Erstes die Klimaanlage aus, was ihn nicht überraschte.

Auch im Zimmer war alles im gleichen Stil gehalten, helle Steine und indirekte Beleuchtung überall. Der Fernseher versteckte sich hinter einem Holzpaneel. Über dem Bett war ein heller Baldachin gespannt.

Er schaute zu Nathalie, und ihre Blicke trafen sich. Mit einem Schlag wurde ihm sehr bewusst, dass sie zum ersten Mal auf dieser Reise wirklich allein waren – in einem geschlossenen Raum. In dem Zimmer, in dem sie zwei Nächte miteinander verbringen würden. Sein Mund wurde trocken, er war fast sicher, dass sie das Gleiche dachte wie er. Nathalie kam auf ihn zu und lächelte. Sein Puls schnellte in die Höhe.

»Und, wie findest du es?«, wollte sie von ihm wissen. Sie blieb so nah vor ihm stehen, dass er ihr Parfum riechen konnte. Sein Unterleib reagierte mit einem Ziehen.

Thies hob eine Hand und legte sie ihr in den Nacken. »Vor allem finde ich eines gut: dich.«

Ihre Augen funkelten, sie öffnete die Lippen und befeuchtete sie. Ob sie wusste, welche Wirkung sie damit auf ihn hatte? Vermutlich nicht, und das war gut so. Trotzdem konnte er der Versuchung kaum widerstehen, sie zu küssen. Es war viel zu lange her, aber er wollte auch nicht aufdringlich sein.

Nathalie trat näher, legte ihre Arme um seine Hüften und gab ihm damit die Antwort, auf die er gewartet hatte. Thies senkte den Kopf und suchte ihren Mund. Ihm entfuhr ein leises

Seufzen, als er ihre Zunge an seiner spürte. Es war ein sinnlicher Kuss. Sie schmeckte süß und himmlisch. Nathalies Hände strichen über seinen Rücken und lösten ein heißes Prickeln in ihm aus, das sich bis in seine Nervenenden fortsetzte. So holprig ihre Gespräche manchmal verliefen, so gut verstanden sie sich wortlos. Er vergaß Raum und Zeit, nahm nur noch sie und die prickelnde Lust wahr, die in ihm loderte. Thies war überrascht, wie stark er auf ihre Berührungen reagierte. Ihm blieb keine Gelegenheit, lange darüber nachzudenken, denn Nathalie ließ ihre Finger unter sein Hemd gleiten und forderte damit seine ganze Aufmerksamkeit. Ihre Haut auf seiner zu spüren, ließ ihn aufstöhnen. Er wollte mehr. Viel mehr.

Aus dem sinnlichen, vorsichtigen Kuss war längst ein leidenschaftlicher geworden. Nathalies Atem ging so schnell wie sein eigener. Forschend glitten ihre Finger jetzt über seinen flachen Bauch, und er sog scharf die Luft ein. Die Frau ließ nichts anbrennen, das gefiel ihm. Schon als sie die Familienpackung Kondome im Flugzeug erwähnt hatte, hatte sein Körper in eindeutiger Weise reagiert, als wäre er fünfzehn und nicht fünfunddreißig. Nathalie legte den Kopf in den Nacken. Er küsste ihre Wangen, ihren Kieferbogen und ließ seinen Mund über ihren Hals gleiten. Sie quittierte seine Liebkosungen mit einem kehligen Stöhnen, das Thies' Lust nur verstärkte. Sie war gerade dabei, die Knöpfe seines Hemdes zu öffnen, als ein schrilles Bimmeln ertönte.

»Was zur Hölle?«, schimpfte er keuchend.

Nathalie guckte sich desorientiert um, dann brummte sie. »Die Tür. Da ist jemand. So ein Mist! Aber unser Gepäck ist doch schon geliefert. Warte, ich gehe nachschauen, ich kann mir vorstellen, wer das ist.« Kopfschüttelnd strich sie sich das Haar glatt und tapste über den schmalen Zimmerflur, von dem aus es ins Bad ging, zur Tür.

»Papa? Was ist denn?«, hörte Thies sie fragen.

Thies setzte sich aufs Bett und rieb sich mit den Händen über das Gesicht. Martin konnte ihn nicht sehen, da es um die Ecke ging. Er war froh darüber, denn sein Ständer war beachtlich. Er grinste in sich hinein. War das etwa ein Kontrollbesuch des besorgten Vaters?

»Wir hatten gar nichts wegen des Abendessens ausgemacht. Treffen wir uns um neunzehn Uhr in der Bar, dann gehen wir gemeinsam, ja?«

»Natürlich, machen wir.« Nathalies Stimme klang neutral.

»Ist alles in Ordnung? Mit dem Zimmer?«, erkundigte sich ihr Vater. Wollte er vielleicht noch eine Einladung? Thies verzog seine Lippen. Hoffentlich nicht.

»Danke, Papa, es ist wunderbar. Bis später.«

Nathalie war wirklich gut darin, Leute abzubügeln, dachte Thies, als er hörte, wie sie die Tür unsanft schloss. Mit einem entschuldigenden Grinsen kehrte sie zurück. »Sorry, aber du hast es ja gehört, es war mein Vater. Also, wo waren wir?« Sie sah fantastisch aus. Ihre Lippen waren leicht geöffnet, ihre Augen strahlten.

Thies lächelte und streckte seine Hand nach ihr aus, die sie ohne zu zögern ergriff. Er war überrascht, als sie sich rittlings auf seinen Schoß setzte und an seinem Mund wisperte. »Ach ja, hier waren wir.« Thies erschauderte lustvoll und zerwühlte ihr Haar.

Sie knabberte zärtlich an seiner Unterlippe.

Kurz hatte er befürchtet, dass dieser unerwartete Besuch sie zurückwerfen könnte oder dass eine neue Verlegenheit die Stimmung killen würde. Glücklicherweise war das nicht der Fall. Absolut nicht.

Nathalies Küsse schmeckten köstlich. Ihr dürfte nicht entgehen, dass es ihm sehr gefiel, denn seine Erektion war nicht zu verbergen. Ihre Hände glitten über seinen Oberkörper; wann sie die letzten Knöpfe geöffnet hatte, konnte er nicht mehr sagen. Er war wie im Rausch, bekam gar nicht genug von ihr.

»Du bist wundervoll«, murmelte er heiser, als sie gerade dabei war, an seinem Hals zu knabbern. Er hoffte, dass sie ihm keinen Knutschfleck verpasste. Ach was, es war ihm egal, sie sollte nur keinesfalls mit dem aufhören, was sie da tat.

Irgendwann fand ihr Mund seinen, und ihre Zungen tanzten miteinander, während Nathalie ihm ungeduldig das Hemd vom Oberkörper zerrte. Thies' Finger glitten unter ihr Shirt und fuhren an ihrer Wirbelsäule auf und ab. Nathalies leises Seufzen entlockte ihm einen kehligen Laut. Thies war gerade dabei, ihr die Klamotten von ihrem herrlichen Körper zu pellen, als sein Telefon klingelte.

Nicht schon wieder, dachte er. Wieso habe ich das blöde Ding nicht auf lautlos gestellt?

Nathalie löste sich von ihm. »Ist das deins?« Sie sah herrlich aus, mit geröteten Wangen und vom Küssen geschwollenen Lippen.

»Leider ja«, stieß er mit einem theatralischen Seufzen hervor. »Ich lasse es bimmeln. Komm wieder her …«

Sie kletterte von seinem Schoß und lachte. »Nun guck schon nach, wer es ist. Vielleicht ist es wichtig, Herr Doktor.«

Er hob eine Braue und gab nach, denn das Bimmeln war wirklich penetrant. Als er sah, dass es sich beim Anrufer um seine Ex handelte, entglitten ihm vermutlich die Gesichtszüge. Weil er wusste, dass diese Frau niemals nachgab, ging er dran, auch wenn es ein denkbar schlechter Moment war. »Hallo?«

»Hallo, Thies, wie gut, dass ich dich erreiche«, flötete sie und er musste ein Augenrollen unterdrücken.

»Gibt es Probleme mit dem Bein?«, erkundigte er sich kühl und wünschte, er hätte sie weggedrückt.

»Ja, in der Tat. Deshalb rufe ich dich ja an.«

Es gab eine Reihe von Komplikationen, die nach einem

Bruch auftreten konnten, aber er wollte nicht glauben, dass Annalena so viel Pech hatte – vor allem, weil ihre Verletzung wirklich nicht schwerwiegend gewesen war. Vielleicht war das gemein, aber genau so empfand er es, und er bereute immer mehr, dass er das Gespräch angenommen hatte. Seine Lust war jedenfalls verpufft.

»Was ist denn los?«, murrte er und trat zum Fenster, von wo aus er das Meer in der Ferne sehen konnte. Dunkelblau schillerte es, die Sonne stand tief am Himmel.

»Es juckt ganz fürchterlich unter diesem verdammten Plastikzeug, ich weiß nicht, was ich noch machen soll!«

Ihm klappte der Kiefer auf. Deshalb nervte sie ihn? »Tut mir leid, Annalena, damit wirst du wohl leben müssen. Ich denke, ich habe alles getan, was in meiner Macht steht, und eine Komplikation ist das nicht, sondern normal. Du kannst dich gern in vier Wochen zur Nachkontrolle bei mir melden. Grüße deinen Liebsten, bis dann.« Er drückte sie weg und biss die Zähne zusammen. Gott, diese Frau hatte Nerven! Gerade als er das Telefon auf lautlos stellen wollte, ging ein neuer Anruf ein. *Malte* blinkte auf dem Display.

»Was ist denn heute nur los!«, schimpfte er und schaute entschuldigend zu Nathalie, die auf dem Bett lümmelte.

Sie nickte ihm verständnisvoll zu, und es wirkte absolut ehrlich. Zum Glück. Kurz hatte er befürchtet, dass sie genervt sein könnte – er hätte das gut nachvollziehen können.

»Malte, was ist los?«, knurrte Thies seinem Freund entgegen.

»Sorry, Alter, wo steckst du denn?«

»Ich bin unterwegs.«

»O Mist! Kann ich bei dir unterschlüpfen?«

»Lass mich raten, du hast Stress mit deiner Gattin?«

»Und wie. Also, kann ich?«

»Du stehst vermutlich schon vor der Haustür, oder?«

»Wie schön, dass du mich so gut kennst.«

Thies hörte das Grinsen aus Maltes Stimme. Dass er und Steffi nicht aus ihrer Dauerschleife herauskamen, war wirklich nicht gut für die beiden. Obwohl Malte nicht so klang, als ob es ihn belasten würde. Vielleicht genoss sein Kumpel diese »Auszeiten« ja sogar. Thies hatte keine Ahnung, so stellte er sich eine Beziehung oder Ehe jedenfalls nicht vor. Trotzdem wollte er ihn nicht hängen lassen. Deshalb sagte er: »Dafür sind Freunde ja da. Hol dir den Schlüssel von Frau Brümmel aus dem zweiten Stock, ja?« Für Notfälle hatte er dort einen hinterlegt, damit waren jedoch nicht die sich häufenden Besuche seines Kumpels gemeint gewesen. Thies rieb sich die Stirn, er wollte dieses Telefonat so schnell wie möglich beenden. Und dann würde er das verdammte Telefon für die nächsten achtundvierzig Stunden abschalten.

»Mache ich, danke, ich revanchiere mich bei dir.«

»Ja, sicher. Bis dann, Malte.« Thies legte auf und schaltete das Handy aus. »Es tut mir leid, Nathalie. Ich weiß auch nicht, was heute los ist.«

Sie saß mittlerweile im Schneidersitz auf dem Bett und legte den Kopf ein wenig zur Seite. »Macht ja nichts, gibt's Probleme?«

Er zog sich einen Stuhl heran und setzte sich, mit der Lehne vor dem Oberkörper, darauf. Seine Arme legte er auf die oberste Sprosse. »Malte hat ständig Zoff mit seiner Frau, dann steht er gern bei mir vor der Tür.«

»Klingt anstrengend.«

»Und wie! Und das Erste war meine Ex – sie hat sich den Unterschenkel gebrochen, und, na ja, sie nervt.«

Nathalies Miene wurde undurchdringlich, Thies beobachtete sie genau. »Aha«, war alles, was sie von sich gab.

Vermutlich kombinierte Nathalie gerade ganz richtig, dass seine Ex auch der Grund gewesen war, warum er neulich das

Abendessen verpasst hatte. Thies hatte noch keine Gelegenheit gehabt, es ihr zu erklären. In den letzten Tagen war er von früh bis spät in der Klinik gewesen, um das Wochenende mit ihr wegfliegen zu können. Thies entschied sich dafür, Missverständnissen direkt vorzubeugen, indem er Nathalie reinen Wein über sein Verhältnis zu Annalena einschenkte. »Wir sind schon länger getrennt, aber aus einem Grund, der sich mir nicht erschließt, scheint sie nach wie vor mit meiner Mutter befreundet zu sein. Als ich neulich auf dem Weg zu dir war, rief mich meine Mutter an, weil Annalena sich verletzt hatte. Meine Mutter hat mich gebeten oder, na ja, eher gezwungen, die Versorgung des Bruchs zu übernehmen. Dass das alles ganz unpassend war, wissen wir beide, aber Annalena war da schon im Krankenwagen, und ich konnte meiner Mutter diesen Gefallen nicht abschlagen, obwohl ich es gern getan hätte. Die Beziehung mit Annalena ist lange vorbei, und das ist auch gut so. Nur, damit das klar ist, Nathalie. Ich habe schon lange keine Gefühle mehr für sie, im Gegenteil, wenn es nach mir ginge, müsste ich sie nie wiedersehen.«

Ihm war warm geworden, gleichzeitig kam er sich dämlich vor, so ohne Hemd vor ihr zu sitzen und über sein Verhältnis zur Ex zu sprechen.

Nathalie dachte einen Moment nach, ehe sie antwortete. »Okay«, war alles, was sie dazu sagte.

»Okay?«, wiederholte er mit gerunzelter Stirn. »Ist das alles?«

»Muss ich mehr wissen?«

»Nein, im Grunde ist dazu alles gesagt. Ich bin mit Annalena fertig. Lange schon.«

»Dann reicht mir das.«

Er freute sich sehr und hoffte, dass es stimmte.

Nathalies Mundwinkel bogen sich nach oben. »Weißt du, ich bin ein bisschen sonderbar, Thies. Das dürftest du ja schon gemerkt haben. Was ist das Verrückteste an dir?«

Thies überlegte und war froh über den Themenwechsel. »Ich bin eher ein langweiliger Typ, wenn ich ehrlich bin. Das Verrückteste an mir? Da muss ich kurz nachdenken.« Er rieb sich über das Kinn und grübelte. »Nun, ich schätze, richtig verrückt ist nichts an mir, aber ich esse gern Käse mit Nutella.«

Nathalie stieß einen entsetzten Schrei aus. »Nicht dein Ernst. Das ist nicht verrückt, das ist ekelhaft.«

Thies zuckte die Schultern. »Kann sein.« Er grinste.

»Gut, das ist ein Anfang. Da muss noch mehr sein, aber das finde ich dann schon selbst raus«, meinte sie amüsiert und stand auf. Kurz dachte er, dass sie vielleicht doch da weitermachen wollte, wo sie aufgehört hatten, doch offenbar ging es nicht nur ihm so, dass die knisternde Stimmung verpufft war. Und erzwingen wollte er sowieso nichts.

Nathalie öffnete den Wandschrank, in dem sich ihre Koffer befanden, und fing an auszupacken. »Ich schätze, dass ich nach der Reise erst einmal eine Dusche vertragen kann«, meinte sie und verschwand im Bad, während er noch immer auf dem Stuhl saß und nachdachte. Er wollte es langsam angehen lassen, aber wenn sein Telefon nicht alles unterbrochen hätte, wären sie garantiert im Bett gelandet. Thies wusste nicht, ob er das jetzt gut oder bedauerlich finden sollte, aber eins war klar: Die Chemie zwischen ihnen stimmte. Da ihre Verkündung, dass sie duschen wollte, aber nicht nach einer Einladung geklungen hatte, folgte er ihr nicht, sondern packte in der Zwischenzeit seine Sachen aus. Es dauerte nur ein paar Minuten, bis Nathalie im quietschbunten Sommerkleid, mit nassen Haaren aus dem Bad trat.

»Das ging ja schnell«, kommentierte er überrascht. Er hatte nicht mal alles aufgehängt.

»Besser wird's auch in zwei Stunden nicht«, erwiderte sie achselzuckend. Thies musste lachen, er liebte ihre unverblümte

Art und stand auf. Er griff sie sacht am Handgelenk und zog sie zu sich heran. Sie duftete köstlich.

»Das denke ich auch, du bist perfekt, wie du bist«, raunte er und verschloss ihren Mund mit seinem. Er genoss es, wie sie auf ihn reagierte und seine Sinnlichkeit erwiderte. Nach einer Weile löste er sich von ihr und fuhr sich heftig atmend durch die Haare. »Du machst mich verrückt«, brummte er, seine Stimme klang heiser. »Ich nehme eben eine kalte Dusche, dann können wir das Hotel erkunden.«

»Kalt?« Sie hob eine Augenbraue.

Thies zeigte auf die Ausbuchtung in seiner Hose und zuckte die Schultern. »Für unseren ersten Sex will ich sicher sein, dass wir alle Zeit der Welt haben und uns nicht hetzen müssen. Ich will jede Sekunde mit dir auskosten. Da das gerade nicht geht … warte ich lieber! Und ehe ich meine Meinung doch ändere und dir diesen bezaubernden Fummel vom Leib reiße, verschwinde ich besser im Bad, ja?«

Nathalies Augen wurden groß, dann gluckste sie und lehnte sich gegen den Türrahmen. »Was dagegen, wenn ich zuschaue?«

»Beim Duschen?« Er blinzelte ein paarmal, und in seinen Lenden pochte es erwartungsvoll.

Sie nickte. »Ich weiß, ist ein bisschen unfair von mir, weil ich dir vorhin gar keine Gelegenheit gegeben habe und allein im Bad verschwunden bin, aber …«

»Nein, schon okay, es ist ein bisschen ungewöhnlich, vielleicht, aber ja!« Tatsächlich fand er den Gedanken heiß, er war gern nackt, und je eher sie das begriff, desto besser.

Thies' Mundwinkel bogen sich nach oben, während er die Knöpfe seiner Hose langsam öffnete.

»Um die Sache ein wenig … spannender zu machen«, fuhr Nathalie fort. »Darfst du weder dich noch mich anfassen.«

Er verzog seinen Mund. »Wie soll ich mich dann waschen?«

»Du weißt, was ich meine. Du darfst dich einseifen, aber du darfst nicht … du weißt schon.« Nathalies Wangen färbten sich zartrosa.

»Ist es möglich, dass es dir peinlich ist, das auszusprechen?« Das überraschte ihn, wo sie doch sonst ihr Geld damit verdiente. Aber vermutlich war das hier etwas anderes, nein, ganz sicher sogar, und das freute ihn.

Nathalie drehte das Wasser für ihn auf und trat beiseite. »Nun, ich kann dir nichts verbieten, also falls du es dir lieber selbst machen willst, nur zu.« Sie verschränkte die Arme vor der Brust und grinste ihn an.

Thies lachte kehlig. »Auf keinen Fall, spielen wir also nach deinen Regeln.« Er zog seine Hose samt Unterwäsche hinunter, dabei ließ er sie nicht aus den Augen.

Nathalies Pupillen weiteten sich, während sie seine Erektion betrachtete. Er wusste, dass er nicht schlecht bestückt war, und freute sich, dass sie das anscheinend auch so beurteilte.

»Schön«, meinte sie, und er verstand nicht, ob sich das auf seinen Kommentar oder sein Aussehen bezog. Weil Thies ohnehin kaum mehr klar denken konnte, fragte er nicht nach, sondern stieg unter die Dusche. Die Glastür schloss er hinter sich. Glücklicherweise war das Wasser angenehm warm und nicht kalt, wie ursprünglich geplant. Das würde ohnehin nichts nützen, so sündig wie seine Gedanken waren. Thies wischte die Scheiben mit seiner Handfläche frei und war nun doch ein wenig unsicher. Einerseits fand er es prickelnd, von ihr beobachtet zu werden, andererseits wusste er nicht, was er genau tun sollte. Er blieb einen Augenblick unter dem Wasserstrahl stehen und beobachtete sie. Nathalie wirkte interessiert, sie betrachtete ihn und wartete ab. Also gut. Thies griff das Hotel-Duschgel und verteilte einen Klecks in den Handflächen. Mit etwas ungelenken Bewegungen seifte er seinen Oberkörper ein, bis er zu dem Schluss kam, dass es vielleicht neu, aber nicht unangenehm war, sich beim Waschen zuschauen zu lassen. Eigentlich, stellte er fest, genoss er es, das Objekt ihrer Begierde zu sein. Also ließ er die Hände schließlich tiefer gleiten, bis er zum Zentrum seiner pochenden Lust kam – er war sich deutlich bewusst, dass das eigentlich gegen ihre Regeln war, aber er konnte nicht anders. Thies umfasste seinen Schwanz und schloss für eine Sekunde die Augen. Die Versuchung, es sich einfach zu besorgen, um diesen verdammten Druck loszuwerden, war groß, und seltsamerweise kam er sich dabei gar nicht dämlich vor. Langsam bewegte er seine Hände auf und ab. Er öffnete die Lider und atmete schneller, während sich das lustvolle Ziehen verstärkte.

»Das ist ja gegen unsere Abmachung«, hörte er Nathalies Stimme, auch sie klang ein wenig atemlos, ganz so, als ob es ihr gefiele.

»Und wie«, erwiderte er und atmete zittrig aus. »Soll ich aufhören?« Seine Hände glitten jetzt schneller auf und ab.

»Sag mir, was du fühlst«, forderte sie ihn auf.

Thies stöhnte. Gott, er könnte direkt kommen, so erregt war er. »Ich … Das lässt sich schwer … in Worte fassen«, brachte er mühsam hervor, während die Lust seine Sicht verschleierte. »Ich bin … schlecht darin, Regeln zu befolgen, wie du siehst …«

Shit. Er war kurz davor.

Nein, so nicht. Er wollte diesen Moment mit Nathalie genießen. Obwohl er keine Ahnung hatte, woher er das letzte bisschen Selbstbeherrschung hervorkratzte, ließ Thies von seinem besten Stück ab. Er keuchte frustriert auf und lehnte sich mit den Händen gegen die Fliesen. Verdammt. Kurz schloss er die Augen, um sich ein wenig zu beruhigen.

»Das gefällt mir«, hörte er Nathalies Stimme. »Du gefällst mir.«

Seine Mundwinkel bogen sich nach oben. »Du machst mich wirklich wahnsinnig, weißt du das? Willst du nicht reinkommen?«, lockte er sie. Gerade war es ihm scheißegal, ob sie das Abendessen verpassten.

»Die Idee klingt verlockend, aber ich möchte dich daran erinnern, dass wir um sieben verabredet sind. Und mein Vater wartet nicht gern.«

Verdammt, sie hatte ja recht. »Wie spät ist es?«, knurrte er noch immer um Beherrschung ringend.

»Fünf nach.«

»Scheiße!«, fluchte er und hörte sie daraufhin kichern. »Ich habe keine Ahnung, wie ich ein ganzes Abendessen aushalten soll, ohne ständig daran zu denken, was ich mit dir tun möchte. Ich werde zu keiner normalen Unterhaltung fähig sein.« Thies dreht das Wasser ab und drückte die Glastür auf. Nathalies Blick glitt von seinen Augen hinunter zu seinem beachtlichen Ständer. Er grinste, weil es ihm sehr gefiel, wie sie mit seiner Nacktheit umging.

Nathalie trat auf ihn zu, ein flauschiges Handtuch hatte sie in der Hand und streifte wie beiläufig seinen Schwanz. Er stöhnte auf. »Du bist wirklich eine Sadistin, hm?«

Sie stellte sich auf die Zehenspitzen und gab ihm einen kurzen Kuss auf den Mund, ehe sie antwortete: »Glaubst du, nur auf dich hat das hier eine Wirkung?« Ihre Stimme klang so belegt wie seine, dann verschwand sie aus dem Bad und er hörte sie rufen: »Ich gehe vor, denn sonst kommen wir wirklich nicht aus diesem Zimmer raus. Wenn ich eine Sekunde länger bleibe, falle ich über dich her … Also, wir sehen uns in der Lobby.«

Thies wollte etwas erwidern, aber das Knallen der Tür teilte ihm mit, dass sie gegangen war. Die Vernunft hatte gesiegt.

So ein Jammer.

Er seufzte und trocknete sich ab, während er versuchte, an etwas zu denken, was seinen kleinen Freund wieder in Normalzustand brachte. Aber das war gar nicht so leicht …

KAPITEL
ZEHN

Als Nathalie in die Lobby kam, waren dort nicht nur ihre Eltern samt neuen Partnern, sondern auch der später angereiste Sohn. Natürlich tadelte ihr Vater sie nicht mit Worten für ihr kurzes Zuspätkommen, aber sein Blick genügte. »Ach, da bist du ja.« Er zwang sich zu einem höflichen Lächeln. »Bitte, das ist Alexander mit seiner Freundin Bianka.«

Die waren direkt zum »Du« übergegangen? Sie furchte die Stirn und lächelte dann mechanisch, während sie die beiden begrüßte. Sonderlich sympathisch wirkten die zwei jedenfalls nicht. Alexander ließ seinen Blick mit spöttisch hochgezogener Augenbraue an ihr auf und ab gleiten, seine Freundin lächelte kühl. Beide legten offenbar Wert auf teure Kleidung, die Markenlogos ihrer Fummel prangten jedenfalls übergroß darauf. Aber Nathalie wollte weder unhöflich noch wertend sein, deshalb nahm sie sich vor, keine blöden Sprüche zu machen. »Hallo«, wandte sie sich an die beiden.

»Schön, dass du dich doch zu uns gesellst«, meinte Alexander arrogant, als ob sie eine Stunde zu spät wäre.

»Das Gleiche wollte ich gerade zu dir sagen«, konterte sie gelassen.

Ihre Mutter schien die Spannung zu bemerken und mischte sich ein. Sie hatte sich ebenfalls umgezogen und trug jetzt ein lachsfarbenes, knielanges Kleid, das ihr sehr gut stand. »Fehlt ja nur noch Thies«, stellte Christine lächelnd fest.

Nathalie legte ihrer Mutter einen Arm um die Schulter, die zur Abwechslung mal nicht von Oliver »belagert« war. »Ja, in der Tat. Ich habe schnell herausgefunden, dass er es mit der akademischen Viertelstunde aber meist hinbekommt«, witzelte sie, und da tauchte er auch schon auf. Wie immer, wenn er sie anlächelte, schlug ihr Herz höher. Seine Haare waren noch feucht, er trug einen blauen Anzug zu einem weißen Hemd, das nicht ganz zugeknöpft war. Ein absoluter Hingucker war er, das musste man ihm lassen. Obwohl sie ja eigentlich nicht auf Typen im feinen Zwirn stand, war sie bereit, für Thies eine Ausnahme zu machen – doch ihr Hauptziel an diesem Abend bestand ohnehin darin, ihm nachher die Kleider wieder vom Leib zu reißen. Dass sie auf dieser Ebene vermutlich wunderbar harmonieren würden, hatte ihr der kurze Vorgeschmack schon gezeigt, und sie brannte darauf, das fortzusetzen, was sie begonnen hatten.

Aber zunächst mussten sie dieses Essen hinter sich bringen. Thies wurde Alexander samt Partnerin vorgestellt, und man musste ihm lassen, dass er mühelos mit arroganten Deppen wie ihm umgehen konnte. Nun, überlegte Nathalie, anfangs hatte sie Thies ja auch zu denen gezählt. Glücklicherweise hatte sich der erste Eindruck dann doch als falsch erwiesen. Das, was sie bis jetzt über ihn wusste, war, dass er seinen Freunden zur Seite stand und dass ihm Familie wichtig war. Sie hatte keine Sekunde daran gezweifelt, dass es tatsächlich aus war mit der Ex und er es nur der Mama zuliebe riskiert hatte, Nathalie vor den Kopf zu stoßen. Sie mochte das, auch wenn sie das nie vor ihm zugeben würde. So weit waren sie noch lange nicht.

»Wo geht's denn hin?«, wollte Nathalie schließlich wissen, weil sie sich nicht stundenlang die Beine in den Bauch stehen wollte. »Ich habe vorhin gelesen, dass das Hotel sechs Restaurants hat?«

Ihr Vater nickte gut gelaunt. »Stimmt, Nathalie, ganz richtig. Ich habe einen Tisch für uns im *Il Corte* bestellt. Im Hof. Dort gibt es Live Cooking, wie man so schön neudeutsch sagt, und auch Live-Musik. Traditionelle Gerichte nach Rezepten apulischer Hausfrauen werden an verschiedenen Stationen zubereitet, aber was soll ich lange Reden schwingen, wir sollten uns das alles selbst ansehen.« Martin legte Theresa einen Arm um die Taille und ging mit ihr los, was nicht so leicht für sie war, denn sie trug mörderische Absätze zu ihrem knallengen, kobaltblauen Kleid.

Nathalie blickte zu Thies auf, und sein spitzbübisches Grinsen ließ Schmetterlinge in ihrem Bauch aufflattern. Sie war zu überrascht, um darauf zu reagieren. Deshalb stapfte sie einfach davon. »Na, komm schon, ich sterbe vor Hunger.«

Thies giggelte, mit einem langen Schritt war er an ihrer Seite. »Ich bin auch dafür, dass wir uns beim Essen beeilen«, flüsterte er ihr ins Ohr, woraufhin ihr Atem stockte. Sie wusste genau, was er meinte. Das Abendessen würde sicherlich zu einer Folter für sie beide werden, schon jetzt überlegte sie, wann sie sich entschuldigen könnten, ohne dass es grob unhöflich wirkte. Denn sie wollte ihre Eltern nicht blöd dastehen lassen, egal wie viel Rebellin in ihr steckte.

NATHALIE WURDE SCHNELL KLAR, dass Alexander wenig von seinem Vater Oliver hatte, er musste mehr nach der Mutter kommen. Sie war kurz davor, Oliver zur Scheidung zu beglückwünschen, denn Alexander war ein echter Kotzbrocken. Er prahlte ständig über irgendwas, was er natürlich besser konnte als alle anderen. Auch beruflich hatte Alexander es, als Investmentbanker, selbstredend weiter gebracht als nahezu alle Menschen. Nur der Wein half ihr, den Würgereflex auszuschalten.

Thies schien genau zu wissen, was in ihr vorging, er drückte immer wieder aufmunternd ihre Hand. Thies war jedenfalls deutlich besser darin, mit diesem arroganten Deppen belanglose Konversation zu betreiben, ohne sich von Alexander provozieren zu lassen.

Nathalie ließ ihren Blick schweifen. Das Restaurant war gemütlich und zugleich stilvoll eingerichtet. Die einzelnen Tische waren mit Körbchen dekoriert, in denen rote Kirschtomaten lagen, und in hohen Gläsern brannten Kerzen.

Die italienische Folkloremusik war anders, als Nathalie es sich vorgestellt hatte, sie erinnerte sie ein wenig an Melodien, die sie eher dem Balkan zuschreiben würde. Aber von der apulischen Küste aus war es ja auch nicht weit nach Albanien, bestimmt gab es die ein oder andere Verbindung aus der Vergangenheit. Theresa kehrte gerade wieder von der Toilette zurück, zu der sie Nathalies Vater hatte begleiten müssen, weil sie auf ihren Schuhen über den unebenen Boden nicht allein laufen konnte. »Mir ist so kalt«, jammerte Theresa, während sie sich setzte.

»Es ist nun mal erst Mai und nicht Hochsommer«, erklärte Martin Henning ihr geduldig, wie einem Kleinkind. Nathalie war leicht genervt, Theresa hätte ja zu ihrem Mini-Kleidchen eine Strickjacke mitnehmen können. Trotzdem hielt sie die Klappe, sollte ihr Vater das doch allein regeln. Nathalie bemerkte, wie ihre Mutter in eine Serviette hustete. War da ein wenig Schadenfreude? Ja, es sah ganz danach aus. Nathalie konnte sich auch nicht vorstellen, was ihren Vater mit Theresa verband. Obwohl sie ausschaute wie die jüngere Kopie von Christine, so entsprach ihr Wesen dem ihrer Mutter überhaupt nicht. Martin Henning war an eine selbstständige, aber doch irgendwie gefällige Ehefrau gewöhnt, die in ihrem Bereich stets kompetent und selbstbewusst agiert hatte. Theresa repräsentierte nichts davon, sie wirkte wie eine Modepuppe. Aber Nathalie wollte und würde sich nicht einmischen, glücklicherweise war sie kein Kind mehr und verstand, dass ihre Eltern sich selbst aussuchen mussten, mit wem sie ihre Zeit verbrachten. Das brauchte ja nicht gleichermaßen zu bedeuten, dass Nathalie es nachvollziehen konnte. Sie nippte an ihrem Rotwein, passte jedoch auf, nicht zu viel zu trinken. Sie wollte die vor ihr liegende Nacht mit Thies mit allen Sinnen genießen und nicht betrunken wegschnarchen. Als ob ihr Begleiter spüren würde, was in ihr vorging, legte er ihr eine Hand auf den Oberschenkel. »Alles in Ordnung?«, flüsterte er, und ein Kribbeln wanderte über ihren Körper.

»Entspannt ist anders, oder?« Damit meinte sie die Familienkonstellation, und er nickte, aber sagte nichts dazu. Dabei war das Ambiente wunderbar, rund um den historischen Platz – sie wusste ja jetzt, dass das Dorf künstlich angelegt worden war – baumelten Lampions und Lichterketten. Von den Essensstationen, an denen alles frisch zubereitet wurde, zogen köstliche Düfte an ihnen vorüber. Es gab Mozzarella, die verschiedensten Antipasti, gegrilltes Lamm, Kartoffeln und *Orecchiete* mit Tomatensoße, ein typisch apulisches Pastagericht. Sie hatte von allem ein wenig gekostet, aber sich nicht den Bauch komplett vollgeschlagen. Die Stimmung der meisten anderen Gäste war ausgelassen, einige tanzten sogar mit den Folkloretänzerinnen. Die trugen dunkle Röcke, weiße Blusen und rote Tücher. An den Handgelenken baumelten unzählige goldene Reife. Und dann geschah etwas Merkwürdiges. »Christine, möchtest du tanzen?«, hörte Nathalie Thies zu ihrer Mutter sagen.

Nathalies Mund stand offen, als sie sah, wie ihre Mutter lächelte und aufstand. »Aber gern doch, wie aufmerksam von dir.«

Sie hätte Thies alles zugetraut, aber nicht, dass er dafür sorgte, dass sich die Anspannung hier ein wenig löste. Alexander grinste arrogant. Als die beiden außer Hörweite waren, sagte er: »Zu dieser Zigeunermusik kann doch keiner tanzen.«

Nathalie hob eine Braue. Hatte dem Mann noch niemand gesagt, dass man diese Ausdrücke nicht mehr benutzte? Weil sie keinen Streit heraufbeschwören wollte, hielt sie die Klappe. Den Kerl musste sie nach dem Wochenende zwar hoffentlich nicht mehr wiedersehen, aber immerhin mochte sie Oliver. Der guckte bekümmert drein und schämte sich offenbar für seinen Sohn. Nathalie musste zugeben, dass ihre Mutter im Vergleich zu ihrem Vater die deutlich bessere Wahl getroffen hatte, obwohl sie nach wie vor der Meinung war, dass weder Theresa noch Oliver zu ihren Eltern passten. Nathalie wandte sich ab und beobachtete Thies und ihre Mutter. Sie bewegten sich zwar nicht im Takt, aber sie schienen Spaß zu haben. Thies machte wirklich eine gute Figur in allem, was er anfing, das musste man ihm lassen. Außerdem gefiel es Nathalie, dass er Manns genug war, etwas zu tun, was sich andere nicht trauen würden, weil sie Angst hätten, sich vielleicht zu blamieren. Aber Thies war selbstbewusst genug, einen Tanz zu wagen, der ihm nicht bekannt war. Das gefiel Nathalie, sie konnte mit Typen, die im Club nur neben dem Dancefloor standen und alle begafften, nichts anfangen. Ohne es zu wissen, hatte Thies hier einen deutlichen Pluspunkt gesammelt.

»Vielleicht sollten wir uns alle mal ein wenig bewegen«, schlug Nathalie vor.

Alexander schnaubte. »Ohne mich, das ist doch unsinnig.« Seine Freundin Bianka sagte gar nichts, besonders gesprächig war sie den ganzen Abend über nicht gewesen. Aber an der

Seite von Alexander hatte man es auch schwer, überhaupt zu Wort zu kommen.

»Na gut, wieso nicht«, stimmte Martin zu, und Nathalie klappte zum zweiten Mal der Mund auf. Ihr Vater wollte freiwillig mit zur Tanzfläche kommen? Sie fragte sich, ob sie sich verhört hatte. Aber nein, er war schon aufgestanden. Theresa hingegen war anderer Meinung. »Mit den Schuhen kann ich nicht tanzen«, murrte sie und verschränkte die Arme vor ihrem Busen.

Tja, selbst schuld, dachte Nathalie, ohne ihre Miene zu verziehen.

Ihr Vater reichte Nathalie eine Hand über den Tisch. »Dann du, Nathalie, komm, wir gehen ein bisschen Spaß haben.«

Weil sie das absolut nicht ablehnen konnte, ließ sie sich von ihrem Vater zur Tanzfläche führen. Thies und Christine lachten und wirbelten herum, und als sie sie entdeckten, winkten sie ihnen zu.

»Dann wollen wir mal.« Ihr Vater bat seine Tochter zum Tanz. Martin führte ganz gut, aber er war ein bisschen steif. Obwohl der Tanzstil nicht zur Folkloremusik passte, machte es unglaublich viel Spaß. Glücklicherweise war die Musik hier so laut, dass man sich nicht groß unterhalten musste. Beim nächsten Song gab es einen Partnerwechsel, wer den initiierte, konnte Nathalie nicht genau sagen. Schließlich tanzte sie mit Thies und ihre Eltern zusammen. Obwohl sie alle ein wenig außer Atem wirkten, ließen sie sich vom Rhythmus der Musik forttragen. Als auch noch die *Tarantella* gespielt wurde, die sogar Nathalie kannte, tauchten sogar Oliver und Bianka auf der Tanzfläche auf. Nur Alexander und Theresa kauerten säuerlich auf ihren Plätzen.

Kurz vor elf verkündete die Band, dass man jetzt leider aufhören müsse, wegen des Lärmpegels, der die Gäste in den umliegenden Hotel-Villen stören könnte. Wider Erwarten hatte sie einen super Abend gehabt, freute sich aber genauso, dass er bald vorüber sein würde. Sie war erbaut über die perfekte Gelegenheit, sich gleich verabschieden zu können.

»Dann sehen wir uns morgen. Frühstück um zehn?«, erkundigte sie sich bei ihrem Vater, der sich gerade den Schweiß mit einem Taschentuch von der Stirn tupfte.

»Ja, ja, gern. Gute Nacht, ihr beiden. Ach, und, nennen Sie mich bitte Martin«, wandte er sich schließlich an Thies. Nathalie hob eine Braue, sagte aber nichts. Es war gut, dass ihr Vater den Schritt endlich gegangen war, was die Ansprachen betraf, war die Konversation bei Tisch doch ein wenig holprig verlaufen, da Martin sonst mit allen per Du war. Das bedeutete wohl, dass er Thies akzeptiert hatte. Damit hatte Nathalie nicht wirklich gerechnet, irgendwie war sie davon ausgegangen, dass es länger dauern würde. Aber Thies hatte mit seiner Art bei allen gepunktet, ohne dass er sich Mühe geben musste, er war einfach ein cooler Typ, der Manieren hatte, aber genauso locker sein konnte.

Oje. Jetzt fing sie selbst an zu schwärmen.

Sie beobachtete, wie Thies ihrem Vater zunickte und das Lächeln erwiderte. »Sehr gern, Martin, vielen Dank. Gute Nacht.«

Wenig später, nachdem sie sich von den anderen verabschiedet hatten, war Nathalie mit Thies auf dem Rückweg durch die schmalen Gassen des nachgebauten Dorfes. »Ich kann gar nicht glauben, wie echt das hier alles wirkt. Schau mal, da ist sogar ein Brunnen. Oder etwas, das zumindest wie einer aussieht, Wasser ist da vermutlich keins drin.«

Es war recht kühl geworden, Nathalie fröstelte leicht.

»Dir ist kalt, oder?«, kommentierte Thies und legte seine Jacke um ihre Schultern.

»Dir entgeht wohl gar nichts«, scherzte sie. »Behalt dein Sakko mal lieber an, ich komme schon klar.«

»Wie du meinst. Aber du hast recht, ich bin ein guter Beobachter. Mir ist daher aufgefallen, dass dein Vater mit deiner Mutter mehr Spaß hat als mit seiner neuen Freundin.«

Sie gackerte. »Ja, das habe ich auch gesehen. Das sind sicher nur die alten Erinnerungen.«

»Das Verhalten hätte mir als neuem Freund nicht gefallen, aber es geht mich zum Glück ja nichts an.«

»Dann bist du eher der eifersüchtige Typ?«

Thies wirkte kurz nachdenklich, dann schüttelte er den Kopf. »Nicht wirklich, nein, aber wenn ich das Gefühl habe, dass meine Partnerin mit ihrem Ex mehr Spaß hätte als mit mir, dann würde ich mich schon fragen, ob sie die Richtige für mich ist.«

»Vielleicht war es nur eine Weinlaune.«

»Das wäre ja noch schlimmer. Ich hasse es, wenn Leute Alkohol als Ausrede benutzen.«

Sie überlegte, ob er aus Erfahrung sprach, aber hakte nicht nach, denn Fragen führten immer zu Gegenfragen, und sie war nicht bereit, über gewisse Dinge aus ihrer eigenen Vergangenheit zu sprechen. »Oliver hat mit seinem Sohn ja auch ein ganz schönes Päckchen zu tragen«, warf Nathalie ein, um das Thema wieder auf ihre Eltern zu lenken.

Über ihnen leuchtete der Sternenhimmel, hell und klar. Es duftete nach Blüten und Gras. Grillen zirpten, ansonsten war es still.

»Da sagst du was.« Thies schnaufte aus. »Anstrengender Kerl.«

»Aber du schienst dich ja gut mit ihm zu verstehen?«

»Ich habe einfach Übung im Umgang mit schwierigen Menschen.«

Dass er ihre Beobachtungen bestätigte, freute Nathalie. »Das merkt man. Ich musste mich wirklich zurückhalten, dass ich Alexander nicht vor den Latz knalle, für was für einen Idioten ich ihn halte.«

Thies lachte rau. »O Nathalie, das musstest du nicht mal, du kannst super *Mann, bist du scheiße*-lächeln.«

Sie prustete los. »Kann ich, oder? Schön, dass du das bemerkt hast.«

Thies blieb stehen und hielt Nathalie an den Oberarmen fest. Obwohl sein Gesicht nur spärlich vom Mondschein erhellt war, konnte sie ausmachen, dass er breit grinste. Und er roch so gut, herrlich männlich und frisch. Ein warmes Gefühl rieselte durch ihre Brust. »Mir entgeht wenig, besonders, was dich betrifft«, murmelte er an ihren Lippen. »Schön, dass wir jetzt Zeit nur für uns haben.« Und dann senkte er seinen Mund auf ihren. Verlangen flammte in Nathalie auf, während sie in seinen Armen dahinschmolz.

Sie ließ ihre Hände über seinen Rücken gleiten und genoss die Nähe, die Intimität. Thies zu küssen, fühlte sich fantastisch an. Belebend und elektrisierend zugleich. Irgendwann löste sie sich schwer atmend von ihm. Sie hatte keine Ahnung, wie lange sie hier unter dem italienischen Sternenhimmel geknutscht hatten, aber sie wollte mehr von ihm. »Wir sollten auf unser Zimmer gehen«, schlug sie leise vor.

»Würde ich ja gern, aber hast du eine Ahnung, wo wir sind?« Thies fuhr sich mit der Hand durch die Haare und zuckte die Achseln.

Nathalie guckte sich ebenfalls um. Tatsächlich hatte sie nicht den blassesten Schimmer, alles sah in dieser verdammten Anlage gleich aus. »So ein Mist, ist dir das schon mal passiert?«

»Was, dass ich mich in einem Hotel verlaufen habe? Bisher nicht. Sollen wir vielleicht hier lang gehen?«, schlug er vor und nahm Nathalies Hand, um seine Finger mit ihren zu verschränken.

Es fühlte sich schön an, sie kommentierte diese zärtliche Geste aber nicht. »Mein Orientierungssinn ist in etwa so gut wie der einer blinden Raupe, also folge ich dir einfach«, gab sie stattdessen zu.

»Schön, leider kann ich dir nicht mit Sicherheit sagen, wo es wirklich hingeht.«

»Wir könnten ja auch zum Strand gehen.«

»Super Idee, da wäre ich dabei, leider weiß ich den Weg dorthin noch weniger.«

Nathalie lachte. »Wir sind echt ein gutes Team, oder?«

»Wirf nicht jetzt schon die Flinte ins Korn. Ich würde sagen, wir biegen einfach mal dort ab und gucken, wo es uns hinführt.«

Es dauerte eine gefühlte Ewigkeit, aber irgendwann erreichten sie tatsächlich den kleinen Privatstrand des Hotels. Niemand außer ihnen war hier, die Beleuchtung war abgeschaltet, die Bar geschlossen. »Ich kann mir gut vorstellen, dass hier im Sommer fette Partys gefeiert werden.«

»Ich bin froh, dass gerade niemand da ist.« Thies stellte sich hinter Nathalie, um sie zu wärmen. Er legte sein Kinn auf ihre Schulter und knabberte an ihrem Ohrläppchen. Ihr Körper reagierte mit einem lustvollen Ziehen.

»Ich liebe es, die Brandung zu hören, das Meer zu riechen. Am Meer fühle ich mich frei.« Thies' Stimme klang dunkel und verheißungsvoll.

»Sollen wir?«, fragte Nathalie und drehte sich zu ihm um.

»Was? Schwimmen gehen? Unbedingt! Los, wer zuerst drin ist.« Lachend fing er an, sich den Anzug vom Leib zu reißen. Aber er hatte keine Chance gegen sie, sie war schneller. Nathalie warf ihr Kleid und dann die Unterwäsche in den Sand und rannte los. Das Wasser war fürchterlich kalt und schillerte dunkel, aber sie biss die Zähne zusammen und tauchte kopfüber in die Wellen. Thies folgte kurz darauf.

»Hilfe, ich dachte, wir wären in Italien und nicht in Alaska«, hörte sie ihn neben sich stöhnen.

Dem konnte sie nicht widersprechen, trotzdem genoss sie das erfrischende Bad, und sie wusste, ihm ging es genauso. »Mann oder Memme«, neckte sie ihn.

»Gerade bin ich eher eine Memme«, witzelte Thies und kraulte ein paar Züge. Er machte sogar im Nass eine gute Figur, aber das überraschte Nathalie bei seinem Körperbau nicht. Sie selbst war eher mittelmäßig sportlich und hielt sich lieber ans Brustschwimmen. Er wollte zum Glück keinen Wettkampf daraus machen. »Ob hier viele Fische drin sind?«, fragte Nathalie.

»Wieso? Hast du Angst, dass dich einer beißt?«

»Ha, ha, sehr witzig. Du etwa nicht? Könnte doch sein.«

»Haie kommen nicht so weit ans Ufer.«

»Gott, du kannst echt ein Arsch sein«, brummte Nathalie. »Das Wasser ist ja schwarz wie die Nacht, man sieht gar nichts.«

Auf einmal berührte etwas ihre Zehen und sie kreischte auf. »Scheiße! Da ist was!«

Thies lachte kehlig, dann hob er sie in seine Arme. »Ich kann hier stehen, es war mein Fuß.«

»Du bist so gemein.«

»Bin ich das?«, murmelte er an ihren Lippen. Wo die Stimmung eben noch locker gewesen war, kehrte jetzt das sinnliche Knistern zurück.

Ihr wurde schlagartig bewusst, dass sie beide nackt waren. Sein Oberkörper fühlte sich wunderbar glatt an, sie hatte die Hände darauf gelegt und spürte sein Herz unter ihren Fingern hämmern.

»Sag du es mir«, wisperte sie und legte ihre Arme um seinen Hals, um ihn besser küssen zu können. Jetzt war es ihr völlig egal, wie viele Fische um sie herumschwammen. Sogar das eisige Wasser konnte sie für einen Moment vergessen, aber nicht lange, denn sie fing an zu zittern.

»Oh, Nathalie, da ich mal davon ausgehe, dass du nicht vor Lust bebst – noch nicht –, schätze ich, dass wir lieber rausgehen sollten, ehe du dir den Tod holst.«

»Du tust ja so, als ob ich eine zarte Maid wäre, die ein Windstoß umbläst.« Trotzdem widersprach sie nicht, als Thies sie aus dem Wasser trug. Vorsichtig setzte er sie auf dem Sand ab und schlang seine Arme um sie. »Ich wärme dich. Wenn das nicht genügt, breche ich in das Strandhaus da drüben ein und klaue uns ein paar Handtücher.«

»Es schlummern verborgene Talente in dir«, neckte sie ihn und bot ihm ihre Lippen zum Kuss. Thies schmeckte salzig und köstlich wie immer. Das Spiel ihrer Zungen vertrieb die Kälte aus ihren Knochen. Sie begehrte ihn, aber die Kondome waren auf dem Zimmer, und bei dem Thema würde sie kein Risiko eingehen. Allerdings sprach das nicht gegen einen kleinen Vorgeschmack. Nathalie drückte Thies sanft in den Sand und bedeckte seinen Oberkörper mit Küssen, dann wanderte sie langsam mit ihren Lippen in tiefere Regionen. Thies keuchte auf.

Sie war fasziniert, wie sinnlich er auf ihre Liebkosungen reagierte. Er war längst hart. Sanft umfasste sie seinen Schaft mit ihren Händen und strich ein paarmal auf und ab, dann schloss sie ihre Lippen darum und Thies schrie lustvoll auf. »Gott, du machst mich fertig.«

Nathalie lachte. »Gott hat mich noch niemand genannt.«

Thies grunzte etwas Unmissverständliches, verstummte aber sofort, als sie sein bestes Stück erneut mit ihrem Mund liebkoste. Es dauerte nicht lange, bis Thies' Hüften unkontrolliert zuckten und sein Atem stoßweise kam. Die Hände hatte er in ihrem Haar vergraben. Sie spürte, dass er kurz davor war zu kommen. Hitze hatte sich auch in ihrer Mitte gesammelt, seine Leidenschaft erregte sie. Nathalie freute sich darauf, ihm gleich den ersten Orgasmus zu bescheren. Als er sie plötzlich von sich schob und sie mit einer schnellen Bewegung auf den Rücken beförderte, keuchte sie überrascht auf. »Hey, was soll das?«, schimpfte sie lachend.

»Das war knapp«, war alles, was Thies hervorbrachte. »Ich schätze, es ist an der Zeit, mich zu revanchieren.«

Ehe sie sichs versah oder gar protestieren konnte, wanderten seine Lippen über ihre Brüste, ihren Bauch hinab zu ihrem Zentrum der Lust. Nathalie spreizte ihre Schenkel bereitwillig. Als sie seine Zunge spürte, stöhnte sie leise auf und hob ihm ihr Becken entgegen. Heiliger Bimbam, der Kerl wusste wirklich, wie man Frauen in den siebten Himmel beförderte. In rasender Geschwindigkeit baute sich eine elektrisierende Spannung in ihr auf, dass sie glaubte, gleich vor Lust vergehen zu müssen. Sie war garantiert nicht so diszipliniert, ihn kurz vor dem Höhepunkt von sich zu schieben. Im Gegenteil. Nathalie krallte sich an seinen Schultern fest und bettelte ihn an, bloß nicht aufzuhören. Thies stöhnte, und das Vibrieren seiner Stimme auf ihrem Venushügel brachte sie beinahe um das letzte bisschen Verstand.

Ein Hundebellen irritierte sie kurz, aber nicht genug, um sich davon stören zu lassen.

Thies legte ihr eine Hand auf den Mund und richtete sich auf. »Pst. Verdammt.«

»Was ist?« Sie war desorientiert, blind vor unerfülltem Verlangen.

Das Hundegebell kam näher, ebenso wie der Schein einer Taschenlampe.

»Security«, flüsterte er und raffte schon ihre Klamotten zusammen. »Los, wir müssen abhauen! Oder willst du hier nackt erwischt werden?«

Nathalie glaubte erst, dass er einen Witz machte, aber Thies zog sie erst auf die Beine und dann mit sich. Sie stolperte hinter ihm her über den Sand, über einen schmalen Weg fort vom Meer, auf einmal fanden sie sich auf der Golfanlage wieder, die dem Strand gegenüberlag. Von hier aus sah man die Lichter der Hotelanlage. Hinter einem Gebüsch schlüpften sie eilig in ihre Klamotten.

»Glaubst du, der Kerl ist weg?« Nathalie kicherte unterdrückt.

»Ich bin mir nicht sicher. Los, lass uns verschwinden, noch mal gehe ich kein Risiko ein, dass uns jemand stört! Jetzt werde ich den Weg zu unserem Zimmer finden, darauf kannst du Gift nehmen!«

Nathalies Magen zog sich erwartungsvoll zusammen. Sie liebte es, wenn er so bestimmt war.

Oje. Was dachte sie da nur?

So weit war es bereits mit ihr gekommen?

Konnte sie ihr Herz erneut aufs Spiel setzen? Das war schon einmal schiefgegangen. Nicht heute, sagte sie sich. Nicht denken, sondern genießen. Alles andere kam später. Viel später.

Thies nahm Nathalies Hand und zog sie mit sich, tatsächlich dauerte es nur ein paar Minuten, bis sie das Hauptgebäude erreichten, dabei war es ihnen schnurz, wie zerzaust und sandig sie ausschauten. Sie grinsten den Portier an und huschten dann nach oben. Nachdem die Zimmertür hinter ihnen ins Schloss gefallen war, betätigte Thies den Knopf, um das Bitte-nicht-stören-Zeichen zu aktivieren. Auf dem Flur leuchtete jetzt hoffentlich ein Licht neben der Zimmertür, und die Hotelmitarbeiter wussten Bescheid. Aber es war sowieso Nacht und sie erwarteten niemanden, sicher war sicher.

Nathalie wollte keine Zeit verschwenden und dort weitermachen, wo sie eben aufgehört hatten. Sie entblätterte Thies und dann sich selbst, während sie sich immer wieder küssten. »Warte«, murmelte sie an seinen Lippen und drückte ihn aufs Bett. Dann huschte sie ins Bad und holte ein Kondom.

Er sah zufrieden aus, als er bemerkte, was sie vorhatte. »Du hast keine Ahnung, wie sehr mich deine weise Voraussicht begeistert.«

Seine Stimme klang belegt, was Nathalie mit einem anzüglichen Grinsen quittierte. Sie riss die Packung auf, ehe sie zu ihm aufs Bett kletterte. Ehe sie das Präservativ abrollte, nahm sie sein bestes Stück erneut in den Mund. Thies stöhnte, und Nathalie genoss den salzigen Geschmack und seine Erregung. Als sie merkte, dass sein Atem nur noch stoßweise kam und sein Becken unter ihr zuckte, ließ sie von ihm ab und gönnte ihm eine Verschnaufpause. Thies' Blick war verhangen, seine Pupillen waren beinahe schwarz im Dämmerlicht. Er nahm ihr das Kondom aus der Hand und rollte es über seinem Schwanz ab, dabei ließ er sie nur für einen kurzen Moment aus den Augen. Nathalie befeuchtete sich die Lippen, dann setzte sie sich auf seine Oberschenkel, während Thies ihre Brüste streichelte. Sie schloss die Augen und gab sich den Empfindungen hin. Verlangen brannte in ihrer Mitte, sie wollte mehr, und genau das würde sie sich jetzt holen. Mit einer sanften Bewegung ließ sie ihn in sich gleiten und beugte sich zu Thies nach vorn, um ihn zu küssen. Er murmelte etwas, was sie nicht verstand, aber es spielte keine Rolle. Sie merkte auch so, wie sehr es ihm gefiel, als sie begann, ihre Hüften kreisen zu lassen. Erst langsam und gemächlich, während sich diese einzigartige Spannung immer weiter in ihr aufbaute. Und dann schneller und immer schneller, sie konnte nicht genug von ihm bekommen.

Ihre Körper passten perfekt zusammen, sie bewegten sich im Einklang einer uralten Harmonie, für die es keiner Erklärung bedurfte. Nathalies Atem kam stoßweise. Ihre Haut, jede Zelle brannte vor Lust. Die Nervenenden waren zum Zerreißen gespannt. Sie spürte, dass sie den nahenden Orgasmus nicht mehr aufhalten könnte, selbst wenn sie es wollte. Alles in ihr schrie nach Erlösung.

»Thies!«, stieß sie zittrig hervor. Nathalie warf ihren Kopf in den Nacken, während sich ihre Muskeln immer wieder um ihn zusammenzogen, bis auch er sich gehen ließ und der Höhepunkt ihn erfasste. Nathalie sackte zusammen und blieb matt auf ihm liegen. Thies' Brustkorb hob und senkte sich immer noch schnell. Während seine Fingerkuppen zärtlich über ihren Rücken glitten, war sie nicht in der Lage, sich zu rühren. Erst allmählich kehrte sie ins Hier und Jetzt zurück.

Vorsichtig rollte sie von ihm und passte auf, dass das Kondom dabei nicht verrutschte. Thies lag flach auf dem Rücken und seine Lippen formten ein seliges Lächeln. »Komm her«, murmelte er. »Nur eine Sekunde.«

Er schien zu spüren, dass sie sich nicht nur körperlich ein Stück von ihm entfernte, und richtete sich auf. »Alles okay?«

Sie beruhigte ihn mit einem Lächeln. »Natürlich.« Zur Bestätigung drückte sie ihm einen Kuss auf die Lippen. »Du solltest aber vielleicht das Ding entsorgen.«

»Logisch, klar.« Er begriff, was sie meinte, und stand auf. »Puh, ich kann mich kaum auf den Beinen halten«, gab er zu und hielt sich an der Wand fest. »Ich fühle mich wie Wackelpudding.«

Sie fand es süß, wie er damit umging. Es tat ihr ja selbst ein wenig leid, dass sie ihn quasi aus dem Bett scheuchte, aber beim Thema Verhütung nahm sie es nun mal sehr genau. Zum Glück hatte er das verstanden, auch ohne dass sie es plump hatte aussprechen müssen.

Kurz darauf kehrte Thies zurück und krabbelte zu ihr unter die dünne Decke. Er zog sie in seine Arme und drückte Nathalie einen Kuss auf den Scheitel. »Du willst jetzt nicht noch den Sand und das Salz abspülen, oder?«, flüsterte er in ihr Haar.

»Nein, du?«

»Bestimmt nicht. Ich bin genau da, wo ich sein möchte, und dich würde ich nur ungern aus dem Bett lassen. Ich liebe das

Salz auf deiner Haut.« Er gähnte, und Nathalie grinste in sich hinein, während sie sich an ihn kuschelte und eine Hand auf seinen flachen Bauch legte.

»Schön«, war alles, was sie erwiderte. Für den Moment, fand sie, hatten sie genug geredet. Es fühlte sich wundervoll an, hier mit ihm zu liegen. Überhaupt nicht peinlich oder unangenehm, wie sie es früher mit neuen Bekanntschaften erlebt hatte.

Nathalie wollte noch etwas sagen, aber ihr Körper schien ihr nicht mehr zu gehorchen. Nicht einschlafen, sagte sie sich, aber es war zu spät. Sie glitt ins Traumland, und auch Thies' gleichmäßiger Atem verriet ihr, dass er völlig entspannt war. Es war wundervoll, so vertraut und intim, dass sie für einen Moment vergaß, was sie sich vorgenommen hatte, nämlich, Gefühle vorerst nicht mit ins Spiel zu bringen. Sie sah Bilder vor sich, träumte von einer Zukunft mit Thies, einem Leben voller Lachen und Freude. Nur irgendwo, im hintersten Winkel ihres Verstandes, meldete ein immer leiser werdendes Stimmchen begründete Zweifel an, dass sie auf der Hut bleiben musste. Dass sie es nicht überleben würde, wenn ihr Herz noch einmal brach.

KAPITEL
ELF

Natürlich kamen sie zu spät zum Frühstück, wie konnte es auch anders sein. Thies und Nathalie hatten sich nach dem Aufwachen noch einmal geliebt und dabei hatte er sich nicht hetzen lassen. Und sie auch nicht.

Thies war glücklich und nach den ganzen körperlichen Aktivitäten auch ziemlich hungrig. Die anderen waren bereits dabei, Speisen von der Frühstückskarte zu wählen, als er mit Nathalie eintraf.

»Guten Morgen«, freute sich Christine. »Ihr seht erholt aus!«

Thies warf Nathalie einen verstohlenen Blick zu, sie errötete tatsächlich. »Kein Wunder bei diesen federweichen Betten«, sagte sie. »Das Hotel ist wirklich fantastisch.«

Sogar Nathalies Vater schien überrascht vom Enthusiasmus seiner Tochter zu sein, sagte aber nichts.

Thies rückte Nathalie den Stuhl zurecht, ehe er sich ihr gegenübersetzte.

Als ein Kellner eintraf, um auch ihnen das Menü zu reichen

und den ersten Getränkewunsch abzufragen, bestellte Nathalie schwarzen Kaffee und er ebenfalls.

»Kaffee und Liebe sind heiß doch am besten«, scherzte Thies, und Nathalie warf ihm einen finsteren Blick zu, der ihn grinsen ließ.

Es war süß, wie schüchtern sie manchmal sein konnte. Ihr Wesen bestand aus vielen Seiten, glücklicherweise war sie im Bett alles andere als zurückhaltend. Das Zusammensein mit ihr übertraf seine kühnsten Erwartungen, er konnte einfach nicht genug von ihr bekommen.

Zum Reden waren sie kaum gekommen, was er ein wenig bedauerte. Aber das konnten sie hoffentlich nachholen. Spätestens auf der Radtour, die nach dem Frühstück anstand. Thies war jedenfalls gespannt, was man hier darunter verstand. Theresa trug einen weiten, langen Rock und zarte Sandalen mit hauchdünnen Riemchen, nicht gerade das, was man für so eine Aktivität empfehlen würde. Nathalie und er hatten T-Shirts, Sport-Shorts an und Turnschuhe an den Füßen, und auch die anderen muteten eher sportlich frisch an.

»Hast du was gefunden?«, wollte er von Nathalie wissen, die die Speisekarte aufmerksam gelesen hatte.

»Ich nehme dieses spezielle Brot – den Namen kann ich gar nicht aussprechen – mit Tomaten, dazu ein wenig Schinken und Rührei. Und du?«

»Klingt perfekt, ich hätte gern ein pochiertes Ei, dazu etwas Lachs und Orangensaft.«

Der Kellner nahm ihre Bestellung auf, dann plauderten die Familien über den Plan des Tages.

»Die Fahrräder stehen bereit, wir können direkt nach dem Frühstück starten. Ein Guide wird uns begleiten, damit wir nicht falsch fahren«, verkündete Martin. Er trug ein hellblaues Poloshirt zu Shorts und eine Sonnenbrille steckte in seinem Haar.

»Wie lange werden wir unterwegs sein? Müssen wir Wasser mitnehmen?«, erkundigte Christine sich.

Er wandte sich seiner Exfrau zu. »Schatz, äh, Christine, Verzeihung.« Martin räusperte sich, und sein Fauxpas löste betretenes Schweigen am Tisch aus. »Für Wasser ist gesorgt, wir radeln jeweils eine knappe Stunde, aber keine Sorge, das Tempo soll gemächlich sein, schließlich wollen wir ja was von der Landschaft sehen, von den Olivenbäumen und der wundervollen Umgebung.«

Christine war errötet, sie kommentierte den Ausrutscher ihres Noch-Gatten nicht. Theresa hingegen saß stocksteif auf ihrem Stuhl und stocherte lustlos in ihrem Fruchtsalat herum. Alexander grinste fies und lachte unterdrückt. Oliver trank von seinem Kaffee, seine Miene wirkte versteinert.

Nathalie schaute Alexander entsetzt an. »Du bist ja wirklich das Letzte«, stieß sie hervor.

»Was denn? Darf man nicht mal lachen? Ist doch witzig.«

Martin hob beschwichtigend eine Hand. »Nun, wir wollen doch aus einer Mücke keinen Elefanten machen. Die Macht der Gewohnheit, sonst nichts. Nicht wahr, Christine?«

Sie nickte und wirkte nun ebenfalls ein wenig pikiert, aber das ging eher in Richtung Alexander. Dann schaute Christine Oliver an, als ob sie ihm mitteilen wollte, dass er seinen Sohn zur Räson rufen sollte. »Genau, ein Versprecher, kann ja mal passieren«, brummte Oliver.

Die gelöste Stimmung war dahin.

Thies atmete auf, als ihre Bestellung serviert wurde. Nathalie schien es nicht auf den Appetit zu schlagen, dass es ein paar Spannungen gab, das beruhigte ihn. Obwohl sie immer auf cool machte, hatte er schon gemerkt, dass sie damit ihre zarte Seele schützte. »Guten Appetit«, wünschte er noch einmal in die Runde.

Doch die anderen schienen bereits fertig zu sein. »Ihr müsst nicht auf uns warten«, erklärte Nathalie und sprach damit das aus, was in ihm vorging. »Wir beeilen uns. Wann starten wir mit der Radtour?«

Martin tupfte sich den Mund mit einer Serviette ab. »In einer halben Stunde, sehr gut. Dann sehen wir uns gleich. Komm, Theresa.« Er half seiner neuen besseren Hälfte auf.

Christine schaute Oliver an. »Sollen wir auch gehen?«

»Natürlich, Schnuckel, ich würde gern ein wenig Sonnencreme auftragen. Ihr Lieben, guten Appetit noch«, wünschte Oliver und verschwand dann mit Christine.

Alexander trank seinen Kaffee aus und streckte sich mit einem Stöhnen. »Ganz großes Kino«, kommentierte er selbstgefällig.

Bianka guckte ihren Freund schräg an. »Was meinst du?«

»Das ist doch alles eine Farce hier«, erklärte Alexander und winkte einen Kellner heran. Als der am Tisch angekommen war, meckerte er. »Das Ei war total versalzen. Kaum zu essen.« Sein Teller war jedoch blitzblank leer gefuttert.

Thies schüttelte den Kopf und tauschte einen Blick mit Nathalie aus, sie schien Alexanders Betragen ähnlich unangenehm zu finden wie er. »Nun, wenn dir die Reise sowie das Hotel nicht zusagt, warum tust du dir das hier an, Alexander?«, meinte Thies kühl.

Der ließ sich davon nicht beeindrucken. »Weil ich meinen Vater unterstütze, aber ehrlich gesagt werde ich ihm raten, sich lieber nicht weiter auf Christine einzulassen. Offensichtlich sollten Christine und Martin ihre Scheidung abblasen. Das ist alles tatsächlich lächerlich. Komm, Bianka.«

Alexander stand auf und wartete gar nicht erst auf seine Freundin, die ihm wie ein Hündchen hinterhertapsen musste.

Nathalie trank einen Schluck von Thies' Saft, dann stöhnte sie. »Puh. Finde nur ich das gerade superanstrengend?«

Thies zuckte die Schultern und hob eine Augenbraue. »Es

ist in der Tat ein wenig kompliziert. Was meinst du? Ist da was dran?«

»Wo dran?«

»Na, mit deinen Eltern?«

Nathalie schob sich eine Tomate in den Mund und antwortete kauend: »Ich bin überfragt, kapiere das alles nicht. Ich meine, die beiden haben sich in bester Harmonie getrennt und kamen in Lichtgeschwindigkeit mit neuen Partnern an. Wundern würde es mich nicht, verrückt finde ich es schon. Also ich weiß es nicht. Auf jeden Fall habe ich ein bisschen Angst vor der Radtour und auch vor dem Rest, der noch folgt.«

Thies streckte seine Hand über den Tisch aus und berührte Nathalies Finger zärtlich. »Das kann ich nachvollziehen, aber ich bin an deiner Seite. Wenn es dir zu viel wird, gib mir ein Zeichen, dann seilen wir uns ab.«

Ihr offenes Lächeln berührte etwas in ihm, das ihn stutzig machte. Er räusperte sich. »Möchtest du noch etwas bestellen?«

»Ich bin pappsatt, aber danke. Von mir aus können wir los, der Hinweis mit der Sonnencreme von Oliver war ganz gut, ich husche lieber noch mal nach oben und hole welche, und meine Sonnenbrille fehlt mir ja auch.«

»Gut, dann lass uns gehen, zur Abwechslung wäre es ja mal nicht schlecht, wenn nicht alle auf uns warten müssten«, scherzte er und drückte ihr einen Kuss auf den Scheitel.

DIE SONNE STRAHLTE vom wolkenlosen Himmel, herrliche einundzwanzig Grad waren der perfekte Begleiter für eine leichte körperliche Aktivität. Das fand sogar Nathalie, dabei hasste sie Sport normalerweise. Theresa hatte sich, wenig überraschend, nicht zum Fahrradfahren bewegen lassen und würde Zeit im Spa verbringen, bis die Truppe zurück war. Alexander und Bianka waren mit von der Partie, so unerträglich ekelhaft der Typ war, so unscheinbar war seine Freundin. Wie hielt sie es nur mit ihm aus? Das war zum Glück nicht Nathalies Problem. Ihre Welt war gerade sehr in Ordnung.

Thies radelte mit ihrem Vater an der Spitze der kleinen Gruppe, sie hatten sich direkt an den Guide gehängt und plauderten über irgendwas, was Nathalie nicht hören konnte. Neben ihr trat ihre Mutter in die Pedale. Es roch nach Blüten und Olivenbäumen, die überall um sie herum auf den Feldern standen. Mit ihren alten, knorrigen Stämmen und breiten Kronen zauberten sie eine geradezu verwunschene Märchenstimmung. Entweder das oder Nathalie war von dieser ganzen Reise seltsam romantisiert. Beides war möglich.

»Thies ist ja ein sehr netter junger Mann«, fing Christine an und klang, als hätte ihr jemand eine Last von den Schultern genommen. Offenbar war sie glücklich, dass ihr Kind endlich auch jemanden gefunden hatte.

»Ja, das stimmt.« Nathalie wusste nicht, was sie sagen sollte. Dabei ging viel mehr in ihr vor, aber sie konnte und wollte es nicht in Worte fassen. Nathalie war begeistert von Thies und davon, wie er den Umgang mit all den schwierigen Charakteren auf dieser Reise meisterte. Einfach war das weiß Gott nicht. Es hatte bisher keinen Moment gegeben, in dem sie sich gefragt hatte, was sie hier mit Thies eigentlich machte. Im Gegenteil, je länger sie mit ihm zusammen war, desto verbundener fühlte sie sich mit ihm. Es war geradezu beängstigend.

»Und dann engagiert er sich auch noch für Kinder. Also wirklich, Nathalie, wo hast du ihn nur gefunden, ich schwärme geradezu für diesen tollen jungen Mann.«

Nathalie stutzte. Was sagte ihre Mutter da? Thies engagierte sich für Kinder? »Was meinst du, Mama?« Vielleicht hatte sie sie nicht richtig verstanden.

»Das weißt du doch bestimmt. Er fliegt in andere Länder

und operiert dort Kinder mit Fehlstellungen oder nach Unfällen oder Kriegsverletzungen. Er hat es uns vorhin erzählt, als du deine Sonnenbrille geholt hast. Zuletzt war er in Georgien.«

Nathalie war gleichermaßen überrascht wie schockiert. Sie hatte von Thies' »Nebenbeschäftigungen« keinen blassen Schimmer gehabt. Warum wusste ihre Mutter davon, aber sie nicht? »Klar, ist mir bekannt. Ich dachte, du meinst was anderes«, log sie und spürte, wie sich ein Knoten in ihrem Magen bildete. Nathalie fühlte sich hintergangen, obwohl das natürlich Käse war. Trotzdem kapierte sie nicht, warum er ihr nicht von seiner Wohltätigkeitsarbeit erzählt hatte. Das war doch etwas Wundervolles und nichts, was man verstecken musste.

»Er hat auch gesagt, dass es manchmal schwierig ist mit seinem Job, als Oberarzt in der Uniklinik schiebt er ja nicht gerade wenige Dienste. Und die Geschäftsführung findet es nicht gut, dass er in seiner Freizeit im Ausland arbeitet – ohne Geld zu verdienen. Stell dir das mal vor, so weit sind wir in unserer Gesellschaft gekommen. Da macht jemand was Gutes, und man will ihn dafür noch schelten.«

Nathalie war überfordert mit der Flut an Informationen, sie hatte Mühe, ihrer Mutter zu folgen. »Er übertreibt sicher«, brummte sie und starrte auf Thies' Rücken.

Der lachte gerade über etwas, was Nathalies Vater gesagt hatte. Sie sollte sich freuen, dass er sich so gut mit ihren Eltern verstand, aber momentan fiel es ihr schwer. Sie konnte nicht einmal genau sagen, warum. Oder doch, ja. Aber das war albern und irrational, dass sie sich wünschte, er hätte zuerst ihr davon erzählt und nicht ihrer Mutter.

»Stell dir mal vor«, plauderte Mama einfach weiter, die nicht zu merken schien, dass Nathalie ein wenig irritiert war. »Er muss sich mit Spenden finanzieren oder seine Reisen selbst zahlen, das macht er auch noch alles nebenbei, ganz allein. Ich glaube ja, dass der Junge sich besser organisieren muss, sonst landet er ganz schnell in einem Burn-out. Da musst du aufpassen, Nathalie. Kannst du ihm nicht helfen? Du bist doch gut im Telefonieren. Er braucht bestimmt nur ein bisschen Marketing.«

»Mama«, unterbrach Nathalie den Redeschwall ihrer Mutter. »Bitte fang nicht direkt an, dich da einmischen zu wollen.«

»Hä?«, stieß Christine hervor. »So ein Unsinn. Wir unterhalten uns doch nur.«

»Okay, gut, ja.« Nathalie merkte, wie verkrampft sie den Lenker festhielt und immer schneller wurde. Sie bremste sich und zwang sich, das alles nicht überzubewerten. Trotzdem konnte sie dieses Gefühl einfach nicht loswerden, das sich in ihrem Magen ausgebreitet hatte. Es passte ihr nicht, dass Thies vor ihren Eltern Sachen ausplauderte, die er ihr nicht erzählt hatte. Das war nun mal Fakt. Am meisten irritierte es sie, dass es etwas war, wovor sie großen Respekt hatte. Thies war offenbar selbstloser, als sie angenommen hatte. Leider konnte sie sich gerade nicht wirklich darüber freuen, denn sie hatte das Gefühl, dass sie eventuell für ihn nicht so wichtig sein könnte, wie sie es gern hätte. Das erinnerte sie daran, auf der Hut zu bleiben. Vielleicht war es ganz gut, dass sie diesen Dämpfer jetzt verpasst bekommen hatte und nicht erst, wenn es zu spät für ihr Herz war.

GLÜCKLICHERWEISE WAR das Tempo wirklich gemächlich gewesen. Nathalie war nicht fix und fertig, als sie die Olivenölplantage erreichten. Sie stellten ihre Fahrräder im Schatten einer Pappel neben der alten Villa ab. Ein Italiener mit schwarzem, lockigem Haar begrüßte sie überschwänglich. Er sprach gut Deutsch mit starkem Akzent und stellte sich ihnen als Massimo vor. Thies platzierte sich neben Nathalie. »Schön hier, nicht?«

Sie nickte. »Bezaubernd.«

»Alles okay?«

Oje. Er spürte, dass etwas nicht stimmte, aber sie war nicht bereit, jetzt darüber zu reden. Falls sie sich in etwas hineinsteigerte, wollte sie keinesfalls vor den anderen Dinge sagen, die womöglich mehr kaputt machten als nützten. Sie kannte das schon von sich: Wenn sie sich verletzt fühlte, konnte sie unfair sein. Weil sie das gerade nicht rational beurteilen und auch niemanden fragen konnte, schwieg sie und rang sich ein Lächeln ab. Sie gab Thies einen kurzen Kuss. »Alles bestens, komm, lass uns zuhören. Wir können sicher viel lernen!«

Er runzelte kurz die Stirn, nickte dann aber.

Obwohl das, was Massimo zu sagen hatte, wirklich interessant klang, ertappte sich Nathalie immer wieder dabei, wie sie mit ihren Gedanken abdriftete.

Das Gespräch mit ihrer Mutter hatte ihr vor Augen geführt, dass sie im Grunde nichts über Thies wusste. Ja, sie verstanden sich gut, und er schien ein wirklich toller Typ zu sein. Aber genügte das? Der Sex war fantastisch, das auch. Trotzdem …

»Kommst du?«, sprach Thies sie an. Die anderen waren schon mit Massimo ins Gebäude gegangen, wo gleich eine Verkostung stattfinden würde.

»Äh, sorry, war gerade so von allem hier fasziniert.«

»Bist du sicher, dass es das ist? Du hast total abwesend gewirkt.« Seine besorgte Miene machte sie traurig, aber sie konnte das Thema jetzt nicht ansprechen. Nathalie nahm seine Hand und drückte sie. »Vielleicht liegt es daran, dass ich zu wenig Schlaf bekommen habe.«

Das stimmte, und die Erinnerung an letzte Nacht brachte etwas von den Schmetterlingen zurück in ihren Bauch. Das Lächeln, das ihre Mundwinkel jetzt nach oben zog, war echt. Thies' Augen funkelten, er nahm sie in die Arme und küsste sie leidenschaftlich. Jedes Mal, wenn er das tat, schmolz sie dahin.

Sie liebte dieses Gefühl der Leichtigkeit, das alle trüben Gedanken in die hinterste Ecke ihres Verstandes drängte. Es hatte jetzt ohnehin keinen Sinn. »Komm, die anderen fragen sich sonst noch, wo wir stecken«, neckte Nathalie Thies und schob ihn ein Stück von sich.

»Du hast ja recht, aber wenn ich dich küsse, vergesse ich alles um mich herum.«

Sie freute sich über seine Worte. Sehr sogar. Schweigend schlenderten sie zum Rest ihrer kleinen Gruppe.

Massimo war gerade dabei, die alte Olivenpresse vorzuführen, danach ging es zu einem Produktionsraum, der bis in die Achtziger genutzt worden war, und schließlich zu einer größeren Halle, in der heute die Ölproduktion stattfand.

»Vom Pflücken bis zur Presse haben wir vierundzwanzig Stunden Zeit, danach ist die Qualität minderwertig.« Nathalie war fasziniert, wie leidenschaftlich der Italiener für sein Thema brannte. Sie wünschte sich, auch etwas zu finden, das sie beruflich so fesselte. Dass das mit der Telefonierererei schon lange nicht mehr der Fall war, wurde ihr jetzt in vollem Ausmaß klar.

»Von September bis Dezember arbeiten wir rund um die Uhr. Jetzt kann ich schlafen, mich ausruhen«, erklärte Massimo mit strahlenden Augen und gestikulierte dabei wild. »Aber später, dann ist hier Hektik und Eile geboten, jede Hand wird gebraucht, da darf nichts schiefgehen. Und jetzt, meine Lieben, werden wir einen Test machen. Ich gebe euch ein gutes Olivenöl und ein schlechtes. Ich erkläre euch die Unterschiede. Eines ist Lampenöl und eines hat beste Qualität.«

»Wie viel Olivenöl verbrauchen Sie selbst ungefähr?«, erkundigte Christine sich, die das Thema anscheinend auch sehr spannend fand.

Massimo verzog sein Gesicht. »Eine kleine Flasche in vier Tagen, es ist ein Genuss! Du kannst alles machen mit Olivenöl. Alles!«

Nathalie und Thies grinsten sich an, während Massimo noch einmal erklärte, was schlechte Qualitätsmerkmale waren. Dann wurde ihnen ein kleiner Becher mit Öl zur Verkostung gereicht.

»So, nehmt ihn in die Hände und wärmt es, dass sich die Aromen entfalten können. Dann schnuppert ihr daran, was riecht ihr?«

»Gras!«, rief Christine aus.

»Ah, sehr gut. Frisches Gras.« Massimo nickte anerkennend.

»Und es hat ein bisschen im Rachen gebrannt, so wie du gesagt hast«, meinte Oliver dann.

»Auch richtig. Was noch?«

Nathalie verzog ihre Lippen. Sie war kein riesiger Fan von Olivenöl, vielleicht war ihr Geruchssinn auch einfach nicht fein genug. Sie war sicher, mit ein paar Tomaten würde es ihr leichter fallen, das Öl zu probieren. Deshalb hielt sie sich zurück und flüsterte zu Thies: »Merkst du was?«

Er schüttelte leicht den Kopf. »Zitronen?«, fragte er etwas lauter.

»Ah, ich bin begeistert. Ja, richtig! Frisch riecht es, nicht? Ihr habt recht. Das hier ist unser Öl, beste Qualität, so muss es sein. Herrlich!« Massimo trank seinen kleinen Becher aus und wirkte glücklich. »Und jetzt das zweite. Aber bitte, nehmt es mir nicht übel, ich werde das nicht probieren.«

Damit war klar, welches der »Verlierer« war. Aber das machte gar nichts, dachte Nathalie, für die das zweite nur unwesentlich anders roch. Sie würde es Massimo nicht sagen, aber wahrscheinlich war sie einfach eine Olivenöl-Banausin.

»Es riecht nach reifen Bananen«, stellte Christine fest.

»Bananen, aha. Wollen wir das? Süßlicher Geruch?«

»Nein!«, gaben fast alle gleichzeitig von sich, und Nathalie grinste.

Alexander stellte seine zwei Becher weg, stand auf und

verließ das Gewölbe. Der Typ war wirklich ein Arschloch. Nicht mal den Anstand, bis zum Ende zu warten, hatte er. Massimo ließ sich davon nicht beirren, was Nathalie gut fand. Wenigstens dieses Mal war Bianka nicht hinterhergedackelt. Vielleicht bestand für sie ja noch Hoffnung.

»So, meine Lieben. Jetzt wisst ihr, was ein gutes Öl ausmacht, ich hoffe, es hat euch gefallen.«

»Liefern Sie auch nach Deutschland?«, erkundigte sich Christine.

»Aber natürlich, kostet gar nicht so viel.«

Martin trat zu den beiden heran. »Bestellst du was für mich mit, Christine?«

Sie schaute ihren Noch-Ehemann an. »Natürlich, ich kümmere mich, geh doch schon mal mit den anderen vor.«

Martin tätschelte ihre Schulter und wirkte hochzufrieden, aber nicht nur das, Nathalie glaubte, eine gewisse Wehmut in seinen Augen aufblitzen zu sehen, dann war es verschwunden. »Sollen wir auch rausgehen?«, schlug Thies vor.

»Kinder, ich mache eine Bestellung für uns alle«, verkündete Christine fröhlich. Sie war in ihrem Element.

»Danke, Mama«, erwiderte Nathalie und schlenderte mit Thies und Bianka in den Innenhof der Plantage, wo sie die herrlichen Sonnenstrahlen genossen.

Nach ein paar Minuten wurde ihnen ein Picknick auf rot-weiß karierten Decken serviert. Es gab Schinken, Käse, frisches Gebäck, Früchte und duftendes Weißbrot.

»So lässt es sich aushalten«, meinte Thies und steckte Nathalie eine Traube in den Mund.

»Und wie, aber leider müssen wir morgen schon wieder in den schnöden Alltag zurück.«

Ein Schatten huschte über Thies' Gesicht. »Du sagst es, lass uns diese Blase noch nicht verlassen.«

Was sollte das heißen? Ihr sollte es recht sein. Sie kam nicht mehr zum Antworten, denn ihr Vater blies zum Aufbruch.

»Nathalie, kommst du mal bitte?«, wandte er sich dann an sie.

»Ja?«

»Lass die anderen doch schon mal losradeln.«

»Äh, okay?« Sie war ein wenig perplex, er wollte mit ihr reden? Hatte sie etwas falsch gemacht?

Zunächst verabschiedeten sich alle von Massimo, dann wurde aufgesessen und in die Pedale getreten. Thies war so taktvoll, nicht nachzufragen. Er hatte offenbar begriffen, dass sein Typ gerade nicht gefragt war Nathalie guckte ihm ein wenig finster hinterher, nachdem er sich Christine angeschlossen hatte. Was er ihr wohl noch alles erzählte, wovon sie keinen Schimmer hatte?

Nein, das war nicht fair. Sie wollte so nicht denken. Sicher hatte er seine Gründe, warum er es ihr vorenthalten hatte.

»So, Nathalie, wollen wir auch?«, riss ihr Vater sie aus den trüben Gedanken.

»Klar, sonst verpassen wir den Anschluss.« Mit einem flauen Gefühl im Magen radelten sie den anderen in einigem Abstand hinterher.

Das Schweigen war ein wenig angespannt, jedenfalls für sie.

»Ist es nicht schön, dass wir mal was zusammen unternehmen?«, fing ihr Vater an und lächelte sogar.

Was war denn mit dem los? Der wirkte ja wie ausgewechselt. So entspannt hatte sie ihn lange nicht gesehen. »Äh, ja, total schön.«

»Es muss Jahre her sein, dass wir mal einen Familienausflug gemacht haben. Ich war wohl ziemlich beschäftigt.«

Das konnte man so sagen. Außer seiner Kanzlei hatte es wenig bis gar nichts für ihn gegeben. Seine Frau hatte es immer stillschweigend hingenommen, dass nur ein paar Wochen im Jahr für den Urlaub und die Familie abgezwackt werden konnte. Sogar dann hatte er ständig am Telefon gehangen. »Super Idee von dir«, bestätigte sie ihn, weil sie nicht wusste, was sie sonst zu ihm sagen sollte.

Er räusperte sich. »Ich bin jedenfalls froh, dass wir mal reden können.«

Sie biss sich auf die Lippe und überlegte, was sie erwidern sollte. Wirklich *geredet* hatten sie seit Jahren nicht. Aber ihre Angst vor dem, was er womöglich sagen könnte, war zu groß. Zu oft hatten sie gestritten. Schließlich war sie eine Enttäuschung für ihn, weil sie ihr Studium geschmissen hatte. All das hatte er ihr schon oft vor den Latz geknallt, und sie fürchtete, dass das Gespräch gleich in dieselbe Richtung driften würde.

Ja, das war es bestimmt. Er wollte sie mal wieder daran erinnern, dass er nicht jünger wurde und dass sie möglichst bald mal ihr Studium beenden und mit einsteigen sollte. Nathalie merkte, wie sie sich verspannte.

»Ja, genau«, würgte sie hervor.

Sie hörte ihn seufzen. »Ich weiß, es ist nicht immer einfach mit mir. Deine Mutter kann ein Lied davon singen.«

Nathalie riss ihren Kopf herum und schaute ihn an. Das würde doch kein Gespräch über die Ehe ihrer Eltern werden? Hoffentlich nicht. »Ich habe das Gefühl, dass sie die Reise hier auch mag«, war das Diplomatischste, was Nathalie dazu einfiel.

»Ja, das hoffe ich.«

Hatte er eben wieder geseufzt?

Oje. Hing er vielleicht doch noch an ihr und bereute die Trennung?

»Also, Nathalie, warum ich mit dir reden wollte«, fuhr er schließlich fort.

»Ja?« Es klang total unentspannt. Er schien es ebenfalls zu bemerken.

»Mir ist klar, dass ich nicht ganz einfach bin, Nathalie. Ich habe hohe Ansprüche an mich und an jeden.«

Jap. So konnte man das sagen.

»Ich bin aber nun in einem Alter …«

O Gott. Gleich würde es kommen. Halt ja die Klappe, nahm sie sich vor. Werde nicht beleidigend und schrei nicht rum.

Sie wusste, wohin das führen konnte. Dieses Gespräch hatte Potenzial, die ganze Reise zu sprengen.

»… in dem ich langsam einsehen muss, dass ich nicht ewig leben werde. Ehe du etwas sagst, hör mich erst an, Nathalie. Bitte.«

Sie nickte. »Ja, gut. Ich höre zu.«

»Es tut mir leid, wie es die letzten Jahre zwischen uns gelaufen ist. Ich habe meine Träume zu deinen machen wollen und habe jetzt eingesehen, dass das falsch war.«

Sie legte eine Vollbremsung hin, die Reifen blockierten kurz, dann blieb sie stehen. »Was? Sag das noch mal!«

Ihr Vater hielt ein paar Meter weiter an und drehte sich zu ihr um. Er lächelte und wirkte dabei ein wenig verlegen. »Mir ist klar, dass ich mich nie bei dir entschuldigt habe, Nathalie. Ich hätte verständnisvoller sein müssen, aber ich habe nur gesehen, dass meine Träume geplatzt sind. Dass es sich dabei um dein Leben handelt, hat mich nicht interessiert. Das tut mir aufrichtig leid, und ich bereue, dass du das aushalten musstest.«

Sie schmiss das Fahrrad ins Gras und rannte zu ihrem Vater. »O Gott. Du hast Krebs, oder? Du bist krank? Und das ist der Grund, warum du jetzt reinen Tisch machen willst? Jetzt verstehe ich auch, die Trennung, die junge Frau, die letzte Reise … Umbruch. O nein! Wie lange hast du noch?« Nathalies Herz klopfte ihr bis zum Hals hinauf, ihr war richtig schlecht geworden. Dabei sah er so drahtig und frisch aus wie immer, aber das musste täuschen.

Martin furchte die Stirn, dann klappte er den Ständer des Fahrrads mit einem Fuß heraus. »Nathalie, ich bin nicht krank. Wie kommst du darauf?«

»D-du bist nicht krank?«, stotterte sie.

»Nein.«

»Wieso entschuldigst du dich dann?«

Sie begriff nicht, was das hier alles sollte. So hatte er nie mit ihr geredet. Nie.

Martin verzog seine Lippen. »Nathalie, hör mir zu.« Er trat zu ihr und hielt sie an den Schultern, um sie eindringlich anzusehen. »Ich bin kerngesund. Trotzdem ist mir klar geworden, dass ich ein paar Fehler gemacht habe, und die möchte ich jetzt korrigieren.«

Okay, das klang schon eher nach ihrem alten Herrn. »Mann, ist mir schlecht. Ich glaub, ich muss mich setzen. Ich dachte wirklich, du gibst bald den Löffel ab!«

Martin schmunzelte und schüttelte den Kopf. »Du wärst wirklich eine top Anwältin geworden. Aber hey!« Er hob beide Hände. »Ich habe endlich begriffen, dass du das tun musst, was dich glücklich macht. Dass das nicht beinhaltet, in meiner Kanzlei tätig zu werden, hat zwar wehgetan, aber die Alternative, dich zu verlieren, ist schlimmer. Ich will Teil deines Lebens sein, Nathalie. Es spielt keine Rolle, welchen Beruf du ausübst.«

Ob er das auch so sah, wenn sie vom Telefonsex erzählte?

Das würde sie nicht tun, aber der Gedanke belastete sie zunehmend. Tränen stiegen in ihr auf. »Damit habe ich jetzt nicht gerechnet.«

In einer etwas ungelenken Umarmung zog er sie an sich. Er roch so gut wie immer, sein edles Parfum hatte er seit Jahrzehnten nicht gewechselt. Sie würde es unter Tausenden erkennen. »Bitte verzeih mir, dass ich dich nicht unterstützt habe. Ich war ein sturer Bock.«

»Ich bin genauso stur.«

Er lachte. »Ich weiß.«

»Papa?« Sie trat einen Schritt zurück.

»Was ist?«

»Danke, danke, dass du mir verzeihst, dass ich das Studium geschmissen habe.«

Er seufzte. »Ich verstehe zwar nicht warum, aber es ist dein Leben. Wie gesagt, du sollst tun, was dich glücklich macht. Dabei möchte ich dich unterstützen. Egal, was es ist.«

Sie drückte ihn noch einmal und schmiegte ihre Wange an seine Brust. »Danke, das bedeutet mir viel.«

Er tätschelte ihren Rücken. »Ich bin froh, dass wir die Zeit gefunden haben, das zu klären.«

»Sollen wir die anderen einholen? Sonst denken die, wir haben uns die Köpfe eingeschlagen. Wir sind uns nämlich ziemlich ähnlich, weißt du?« Sie grinste.

Er erwiderte ihr Lächeln. »Ja, lass uns weiterfahren. Und ab jetzt sehen wir uns häufiger, ja?«

»Sehr, sehr gern!« Nathalie war überwältigt. Nie und nimmer hätte sie damit gerechnet, dass ihr Vater sich bei ihr entschuldigen würde. Umso größer war die Erleichterung, dass endlich nichts mehr zwischen ihnen stand. Nun, fast nichts mehr, denn dass sie das Studium wieder aufnehmen wollte, behielt sie vorerst für sich. Später würde er es hoffentlich verstehen, dann, wenn sie das Examen in der Tasche und woanders einen Job hatte.

KAPITEL ZWÖLF

Nathalie könnte nicht glücklicher darüber sein, wie sich die Reise entwickelt hatte. Nachdem sie von der Radtour zurückgekehrt waren, hatte sie mit Thies im Beachclub ein wenig Sonne genossen, während sich der Rest anderweitig beschäftigt hatte.

Sie lagen auf Liegen ausgestreckt und ließen sich den lauen Seewind um die Nase blasen. »Stell dir mal vor«, sagte sie, die Augen hatte sie geschlossen. »Mein Vater hat mir gesagt, dass es okay für ihn ist, dass ich mein Studium geschmissen habe.«

»In diesen Worten?«

»Was meinst du?«

»Er wirkt wie ein sehr ehrgeiziger, zielstrebiger Typ.«

»O ja, das kannst du mir glauben. In den letzten Jahren hatten wir richtig viel Zoff deswegen, aber jetzt scheint er wirklich begriffen zu haben, dass es ein Fehler war, mir seine Pläne aufdrängen zu wollen. Ich kann es gar nicht glauben.« Sie setzte sich auf Thies' Liege und gab ihm einen Kuss. »Zuerst dachte ich, dass das hier ein Horrortrip werden könnte, damit, dass wir uns versöhnt in den Armen liegen, hätte ich nie gerechnet.«

»Horrortrip? Welche Rolle hast du mir dabei zugedacht?« Es sollte vermutlich wie ein Scherz klingen, aber sie merkte, dass er ein wenig verschnupft klang.

»Das hatte ich jetzt echt nicht auf dich bezogen. Wirklich nicht.«

Thies legte ihr eine Hand in den Nacken. »Dann bin ich ja beruhigt.« Seine Lippen schwebten über ihren, sein heißer Atem löste ein Kribbeln auf ihrem ganzen Körper aus. »Ich könnte mir vorstellen, noch ein bisschen Zeit allein mit dir zu verbringen, ehe wir uns das nächste Familienessen genehmigen.«

»Dagegen habe ich nichts einzuwenden«, gab sie fröhlich zurück und zog ihn auf die Beine. »Zum Glück kennen wir ja jetzt den Weg und verlaufen uns nicht mehr.«

Er lachte. »Wobei ich es letzte Nacht auch sehr schön hier fand, definitiv ein Erlebnis, an das ich mich gern erinnern werde.«

Das klang irgendwie seltsam, aber nein, sagte sie sich. Nachdem sie ihr kleines Tief überwunden hatte, hatte sie begriffen, dass Thies vermutlich keine böse Absicht gehegt hatte, indem er ihr nichts von seiner Nebentätigkeit erzählt hatte. Wirklich viel geplaudert hatten sie bisher auch nicht. Und wenn, dann war es oft um sie und ihre Familie gegangen, wie sie zugeben musste. Nathalie war klar, dass sie kompliziert war, deshalb hatte sie sich auch auf die Fahne geschrieben, nichts überzubewerten und schon gar nichts mehr zwischen den Zeilen zu interpretieren. »Komm«, raunte sie ihm ins Ohr. »Lass uns ein paar Erinnerungen schaffen, ehe wir zum Abendessen fahren.«

Kurz vor achtzehn Uhr saßen sie in einer Großraumlimousine und ließen sich in die Berge kutschieren. »Was für eine schöne Landschaft.« Nathalie legte ihre Hand auf Thies' Oberschenkel.

»Ich habe es mir auch ganz anders vorgestellt, viel trockener und nicht so grün. Wirklich bezaubernd.«

»Du bist bezaubernd«, flüsterte sie und hauchte ihm einen Kuss auf die Wange.

»Du auch«, erwiderte er leise.

Sie fühlte sich großartig, federleicht und unbeschwert. Nathalie konnte sich nicht erinnern, wann es ihr zuletzt so ergangen war. Vielleicht noch nie. Sogar Alexanders blödes Geschwafel machte ihr gerade nichts aus.

Sie bemerkte, dass ihre Mutter stumm aus dem Fenster starrte, und auch Oliver war heute Abend sehr schweigsam.

Oje. Gab es Stress bei den beiden? Hatte Alexander womöglich seine Drohung wahr gemacht und einen Keil zwischen sie getrieben? Wundern würde es Nathalie nicht. Sie nahm sich vor, ihre Mutter nachher einmal darauf anzusprechen, obwohl sie sich nicht vorstellen konnte, dass sie ihr wirklich erzählen würde, was los war.

Als sie das Dorf Albertobello erreichten, stand die Sonne tief am Himmel und zauberte ein kitschiges Rosa an den Horizont, das die niedlichen Gassen mit ihren Zipfelhäuschen noch malerischer wirken ließ. Überall blühten Blumen, ein betörender Duft zog durch die schmalen Straßen. Nachdem sie eines von den traditionellen apulischen Häusern mit dem typisch spitzen Dach besichtigt hatten, kamen sie an einer Brautgesellschaft vorbei. Das Hochzeitspaar stand vor einem der Häuschen und gab sich gerade einen innigen Kuss, dann applaudierten die Gäste. Obwohl sie alles andere als ein Fan von Kitsch war, berührte sie diese Szene auf eine eigenartige Weise, die sie nicht in Worte fassen konnte.

»Süß, oder?«, meinte Thies, der, wie so oft, ihre Gedanken lesen konnte.

»Bisschen dick aufgetragen«, redete sich Nathalie heraus, obwohl es nicht stimmte. Für einen kurzen Moment hatte sie sich selbst mit Thies dort gesehen, und dieses Bild hatte sie nachhaltig aus dem Gleichgewicht gebracht. Gundulas Worte »Du musst ihn ja nicht gleich heiraten« klangen in ihrem Kopf. Tja.

Zu blöd, dass sie sich anscheinend doch irgendwie in ihn verguckt hatte. Egal, sagte sie sich, das hier war ein Urlaub. Da sah man alles übertrieben und dreimal so intensiv wie sonst. Vielleicht würden sich ihre Wege nach diesem Wochenende bald wieder trennen, wenn sie merkten, dass sie eben doch nicht so kompatibel waren, wie es jetzt schien. Denn so verbindlich und zuvorkommend Thies auch auftrat, so wenig gab er in den Momenten, in denen sie allein waren, von sich preis. Das zumindest hatten sie definitiv gemeinsam, was nur heißen konnte, dass er nicht davon überzeugt war, dass aus ihnen was Längerfristiges wurde.

Gott, jetzt tat sie es ja schon wieder. Sie musste damit aufhören, und zwar sofort.

»Oh, komm, wir verpassen noch den Anschluss«, meinte sie gespielt lässig und zupfte Thies mit sich, um den anderen zu folgen.

Sie landeten in einem schnuckeligen Restaurant, über ihnen baumelten Lichterketten. Aus den Lautsprechern tönte »*O sole Mio*«, Rotwein, Olivenöl und Weißbrot standen schon auf dem Tisch bereit. Nathalies Vater hatte einen Volltreffer gelandet, das musste sie zugeben. Er und Theresa schienen sich wieder besser zu verstehen, sie wirkte zumindest sehr gut gelaunt.

Nachdem sie die Vorspeise – Artischocken, Tomaten und Mozzarella, gegrillte Champignons und geräucherten Schinken – gegessen hatten, erhob Martin das Glas.

Nathalie trank einen Schluck Wasser.

»Danke, dass ihr alle hier seid, ich bin glücklich, dass wir so eine gute Zeit miteinander verbringen können. Und Nathalie, dir möchte ich besonders danken. Thies, herzlich willkommen in der Familie. Jetzt fehlen nur ein paar Enkelkinder zu unserem Glück, nicht wahr, Christine?« Er nickte seiner Noch-Ehefrau zu, und Nathalie spuckte das Wasser aus, das sie gerade im Mund hatte.

Oliver war entsetzt, denn es traf ihn.

»O Gott, das tut mir so leid!« Nathalies Wangen brannten. So was Peinliches war ihr noch nie passiert. Aber die Worte ihres Vaters hatten sie schockiert.

Enkelkinder?

Er wusste nichts von ihrer Fehlgeburt. Er konnte also nicht wissen, in welches Fettnäpfchen er da trat.

»Nathalie?« Ihr Vater furchte die Stirn.

»Tut mir leid, ist mir in den falschen Hals gekommen, sprich bitte weiter.« In die Augen konnte sie niemandem sehen, auch nicht Thies, von dem sie spürte, dass er sie anschaute.

Sie hörte seine Frage förmlich im Geiste: Willst du etwa keine Kinder? Oder nur nicht mit mir?

Dass es um einiges komplexer war als das, konnte er natürlich nicht wissen, und hier würde sie ihm nichts von der schlimmsten Zeit ihres Lebens erzählen. Nathalie überlegte gerade, was sie zu Thies sagen konnte, ohne dass die anderen es mitbekamen, als ihre Mutter aufsprang und ihre Serviette auf den Tisch feuerte.

»Es tut mir leid, ich kann das nicht mehr!« Ihre Stimme klang schrill, und sie wedelte mit den Händen vor ihrem Gesicht, Tränen kullerten über ihre Wangen.

»Christine, setz dich doch wieder«, bat Oliver sie bedröppelt.

Nathalie erstarrte, was war denn hier los? Das fragten sich

alle am Tisch. Nur Alexander wirkte amüsiert. Dieses Arschloch!

»Ich habe es versucht, wirklich, aber ich kann hier keinen auf heile Familie machen, mir etwas über mögliche Enkelkinder anhören. Das funktioniert für mich nicht. Ich muss … ich muss weg.« Dann rannte Christine davon.

Martin warf Nathalie einen merkwürdigen Blick zu, dann begriff sie und stand auf. »Ich gehe schon, ich sehe nach ihr. Macht ihr hier weiter, ja?«

»Soll ich dich begleiten?«, bot Thies an.

»Nein, schon gut. Sie beruhigt sich bestimmt gleich.«

»Das kann ich mir kaum vorstellen, sie hat doch Oliver nur benutzt, um an ihren Alten wieder ranzukommen«, ätzte Alexander.

Martin schlug mit der flachen Hand auf den Tisch. »Genug! Du hältst jetzt mal deinen frechen Mund! Dein ewiges Gemotze habe ich sowieso dicke!«

Nun mischte sich Oliver ein. »Was bildest du dir eigentlich ein, gegen meinen Sohn zu wettern?«

Nathalie warf Thies einen flehenden Blick zu. »Geh zu deiner Mutter«, sagte er ruhig. »Ich kümmere mich um die Streithähne hier.«

Sie war ihm so dankbar, dass sie ihn gerne geküsst hätte. Sie würde es später nachholen. Nathalie wusste nicht, wo ihr der Kopf stand. »Okay, ich habe mein Handy mit.« Sie schnappte sich ihre Handtasche.

Er nickte und schenkte ihr ein aufmunterndes Lächeln, dann hetzte Nathalie in die Richtung, in die ihre Mutter verschwunden war.

Sie fand sie nach ein paar Minuten an der Stelle, an der sie vorhin aus der Limousine ausgestiegen waren. Christine saß auf einer Bank. »Mama?«, sprach sie sie an.

»Oh, Nathalie. Entschuldige, dass ich mich so danebenbenommen habe.«

»Darf ich?«

»Ja, setz dich ruhig. Gott, ist mir das peinlich.«

»Was ist denn genau passiert?«

Christine seufzte und tupfte sich mit einem Taschentuch über die Augen. »Ich … ich habe gemerkt, dass ich doch mehr an deinem Vater hänge, als mir klar war. Ich kann mir das alles nicht mitansehen, wie er mit dieser neuen jungen Frau, du weißt schon … Und dann hat Alexander auch Oliver aufgehetzt, der ist jetzt natürlich sauer auf mich, und ich, na ja. Als es um Enkelkinder ging, habe ich begriffen, dass, wenn es so weit ist, nicht dein Vater und ich auf das Baby aufpassen werden, sondern ich allein. Das fühlte sich so falsch an, dass ich es nicht mehr ausgehalten habe.«

»Mama, also erstens, da ist lange kein Baby in Sicht, wirklich nicht. Was alles andere betrifft: Noch seid ihr nicht geschieden. Falls du Papa nach wie vor liebst, solltest du ihm das sagen.«

Sie vergrub das Gesicht zwischen den Händen. »Wie sieht das denn aus, Nathalie. Das ist alles so peinlich. Ich kann nicht mehr zurück.«

Das konnte Nathalie sogar irgendwie verstehen. »Sollen wir ins Hotel fahren? Ich besorge uns ein Taxi.«

»Ich will dich nicht belasten.«

»Mama, komm, lass uns von hier verschwinden. Du belastest mich nicht.« Nathalie schrieb Thies eine SMS, dass sie sich nachher im Hotel wiedersehen würden, dann entdeckte sie die Limousine des Hotels und winkte dem Fahrer.

»Schau, da ist der Wagen, mit dem lassen wir uns kutschieren.«

Nathalie war selbst überrascht, dass ihre Mutter ohne Widerworte mitkam.

Die Fahrt verlief schweigend, Christine hing ihren eigenen Gedanken nach. »Ich muss abreisen«, war alles, was sie tonlos von sich gab. »Ich kann niemandem mehr in die Augen sehen, das kann ich nicht.«

»Mama, so schlimm war es doch nicht. Ein kleiner emotionaler Ausbruch, niemand nimmt dir das übel.«

»Doch, ich nehme mir das übel. Das hätte nicht passieren dürfen, ich hatte mich nicht im Griff.«

Gut, zumindest kapierte Nathalie jetzt, woher sie diesen Zug hatte, dass man alles mit sich allein ausmachen sollte. Nathalie seufzte und drückte ihre Mutter. »Ehrlich, für deine Gefühle kannst du doch nichts, das ist menschlich.«

Christine erwiderte nichts, gerade erreichten sie auch das Hotel. Nathalie erklärte dem Chauffeur, dass er bitte wieder nach Albertobello fahren möge, um die anderen wie geplant abzuholen.

Christine schniefte. »Ich muss nachdenken, Kind. Ich muss nachdenken.«

»Heißt das, du willst allein sein?«

»Ja, ich glaube, ja.«

»Was ist mit Oliver?«

»Mit dem spreche ich nachher, der Arme kann von allen am wenigsten dafür.«

Nathalie begleitete ihre Mutter aufs Zimmer, dann setzte sie sich an die Hotelbar und bestellte sich einen Wodka-Martini. Das Zeug schmeckte ekelhaft, aber es half dabei, ihre Nerven zu beruhigen.

»Ah, da bist du«, ertönte etwas später eine vertraute Stimme hinter ihr.

Nathalie wirbelte herum und war glücklich, Thies zu sehen. Sie sprang auf und warf sich in seine Umarmung. »Wie gut, dass du da bist! Und? Wie war's bei euch?«

Thies küsste sie, und Nathalie vergaß, dass er noch keine

Antwort gegeben hatte. »Sollen wir raufgehen? Es ist schon spät«, schlug er vor, als er sich von ihr löste.

»Unbedingt! Ich bin total erledigt.«

Sie unterschrieb den Beleg für ihren Drink, dann gingen sie nach oben. Nachdem die Tür hinter ihnen ins Schloss gefallen war, ließ sich Nathalie rücklings aufs Bett fallen und stöhnte. »Was für ein Abend! Erzähl mal, was war bei euch? Gab es eine Schlägerei? Ich dachte, die gehen gleich aufeinander los.«

Thies legte sich neben sie und fuhr die Linie ihres Kiefers mit seinen Fingerspitzen nach und dann an ihrem Hals entlang. »Beinahe, ich konnte es gerade noch verhindern. Der Hauptgang hat's gerettet.«

»Du verarschst mich, oder?«

»Nein.«

»Dein Vater sagte dann nüchtern: Lasst uns wie zivilisierte Leute essen, was Christine möchte oder nicht, kann sie selbst formulieren. Sie ist eine erwachsene Frau, und ich weigere mich, über sie zu reden, solange sie nicht hier ist. Sie entscheidet selbst, mit wem sie zusammen sein will.«

Nathalies Mund klappte auf. »Nein! Das klingt ja so, als ob er auch noch interessiert wäre?«

Thies verzog seine Lippen. »Kann sein. Aber ehrlich, ich möchte jetzt eigentlich nicht über deine Eltern reden …« Er bedeckte ihr Schlüsselbein mit heißen Küssen und Nathalie seufzte genüsslich.

»Oh, ich auch nicht, hör bloß nicht auf …«

Thies rollte sich über sie und hielt ihre Hände fest, er lächelte. »Sag mal, wieso hast du dein Wasser ausgespuckt, als die Sprache auf Enkelkinder kam? Willst du keine Kinder?«

Nathalie versteifte sich. »Gerade sagst du noch, du willst nicht die ganze Nacht mit Reden verbringen … Für Gespräche über Kinder ist es auch ein bisschen früh, oder?«

Für eine Sekunde verblasste sein Lächeln, dann nickte er kaum merklich. Nathalie wusste nicht, was sie davon halten sollte. »Du hast recht, ich weiß, was besser ist als reden.«

Und dann küsste Thies sie so fordernd, dass sie vergaß, was sie hatte erwidern wollen.

KAPITEL DREIZEHN

»Schönen Dank auch, dass du die Reise für fast alle ruiniert hast«, zischte Nathalie Alexander nach dem Aussteigen im Hamburger Flughafengebäude zu. Thies musste ein Grinsen unterdrücken. Er liebte es, wie geradlinig sie war. Eine Eigenschaft, die er sehr an ihr schätzte.

Alexander zuckte nicht mit der Wimper, sondern schaute nur arrogant auf Nathalie herab. »Tja, blöd, wenn man die Wahrheit nicht vertragen kann.«

Thies wollte dem Blödmann zu gern die Fresse polieren, ließ es aber sein. Der Kerl war es nicht wert, dass er sich die Finger an ihm schmutzig machte. Nathalie warf Thies einen Blick zu, den er als »Lass uns abhauen« interpretierte, und sie setzten sich in Bewegung. Nathalies Mutter hatte bereits den ersten Flieger genommen, allein. Sie war in der Nacht abgereist. Sie hatten erst heute Morgen beim Frühstück davon erfahren. Die Stimmung war natürlich dementsprechend gedrückt gewesen, um es vorsichtig zu formulieren.

Oliver war kreidebleich und sagte noch immer keinen Ton.

Martin hatte Theresa an sich kleben, und Alexander? Der war eben Alexander, mit Bianka im Schlepptau.

»Willst du mit deinem Vater reden?«, wollte Thies von Nathalie wissen, während sie den breiten Gang entlang marschierten. Es war viel los am Flughafen, sie hatten ordentlich Gegenverkehr.

»Nee, schon gut. Wir müssen das alle sacken lassen. Komm, wir holen unsere Koffer und verschwinden«, erwiderte Nathalie mit einem Seufzen.

Thies' Gewissen regte sich, während er das Handy anschaltete und neben ihr herging.

»Oh, du hast mir gestern Abend was geschickt?«, fragte er, als Nathalies SMS, die sie in Albertobello geschrieben haben musste, aufpoppte.

»Äh, ja! Das siehst du jetzt erst? Bisschen spät!« Sie lachte. Wenigstens etwas, ihren Humor hatte sie über den Stress mit den Eltern nicht verloren.

»Sorry, ich hatte es ausgeschaltet, nachdem es Freitag so viele Unterbrechungen gegeben hatte … du weißt schon. Weil wir unsere Ruhe genießen wollten, also ich zumindest.« Thies grinste anzüglich.

Sie tätschelte seinen Oberarm. »Ich verstehe das sehr gut, kein Problem, und wir haben uns ja gefunden …«

Eine Ausweiskontrolle gab es in Hamburg nicht, weil sie aus Italien anreisten, deshalb nahmen sie direkt die Treppe nach unten zu den Gepäckbändern. Thies' Handy brummte in einem fort. Er seufzte leise. Er mochte gar nicht wissen, wer alles etwas von ihm wollte. Außerdem wusste er immer noch nicht, woran er bei Nathalie war.

Sie gab sich betont lässig wie immer, aber in ihren Gesprächen waren sie bislang nie über eine oberflächliche Unterhaltung hinausgekommen. Das kam ihm zunehmend seltsam vor.

Auch, wie sie gestern beim Essen und im Zimmer auf das Kinderthema reagiert hatte.

Womöglich war es für sie wirklich nur ein kurzer Flirt, und sie wollte gar nicht mehr als das. Den Gedanken fand er enttäuschend, aber zu mehr kam er nicht, denn sein Handy brummte weiter in regelmäßigen Abständen. Als Thies das nächste Mal auf das Display schaute, stieß er einen derben Fluch aus. Luca hatte ihm per Whatsapp mitgeteilt, dass die Flüge nach Ankara wegen des bevorstehenden Pilotenstreiks verschoben worden waren – auf kurz nach sechs morgen früh.

»Was ist?«, wollte Nathalie wissen. »Ach, guck mal, da kommen unsere Koffer schon.«

»Wenigstens etwas, das funktioniert.« Er zog zuerst ihren, dann seinen vom Band.

»Zu dir oder zu mir?«, fragte sie anschließend und wackelte anzüglich mit den Brauen.

Sein Magen zog sich zusammen, weil er nicht genau wusste, wie er es formulieren sollte. »Weder noch, leider! Nathalie, ich muss direkt wieder Koffer packen, tut mir echt leid. Ich bin in den nächsten zwei Wochen viel unterwegs. Ich hoffe, das ist kein Problem für dich?«

Ihr Lächeln verblasste. »Dein Charity-Ding, vermute ich? Klar, ich wollte jetzt auch nicht deine ständige Begleiterin werden.« Sie lachte, es klang hoch und irgendwie künstlich. Thies fühlte sich wie ein Idiot. Nathalie glaubte sicher, dass er sie zurückwies. Trotzdem verletzte ihn ihr knallharter Spruch, der wohl eher witzig gemeint gewesen war, bei ihm aber ganz anders ankam. Es war auf einmal irgendwie kompliziert geworden. Thies traute sich nicht, das auszusprechen, was in ihm vorging, weil er nicht wusste, was sie dachte. Und neben der Gepäckausgabe war auch nicht der richtige Ort, um über große Emotionen zu plaudern.

»Weißt du, ich habe wirklich viel Spaß mit dir, Nathalie. Aber irgendwann musst du mich mal hinter deine Stirn blicken lassen, ich bin nämlich verdammt schlecht darin, zu raten, was du fühlst.« So. Da hatte er es gesagt. Sein Herz klopfte schneller, während sich ein merkwürdiges Gefühl in seinem Bauch ausbreitete.

»Bitte, wir stehen hier an der Gepäckausgabe am Flughafen, Thies.« Damit sprach sie das aus, was er eben selbst gedacht hatte. »Da werde ich doch nicht noch rührselig. Du hast zu tun, das verstehe ich. Das Wochenende war ja auch spontan und kurz und vor allem anstrengend. Mach du, was du zu tun hast, dann können wir uns ja mal wieder treffen.«

Dann können wir uns ja mal wieder treffen?

Er war für einen Augenblick sprachlos. Das hatte gesessen, und so hatte er sich nach diesem besonderen Wochenende bestimmt nicht von ihr verabschieden wollen. Weil Alexander gerade zu ihnen trat und sich mit Bianka zu einem »Tschüss« herabließ, schwieg Thies. Aber vergessen konnte er ihre Antwort nicht. »Also, Leute, schätze nicht, dass wir uns in der Konstellation wiedersehen«, posaunte Alexander heraus.

Thies verdrehte die Augen. »Ciao, Alexander, und mach's gut, Bianka.«

Nathalie sagte gar nichts.

Nachdem Alexander mit seiner Freundin verschwunden war, trat Nathalie von einem Fuß auf den anderen. »Gut, also, dann wollen wir mal, sonst schlagen wir hier Wurzeln.«

Sie schnappte sich ihr Köfferchen, und Thies lief mit seinem eigenen neben ihr durch die sich automatisch öffnenden Türen hinaus in den Ankunftsbereich. Er bekam mit, wie sich andere Leute um den Hals fielen, sich freuten und Rosen verteilten, als sie ihre Lieben begrüßten. Seine eigene Stimmung könnte nicht kontrastreicher dazu ausfallen. Er wollte nur weg.

War es wirklich möglich, dass Nathalie die gemeinsamen Tage gar nichts bedeutet hatten? Dass er nur ein netter Zeitvertreib für sie gewesen war, ein unterhaltsamer Begleiter, den man vielleicht »irgendwann mal wieder« treffen konnte, wenn es ihr in den Kram passte?

Nun, sie hatte es ihm vor der Reise deutlich gemacht, oder? Sie stand nicht auf Schnösel wie ihn.

Aber sie hatte auch ihre Gefühle erkunden wollen. Hatte sie gelogen, als sie das so gesagt hatte? Oder sie hatte einfach befunden, dass es nicht passte mit ihnen. Das war auch möglich.

Gerade wusste Thies nicht, was er glauben konnte oder wollte. »Ich, ähm, nehme die S-Bahn«, erklärte Nathalie zögerlich, als sie vor dem Kaffeeladen im Ankunftsbereich stehen blieben.

»Ich nehme ein Taxi«, war alles, was er tonlos hervorbrachte.

»Okay, dann …« Sie umarmte ihn ungelenk, und er blieb stocksteif stehen. »Wir sehen uns. Eine gute Zeit für dich, Thies. Tschüss.«

Ohne sich umzublicken, stiefelte Nathalie mit ihrem Koffer davon. Thies rieb sich mit der Hand über das Gesicht, weil er nicht begriff, was das sollte.

Er fühlte sich vor den Kopf gestoßen und fragte sich, ob er sich all die emotionalen Momente zwischen ihnen nur eingebildet hatte.

Sehr wahrscheinlich war es so, dass nur er sich mehr vorstellen konnte. Das musste er akzeptieren, was blieb ihm schon übrig? Weh tat es trotzdem, denn er hatte gedacht, dass er und Nathalie auf einer Wellenlänge wären. Er hatte geglaubt, dass zwischen ihnen eine besondere Verbindung bestand, die zu einer gemeinsamen Zukunft führen könnte. Tja, er hatte sich wohl getäuscht.

Thies schluckte und straffte seine Schultern, wer würde sich davon nicht runterziehen lassen. Dazu blieb ihm im Grunde auch gar keine Zeit, denn sein Terminplan war voll. Er trollte sich, trat durch die Drehtür hinaus in die frische Abendluft und stieg in ein Taxi. In den kommenden zwei Wochen würde er vielleicht verstehen, was eben passiert war – oder auch nicht. Gerade jetzt fühlte er sich einfach nur maßlos überfordert. Und dämlich.

~

Ich sollte endlich einen Schlussstrich ziehen, dachte Nathalie, während sie den nächsten Anrufer entgegennahm. Seit sie aus Italien zurückgekommen war, hatte sie sich in die Arbeit gestürzt. Hauptsächlich, um sich nicht mit ihrem eigenen Leben zu befassen. In dem Punkt zumindest hatten ihre Freundinnen und Gundula recht. Leider.

Trotzdem wusste Nathalie nicht, was sie ändern konnte oder sollte. Gerade fehlte ihr der nötige Mut, sich damit zu beschäftigen, weil das nun mal verdammt unbequem war. Wer kramte schon gern in den eigenen Problemen herum? Genau. Niemand.

Aber Nathalie war nicht dumm. Wenn sie nicht an sich und ihren Ängsten arbeitete, würde sich niemals etwas ändern, und das wollte sie doch. Auch, wenn es hieß, dass es vielleicht schiefgehen konnte. Nun, gerade hatte sie jedenfalls keine Zeit, denn ihr Kunde wartete. Nachdem sie ihre übliche Begrüßung heruntergeleiert hatte, erstarrte sie. Die Stimme kannte sie. Es war Helmut!

»Hey, was führt dich heute zu mir?«, fragte sie, während sich ein komisches Gefühl in ihrer Magengrube ausbreitete. Sie glaubte nicht, dass sie in der Lage wäre, ihm zu einem Orgasmus zu verhelfen. Seit sie ihn persönlich kennengelernt hatte, war eine Grenze überschritten worden, die sie dahingehend blockierte. Aber sie wollte auch nicht unhöflich sein.

»Ich wollte hören, ob du noch da bist.«

Sie lächelte schwach und setzte sich aufs Fensterbrett im Wohnzimmer. Die Sonne schien, aber vor einer halben Stunde war ein Regenguss vom Himmel gekommen. Auf dem Asphalt standen Pfützen, in denen sich die Wolken spiegelten. »Ich bin da«, gab sie zurück und atmete leise aus.

»Ich wollte dir etwas erzählen.«

»Das ist mal was anderes!«, scherzte sie. »Was möchtest du erzählen?«

Nathalie war erleichtert, denn ihre früheren Telefonate waren ganz anders gewesen, das hieß, dass es hier um nichts Sexuelles ging. Was komisch war, immerhin zahlte Helmut dafür. Ihre Reaktion auf seinen Anruf machte ihr jedoch noch einmal deutlich, dass sie diese Tätigkeit an den Nagel hängen musste. Besser früher als später.

»Ich habe mit meiner Frau geredet. Ich habe ihr nicht gesagt, dass ich, ähm, guter Kunde bei einer Sexhotline war, aber ich habe ihr vorgeschlagen, dass wir vielleicht mal was ausprobieren könnten.«

Er klang gut gelaunt, also musste das Gespräch einigermaßen okay gelaufen sein.

»Wie schön, dass du so mutig warst. Was hat sie gesagt?«

»Sie war zunächst erstaunt, natürlich, aber dann war sie einverstanden. Nathalie, ich will nicht ins Detail gehen, das ist zwischen mir und meiner Frau, aber ich möchte mich bei dir bedanken, dass du mich dazu ermutigt hast. Ich hätte diesen Schritt viel eher gehen sollen, aber das spielt jetzt keine Rolle mehr. Die Hauptsache ist: Ich war nie glücklicher als jetzt, und das habe ich dir zu verdanken und der Tatsache, dass wir uns begegnet sind.«

O Gott. Nathalie war gerührt, ihre Kehle wurde eng. »Das ist wundervoll«, gab sie mit belegter Stimme zurück.

»Nicht wahr?«

»Und wie! Ich bin stolz auf dich.«

»Danke. Ich weiß, es hat damit nichts zu tun, aber ich möchte noch mal über die Stelle im Club reden.«

Nathalie erstarrte. »Bitte nicht.«

»Ich möchte nicht scheinheilig klingen, deine Tätigkeit bei der Hotline ist ein Segen für viele, für mich auch. Trotzdem hatte ich neulich den Eindruck, dass du bereit bist für etwas Neues.«

»Das stimmt tatsächlich, aber das heißt nicht, dass ich im Büro des Hanseatischen Herrenclubs arbeiten möchte. Tut mir leid, ich danke dir sehr, Helmut, aber … nein. Das möchte ich nicht.«

»In Ordnung. Aber ich möchte, dass du weißt, dass ich immer ein offenes Ohr für dich habe, wenn du mal Hilfe brauchst. Oder ist das jetzt zu persönlich?«

Ihre Mundwinkel bogen sich nach oben. »Wir haben viele persönliche Momente geteilt, Helmut. Die bleiben unter uns und für immer. Es liegt aber auch in der Vergangenheit. Unsere Zukunft ist etwas anderes. Trotzdem danke ich dir, aber ich glaube nicht, dass wir im echten Leben Freunde sein können.«

Eine kurze Pause entstand, sie hoffte, dass er es nicht als Beleidigung oder Zurückweisung auffasste.

Sie war erleichtert, als sie seine Stimme hörte, die nicht verschnupft klang. »Das ist in Ordnung für mich. Dann … trennen sich jetzt unsere Wege. Ich wünsche dir alles Gute.«

»Danke, das kann ich nur zurückgeben. Alles Gute von mir.«

Niemand musste aussprechen, dass das, was hier gesagt worden war, ihr Geheimnis bleiben würde. Das forderte schon ihre

Berufsehre von ihr, und alles andere wäre falsch. Natürlich war es nicht auszuschließen, dass sie sich mal über den Weg liefen, in diesem Fall würde sie ihn niemals auf etwas ansprechen, was hier geäußert worden war. Und sie wusste, er würde es genauso halten.

Dies war ein Abschied, aber ein schöner. »Tschüss, Helmut«, sagte sie und wartete, dass er auflegte.

»Tschüss, und danke noch einmal.« Dann war er aus der Leitung, und Nathalie nahm das Headset aus dem Ohr. Dann stöpselte sie es doch wieder ein und rief ihre Chefin an, um ihr mitzuteilen, dass sie aufhören wollte. Die hatte Verständnis für Nathalie, sie sah es pragmatisch und wollte sich gleich um die Vertragsauflösung mit sofortiger Wirkung kümmern.

Nach dem Telefonat ging Nathalie erst einmal hinauf ins Bad und wusch sich das Gesicht mit eiskaltem Wasser. Es war ein großer Schritt, sie fühlte sich befreit, aber auch ein bisschen wehmütig.

Ab sofort würde sie sich mit ihrem eigenen Kram befassen müssen, und genau das wollte sie jetzt tun.

»Ich muss endlich mein Leben auf die Reihe kriegen«, sprach Nathalie sich selbst Mut zu, während sie zum Schreibtisch ging, um einen Post-it-Block hervorzukramen.

Berufswahl, schrieb sie auf den ersten und pappte ihn an die Spiegeltür ihres Kleiderschranks. Sie stemmte die Hände in die Hüften, während sie das gelbe Zettelchen eine Weile betrachtete.

Uni, kam nach einem Augenblick des Nachdenkens auf den zweiten mit einem Fragezeichen. Hamburg schrieb sie dazu und gleich zwei weitere dahinter.

Beziehung Mama und Papa, kam auf den dritten. Das ging sie insofern etwas an, als dass ihre Mama nach der Italienreise kurzerhand wieder die Koffer gepackt hatte und an die See verreist war. Seitdem klingelte ihr Vater beinahe täglich bei

Nathalie durch, um sich zu erkundigen, ob sie was von der Mama gehört hätte.

Es klang auf jeden Fall so, als ob Martin Henning auch noch mehr für seine Noch-Ehefrau empfinden würde. Die beiden benahmen sich schlimmer als Teenager, aber Nathalie wusste nicht, wie sie ihnen helfen konnte oder ob sie das überhaupt sollte.

»Als ob ich keine eigenen Probleme hätte!«, brummte sie vor sich hin.

Liebesleben, kritzelte sie auf den vierten. Den Namen Thies brauchte sie nicht dazuzuschreiben, denn von ihm hatte sie seit der Italien-Reise nichts mehr gehört.

Kurz war sie versucht, diesen Post-it wieder zu entfernen, aber da das Thema – zumindest für sie – lange nicht abgehakt war, blieb er kleben.

Wohnsituation, kam auf den fünften. Über kurz oder lang würde Gundula wieder abreisen, und auf neue WG-Mitglieder hatte Nathalie keine Lust. Aus dem Alter war sie allmählich wirklich raus. Sie sehnte sich nach einem heimeligen Nest. Hier fühlte sie sich immer einsamer, das Haus war für sie allein viel zu groß. Und wenn Gundula erst einmal wieder zurück an der Ostsee war, würde Nathalie hier nur Trübsal blasen. Nein, daran musste sie etwas ändern, was, wusste sie jedoch nicht. Es war kein Geheimnis, dass es derzeit an ein Wunder grenzte, in Hamburg eine bezahlbare, schöne Wohnung zu finden. Womöglich würde sie sogar mehr für eine viel kleinere Bude blechen müssen. Das stellte sie vor ein Problem, vor allem, weil sie gerade gekündigt hatte.

Später, sagte sie sich. Sie wollte ihren eigenen Plan nicht jetzt schon aufgeben und dachte nach, was auf ihren Zetteln fehlte. Zu mehr kam sie jedoch nicht, denn es klingelte an der Tür.

»Überraschung«, riefen Miriam und Rebecca unisono, als

Nathalie öffnete. Für einen kurzen Moment hatte sie gehofft, es könnte Thies sein. Natürlich kam er nicht her. Vielleicht war er noch gar nicht zurück, von wo auch immer. Er hatte ihr ja nicht einmal mitgeteilt, wohin ihn seine Arbeit dieses Mal führte. So viel dazu.

Nein, sie wollte nicht an ihn denken, nicht jetzt, wo ihre Freundinnen da waren.

Nathalie freute sich riesig, die beiden so unerwartet zu sehen. »Was macht ihr denn hier?«

»Wir haben dich vermisst, es ist Freitagabend, sollen wir nicht mal wieder ein bisschen zusammen abhängen?«, fragte Rebecca, während die drei ins Wohnzimmer gingen.

»Ich freu mich total!«, jubelte Nathalie. »Was kann ich euch anbieten?«

Miriam ließ sich aufs Sofa fallen und guckte Nathalie zweifelnd an. »Ich gehe mal davon aus, dass du nichts im Kühlschrank hast?« Sie grinste.

»Schön, dass du mich so gut kennst. Aber seit Gundula da ist, ist es besser.«

»Wo ist die denn überhaupt?«, wollte Rebecca wissen, die im Schneidersitz auf dem Sessel Platz genommen hatte.

»Speed-Dating«, erklärte Nathalie amüsiert. »Die Frau ist unterwegs, um ihr Leben zu genießen.«

»Sie ist so cool! Wenn ich alt bin, will ich mal werden wie sie. Natürlich nicht Witwe, aber ihr wisst schon, was ich meine.« Miriam wedelte mit den Händen.

»Wie wäre es mit Chinesisch? Ich habe Hunger, hab den ganzen Tag gearbeitet. Mein Gehirn ist sozusagen Brei.« Nathalie zückte ihr Handy und rief die Seite des Lieferdienstes auf.

»Klar, wieso nicht! Ich nehme die achtundvierzig, das hat sich bestimmt nicht geändert bei denen. Wieso bist du nicht mit beim Speed-Dating?«, kehrte Rebecca zum Thema Liebe zurück.

»Ich hatte doch schon gesagt, ich musste arbeiten«, wich Nathalie kleinlaut aus. Sie hatte den beiden noch nichts von Italien erzählt, aber das würde sie gleich nachholen. Nur was genau sie sagen sollte, wusste sie nicht. Sie hatte ihre Gefühle in den letzten Tagen weitestgehend verdrängt, obwohl sie sich ständig dabei erwischt hatte, dass sie an Thies dachte. Aber von ihm hatte sie seit der verkorksten Verabschiedung am Flughafen nichts mehr gehört. Was das bedeutete, war ja wohl klar. »Miriam, was willst du essen?«

»Ich nehme das Hühnchen süß-sauer, die Nummer weiß ich nicht.«

»Okay, super.« Sie tippte auf dem Display herum und schloss die Bestellung ab. Als sie aufblickte, guckten ihre Freundinnen Nathalie erwartungsvoll an. »Was ist?«

Rebeccas Augen wurden schmal. »Sag du es uns!«

Nathalie grinste. »Okay, Leute! Ich habe eben gekündigt.«

Die Münder ihrer Freundinnen klappten auf. »Nein!«, stießen sie gleichzeitig hervor. »Wieso?«

Mit einem Schulterzucken erklärte Nathalie: »Es war an der Zeit, ich trete auf der Stelle, komme persönlich nicht weiter.«

Rebecca durchbohrte sie förmlich mit ihrem prüfenden Blick. »Das klingt so reif, so erwachsen. Da muss noch mehr sein. Hat was mit Italien zu tun, oder?«

»Hat es, aber es ist kompliziert«, wandte Nathalie ein.

»Das ist es doch immer«, scherzte Miriam mit einem erwartungsvollen Grinsen. »Wir sind ganz Ohr.«

»Gut, ich fange mal bei meinem Vater und meiner Mutter an. Leute, ihr glaubt nicht, wie die zwei sich aufgeführt haben. Ein einziges Hin und Her. Ich weiß nicht, was da los ist, aber ich glaube, die sind nicht fertig miteinander.« Sie brachte ihre

Freundinnen über die Entwicklungen ins Bild, dann kam sie zu dem Gespräch mit ihrem Vater während der Radtour. Von Thies würde sie danach erst erzählen, weil sie wusste, dass die beiden total ausflippen würden vor Aufregung. Außerdem wusste sie selbst nicht genau, was sie sagen sollte. »Also, Papa hat mich bei der Radtour zur Seite genommen und, ihr werdet es nicht glauben, dann hat er sich tatsächlich bei mir entschuldigt.«

»Wow, echt? Wie schön«, kommentierte Miriam.

»Ich dachte erst so: O Gott, er ist krank, er muss sterben und will sich deshalb mit mir versöhnen.«

»Scheiße«, stieß Rebecca hervor. »Ist er krank?«

Nathalie lächelte und winkte ab. »Nein, zum Glück nicht! Er hat aber doch mittlerweile eingesehen, dass es falsch war – ich zitiere –, seine Träume auf mich zu projizieren. Er hat begriffen, dass seine Vorstellungen nicht meine sind und dass es sein Fehler war, das anzunehmen. Er möchte mich unterstützen, egal was ich tue.«

»Hast du ihm gesagt, dass du dich wieder einschreiben willst?«, fragte Rebecca.

»Nein, das wollte ich für mich behalten. Denn – ich hatte und habe Sorge, dass er dann wieder denkt, ich könnte es mir noch überlegen und doch mit in die Kanzlei einsteigen. Das will ich aber auf keinen Fall. Ich könnte mir eher vorstellen, in einem Bereich zu arbeiten, der einen vielleicht nicht reich macht, aber der mich am Ende des Tages mit einem guten Gefühl zurücklässt. Dass ich Leute bequatschen kann, habe ich schon gezeigt.« Sie grinste.

»Das ist wohl was anderes«, wandte Miriam ein.

»Ja und nein«, widersprach Nathalie. In einer Sache hatte Thies auf jeden Fall recht gehabt: Sie konnte glücklich sein, dass sie in diese Verhältnisse hineingeboren war. Unter diesen Voraussetzungen wollte sie mit ihren Fähigkeiten mehr anfangen, als nur Geld zu scheffeln. Wie genau das aussehen konnte, wusste sie aber noch nicht. »Ich habe keinen konkreten Plan, was und wie ich das mache, aber zumindest bin ich jetzt bereit, mein Leben wieder aufzunehmen.«

Rebecca und Miriam tauschten einen neugierigen Blick aus; ehe sie etwas fragen konnten, klingelte es an der Tür und das Essen wurde geliefert. Beim Futtern plauderten sie über Rebeccas Projekte und Miriams Geschäft. Es tat so gut, die beiden endlich mal wieder einen ganzen Abend für sich zu haben.

»Guckt mal, hier sind die Glückskekse, wer fängt an?« Nathalie schob jedem einen zu.

»Gleichzeitig!«, erwiderte Rebecca.

Nachdem ihre Freundinnen ihre Sprüche, die Gesundheit und Glück beschrieben, vorgelesen hatten, war Nathalie dran. »Liebe kommt von innen. Suche sie nicht draußen.« Sie schmiss den Zettel auf den Tisch. »So ein Käse, warum bekomme immer ich so doofe Sprüche? Egal, wie ich neulich schon sagte, ein Glückskeks macht noch keine Liebe.«

Rebecca lachte. »Wie? Wann sollst du das denn gesagt haben? Ich kapiere diese Sprüche auch nie. Klar ist aber, dein Thema soll die Liebe sein. Also, was liegt denn da an und zu *wem* hast du das mit dem Glückskeks gesagt?«

Nathalie merkte, dass sie rot wurde. »Dazu komme ich gleich, ich muss erst mal aufs Klo.«

Sie räumte den Müll zusammen und verschwand kurz. Als Nathalie wieder ins Wohnzimmer tapste, schimpfte Rebecca. »Könnt ihr es glauben? Ich bekomme nur Mist in meinem Insta-Feed angezeigt! Ich weiß gar nicht, wo das herkommt!« Rebecca hielt Miriam und Nathalie den Bildschirm vor die Nase. »Da! Schaut euch das Foto von den leckeren Teilchen an. *Kalorien von Gebäck*, steht auch drüber. Und es ist grammatikalisch falsch. Boah, ich könnte mich direkt übergeben! Das sollte verboten sein!«

Vorsichtig wandte Miriam ein: »Vielleicht hilft es Leuten, die keine Ahnung davon haben und etwas Kontrolle über ihre Nährstoffe erreichen möchten?«

Rebecca schickte ihr einen Blick, der töten konnte. »Sicher nicht! Es führt dazu, dass du dein Croissant nur mit schlechtem Gewissen essen kannst. Ich hasse so was.« Mit einem derben Fluch warf sie ihr Handy auf den Sofatisch. »Egal, ich rege mich gleich wieder ab. Habt ihr auch die Einladung zur Party bei Marius und Charlotte bekommen?«

»Stimmt, ja, nächstes Wochenende.« Das hatte Nathalie fast vergessen, sie musste zusagen.

»Wir kommen auch«, erklärte Miriam. »Wird sicher witzig, Charlotte ist so toll! Mit seiner Gummibärchenfabrik hat Marius wirklich eine Menge Liebe verbreitet. Ich erinnere mich genau, wie Götz in ganz Blankenese von Marius' Gummibärchen-Firma Herzen hat verteilen lassen. Das war so romantisch.«

»Und Charlotte hat sich in seine Fabrik eingeschleust, um sich an ihn ranzumachen«, kommentierte Rebecca amüsiert.

»So ähnlich, sie wollte ihre Lieblingsgummibärchen retten – eigentlich konnte sie Marius nicht leiden. Nun, das hat sich dann ja schnell geändert! Ach ja, muss Liebe schön sein.« Nathalie dachte an Thies und daran, dass er ihr bestimmt keine Gummibärchen schicken würde. Was er wohl gerade machte? Ob er noch im Ausland war?

»So, Herzchen, jetzt spuck mal aus, was geht bei dir ab? Du hast uns jetzt schon lange genug auf die Folter gespannt«, forderte Rebecca mit strengem Blick.

Nathalie seufzte. »Thies war mit in Italien.«

»Was? Und das sagst du erst jetzt? Wie war es?« Miriams Augen leuchteten auf.

»Wir hatten wirklich eine gute Zeit. Ich konnte es selbst nicht glauben, aber es hat doch gepasst, obwohl ich zuerst sicher war, dass es nicht gehen kann.«

»Und warum strahlst du dann nicht?«, kommentierte Rebecca mit einem Stirnrunzeln.

»Seitdem ist Funkstille.«

»War der Sex nicht gut?«, hakte Rebecca nach.

»Halleluja! Der war fantastisch! Wirklich, wirklich gut.«

»Aber?«, wollte Miriam wissen.

Nathalie zuckte die Schultern. »Es gab den Stress mit meinen Eltern, der Rückflug war okay, und in Hamburg dann macht er sein Telefon an und war auf einmal geschäftsmäßig kühl und total distanziert.«

»Das musst du genauer erklären«, bat Miriam sie.

Nathalie berichtete von der Abschiedsszene im Flughafen, woraufhin Rebecca wild gestikulierte. »Ich kann mir schon vorstellen, dass du mal wieder krass drauf warst. Du hast ihn zurückgewiesen, und jetzt traut er sich nicht mehr, weil er denkt, du findest ihn blöd. Du kannst manchmal ganz schön schroff sein, wenn man deinen Humor nicht kennt. Du weißt schon.« Miriam nickte.

»Hallo? Auf wessen Seite steht ihr eigentlich?«, protestierte Nathalie.

»Auf deiner, Liebes, auf deiner. Deshalb überlegen wir ja laut!«, hakte Miriam sich beschwichtigend ein.

»Warum meldest du dich nicht bei ihm?«, schlug Rebecca, wie immer pragmatisch, vor. »Überleg doch mal, der Mann ist viel beschäftigt. Hast du nicht was von Charity gesagt?«

»Sollte nicht er sich bei mir melden?«, widersprach Nathalie und lehnte sich zurück. »Was ist mit all den Dating-Regeln?«

»Wo leben wir denn? Im neunzehnten Jahrhundert? Wo ist meine emanzipierte, schlagfertige Nathalie hin?«, schimpfte Rebecca. »Ich finde, du übertreibst, Nathalie. Du solltest eher stolz auf ihn sein, dass er sich so für diese Kinder einsetzt, anstatt beleidigt. Du erwartest doch wohl nicht von einem Mann, dass er dir wie ein Hündchen hinterherläuft? So einer würde dich doch im Handumdrehen langweilen. Was willst du von ihm? Dass er den Superman für dich spielt?«

Das hatte gesessen. Nathalie schwieg einen Moment, dann sprach sie zum ersten Mal das aus, was wirklich Sache war: »Ich habe Angst, dass ich verletzt werde.« Sie seufzte und guckte auf ihre Finger.

Rebecca rückte näher und umarmte sie. »Ich weiß, aber du musst dein Herz öffnen, sonst wirst du es nicht herausfinden. Du hast doch gesagt, dass es in Italien gut mit euch geklappt hat? Dass er total nett ist und sogar bei deinen Eltern gut angekommen ist? Das spricht doch für ihn! Er ist kein Arsch.« Wie dein Ex, das musste sie nicht hinzufügen, Nathalie verstand das auch so.

»Ach, ich weiß nicht. Wenn er Interesse hätte, hätte er sich doch gemeldet.«

Rebecca grinste. »Unsinn, der Mann ist bestimmt von deiner toughen Art verunsichert. Außerdem hast du gesagt, dass er viel arbeitet. Ich wiederhole mich hier gerne noch einmal: Thies hat vielleicht gerade einfach viel um die Ohren. Probleme vielleicht? Ärger? Schon mal daran gedacht? Ruf du ihn an, wenn dir was an ihm liegt. Du hast dich bestimmt nicht so in ihm getäuscht.« Rebecca seufzte verzückt. »Ach ja! Wie schön, jetzt bringen wird dich unter die Haube! Ich wusste ja von Anfang an, dass da was im Busch ist. Los, ruf ihn an!«

Nathalies Hände waren eiskalt.

»Heute nicht mehr. Dafür bin ich schon viel zu rührselig nach dem ganzen Glutamat.« Aber beim Gedanken an ihn schlug ihr Herz höher, so viel war klar, und daran hatte sich auch nach zwei Wochen Funkstille nichts geändert.

»Na gut, das sehe ich ein. Wir gehen jetzt sowieso erst mal auf die Piste«, verkündete Rebecca und stand auf. »Los, Mädels, also, Nathalie, du kannst heute deine Jogginghose mal gegen was Glitzerndes eintauschen!«

Nathalie lachte, Miriam schüttelte amüsiert den Kopf und bedeutete den beiden, ihr nach oben zu folgen.

»Was ist das denn?«, erkundigte Miriam sich, als sie Nathalies Post-it-Plan am Schrank entdeckte.

»Das sind Dinge, die ich regeln muss.«

»Liebesleben«, las Rebecca vor. »Sehr gut. Mit dem Action-Point bin ich einverstanden. Aber jetzt suchen wir dir erst mal einen schicken Fummel raus, damit wir feiern gehen können!«

KAPITEL VIERZEHN

Mit Thies' Laune war es nicht gerade zum Besten bestellt. Er stand mit Malte und Luca im Club Mondoo auf der Reeperbahn. Die Musik war gut, aber er wollte einfach nicht so recht in Stimmung kommen. Zum einen steckte ihm die Reise in den Knochen – sie war sehr erfolgreich, aber auch kräftezehrend gewesen –, zum anderen nervte ihn Maltes Getue. Der hauste noch immer bei ihm in Eppendorf. Während Malte klagte, dass seine Gattin sich nicht mit ihm versöhnen wollte, flirtete er hier schon mit der nächsten Frau über ein paar Meter Entfernung. Ätzend.

Vielleicht sollte Thies einfach nach Hause gehen und sich ausschlafen. Aber dann stünde er wie der Spielverderber da – und Luca hatte genauso hart gearbeitet wie er. Es war seine erste Reise mit Thies gewesen, und dafür wollte Thies sich bedanken, sonst hätte er gar nicht für diesen Abend zugesagt. Thies nippte lustlos an seinem zweiten Bier. Als er sah, wie Malte der Blondine zulächelte und ansetzte, zu ihr rüberzugehen, schritt Thies ein und hielt seinen Kumpel am Hemd fest. »Pass auf, Malte. Ich habe genug davon, mir anzusehen, wie scheiße du dich benimmst. Du kotzt mich an! Hör auf, überall herumzuhuren. Um ehrlich zu sein: Wenn ich Steffi wäre, würde ich mich auch scheiden lassen. Ich habe kein Verständnis für dein Benehmen, und ich schäme mich, dass ich so lange zugeschaut habe. Jetzt reicht's! Du musst bei mir ausziehen.« Thies knallte seine Bierflasche auf die Ablage und bahnte sich den Weg zu den Toiletten des Clubs. Er musste zwar nicht, aber er brauchte Abstand, ehe er Malte eine verpasste.

»Warum ist deine Laune so schlecht?«, wollte Luca kurz darauf von ihm wissen, als er zurückgekehrt war.

Malte war gerade am Tresen, um drei neue Bier zu holen. Gut, wenigstens stand der Blödmann allein dort und nicht mit der Tussi.

»Ich bin einfach erledigt, die Reise war anstrengend. Ich sollte abhauen und eine Mütze Schlaf bekommen«, antwortete Thies. Es war zwar nur die halbe Wahrheit, denn er ärgerte sich auch darüber, dass er Nathalie mittlerweile drei Nachrichten geschrieben hatte, auf die er keine Reaktion erhalten hatte.

Wie geht es dir, war die erste nach einer Woche gewesen.

Ich denke an dich, war die zweite nach acht Tagen gewesen.

Bin wieder in Hamburg, melde dich doch mal, hatte er vorhin geschrieben.

Tja. Er war blöd, dass er gehofft hatte, dass er sich am Flughafen neulich getäuscht hätte. Aber dass sie nicht mal den Anstand hatte, ihm klipp und klar mitzuteilen, dass sie kein Interesse hatte, machte ihm schlechte Laune.

Thies hatte einfach ein unfassbares Talent dafür, sich in die Falsche zu verlieben.

Luca klopfte ihm auf die Schulter. »Du wirst nicht jünger, Alter.«

»Sehr lustiges Wortspiel«, grummelte Thies und erstarrte, als er auf die Tanzfläche schaute. Er blinzelte ein paarmal, weil er meinte, sich Nathalies Erscheinung einzubilden, aber sie war immer noch da. Und wie.

Nathalie trug ein knielanges, schwarzes Paillettenkleid, das an jeder anderen lächerlich gewirkt hätte. An ihr sah es einfach nur bezaubernd und heiß aus. Sie trug eine schmale Handtasche mit sich, der schwarze Träger hing über ihrer nackten Schulter.

»Da brat mir doch einer 'nen Storch«, stieß er hervor und setzte sich in Bewegung.

Es war herrlich, endlich wieder mit den Mädels unterwegs zu sein. Weil Miriam morgen arbeiten musste und Rebecca heute die Fahrerin war, hatten sie nur Cola getrunken und auf Prosecco verzichtet. Aber das tat ihrer Feierlaune keinen Abbruch, im Gegenteil. Der DJ war klasse, und Nathalie genoss es, sich im Rhythmus der Songs zu bewegen. Der Beat durchdrang ihren Körper, und sie wurde eins mit der Musik. So ging es Lied um Lied, bis sie völlig außer Puste war.

Aus dem Augenwinkel bemerkte sie, dass jemand sehr zielsicher auf sie zukam.

Nathalie wandte sich um und erstarrte mitten in der Bewegung, als sie erkannte, um wen es sich handelte. Es war Thies, und er sah nicht fröhlich aus, was seinem Sexappeal bedauerlicherweise keinen Abbruch tat.

Er trug ein lässiges Shirt zu einer dunklen Jeans und weißen Turnschuhen. Seine Haare waren ein wenig zerzaust. Sogar im schummrigen Licht fiel ihr auf, wie müde er wirkte.

Moment mal. Dass er hier im Club herumspazierte, bedeutete, dass er nicht mehr im Ausland war.

Okay, das zu kombinieren, war jetzt vielleicht keine Meisterleistung ihres Gehirns, aber eines musste Nathalie nach dieser

Erkenntnis wirklich verdauen: Er hatte sich nicht bei ihr gemeldet.

Bis eben hatte sie noch die Hoffnung gehabt, dass er sie anrufen würde, sobald er von seiner Reise zurückgekehrt war. So hatten es ihr Rebecca und Miriam jedenfalls schöngeredet, nachdem sie begründete Zweifel angemeldet hatte. Tja, sie hatte recht gehabt, leider konnte und wollte sie sich nicht darüber freuen. Sie war enttäuscht. Dann meldete sich ein anderes Gefühl in ihrer Magengrube: Ärger.

Mann, wie blöd sie gewesen war. Denn natürlich hatte sie doch bis zuletzt gehofft, dass sein Interesse echt und nicht geheuchelt gewesen wäre. Tja, nun stand er vor ihr und wollte ihr offenbar etwas mitteilen. Sie war nicht sicher, ob sie das überhaupt hören wollte. Einfach würde es jedenfalls nicht werden, denn es war irrsinnig laut auf der Tanzfläche. Rebecca und Miriam hatten auch schon mitbekommen, dass er hier und etwas im Busch war. Sie steckten bereits ihre Köpfe zusammen und bequatschten ihre Theorie. Nathalie machte den beiden mit einem Blick klar, dass sie sich auf jeden Fall raushalten sollten.

Nathalie straffte ihre Schultern, um sich ein wenig größer zu machen, und wappnete sich für die hormonelle Reaktion. Denn auch wenn sie es nicht wollte, ein Teil von ihr freute sich sehr, Thies wiederzusehen. Ein dummer Teil.

Ihm hier so unerwartet gegenüberzustehen, machte sie fertig. Ihre Knie waren weich, ihr Herz klopfte viel zu schnell. Einerseits wollte sie sich ihm an den Hals werfen, andererseits wollte sie auf seine Brust trommeln und ihn beschimpfen – dabei hatte er noch nicht einmal etwas gesagt. Vermutlich wurde sie wahnsinnig. Ein Gefühl, das von vielen Dichtern hinlänglich beschrieben worden war und nun anscheinend auch sie um den Verstand gebracht hatte. Aber Moment mal, das würde ja bedeuten, dass Liebe im Spiel war – und das war doch unmöglich.

»Hallo, Nathalie«, rief Thies ihr über den Lärm zu und unterbrach ihre wild durcheinander wirbelnden Gedanken.

Wow, wie originell. Sie verzog ihre Lippen. »Hallo, Thies«, schrie sie zurück, weil ihr auch nichts Besseres einfiel. Das Gespräch mit Rebecca und Miriam ging ihr noch einmal durch den Kopf. Vielleicht hatten sie recht, denn so, wie er ausschaute, hatte er wirklich anstrengende Tage hinter sich.

»Wieso hast du nicht auf meine Nachrichten geantwortet?«, schrie er jetzt.

Nathalie blinzelte und fragte sich, ob sie sich verhört hatte. Ein Wunder wäre es bei dem Krach nicht. »Worauf hätte ich antworten sollen?«, brüllte sie zurück.

Thies schaute sie an, als ob er sie für geistig zurückgeblieben hielte. »Können wir kurz in Ruhe reden?« Er zeigte mit dem Daumen hinter sich, dort war es vermutlich ein bisschen weniger ohrenbetäubend. Sie zögerte.

Nathalie war auf eine Begegnung mit ihm nicht vorbereitet. Nicht im Geringsten. Trotzdem war es irgendwie schön, dass er auf einmal vor ihr stand. Aber sie hatte auch eine Menge Fragen im Kopf, und seinem Ausdruck nach zu urteilen, schien es ihm genauso zu gehen.

»Sicher«, war alles, was sie erwiderte. Sie nickte zusätzlich, weil ihre Antwort sicher im Lärm untergegangen war.

Thies nahm ihre Hand und führte sie von der Tanzfläche. Seine Haut so unerwartet auf ihrer zu spüren, löste ein sehnsüchtiges Kribbeln in ihrer Magengrube aus. Es fühlte sich so vertraut an, so richtig. Ihr Herz wurde schwer. Sie sollte sich nicht über diese Wärme, diese kleine Geste freuen, tat es aber doch. Das Stimmchen in ihrem Hinterkopf riet ihr weiter zur Vorsicht. Sie durfte sich keinesfalls von ihren Sehnsüchten leiten lassen. Die hatten sie schon einmal in Teufels Küche gebracht.

Nathalie hatte keine Ahnung, was auf sie zukommen würde,

aber Thies' Worte fielen ihr wieder ein. Sie war verwirrt. *Wieso hast du nicht auf meine Nachrichten geantwortet.*

Was meinte er damit? Sie hatte nichts von ihm gehört, seit sie nach der Italienreise auseinandergegangen waren.

Es konnte sich ja nur um ein Missverständnis handeln. Oder um eine blöde Ausrede.

Letzteres wollte sie ausschließen. Thies war kein Typ, der einer Frau Lügen auftischte. So gut glaubte sie ihn zu kennen. Aber sie konnte sich natürlich auch täuschen. Wäre schließlich nicht das erste Mal.

Nein, mit Benjamin hatte er nichts gemeinsam. Gar nichts. Es wäre ungerecht, Thies aufgrund ihrer schlimmen Erfahrungen aus der Vergangenheit zu verurteilen. Er hatte damit nichts zu tun.

Thies ließ Nathalies Hand erst wieder los, als sie im schmalen Flur standen, der zur Garderobe und dann zum Ausgang führte. Ein kühler Windhauch fegte durch die offene Tür herein, und Nathalie erschauerte. Oder war es seine Nähe, die sie zittern ließ? Sie war sich nicht sicher.

Plötzlich fand sie sich mit dem Rücken zur Wand wieder, Thies stand vor ihr, seine Hände hatte er neben ihrem Kopf gegen die Mauer gestützt. Sein Blick war durchdringend und intensiv und löste ein bittersüßes Ziehen in ihrem Unterleib aus. Seine Ausstrahlung hatte keineswegs an Wirkung auf sie verloren. Nathalie würde eher sagen, dass sie stärker denn je auf Thies reagierte.

»Nun sag schon, Nathalie, warum hast du mir nicht geantwortet? Liegt es daran, dass ich so ein miserabler Liebhaber bin? Oder hast du einfach kein Interesse, unsere Bekanntschaft weiter zu vertiefen?« Er klang nicht irritiert, aber verletzt. Was sollte das?

Sie öffnete die Lippen, während sie versuchte zu begreifen,

was er eben gesagt hatte. »Thies, ich verstehe nicht, was du meinst«, gab sie schließlich zurück und hielt den Atem an.

Er kniff die Augen kurz zusammen, als müsse er überlegen, ob sie ihm Märchen erzählte. »Wollten wir nicht immer ehrlich miteinander umgehen? Also rede keinen Unsinn, Nathalie.«

Sie hob eine Braue und forderte jetzt energisch: »Sprich deutlich mit mir! Welche Nachrichten meinst du?«

Thies zückte sein Handy und hielt ihr den dunklen Bildschirm vor die Nase, dann ließ er es wieder in der Gesäßtasche seiner Jeans verschwinden. »SMS, schon mal was davon gehört?« Er verschränkte die Arme vor seiner Brust.

Sie schnaufte aus und wich seinem Blick nicht aus, obwohl ihr Puls noch immer raste. »Ich habe keine bekommen«, versicherte sie ihm, während sie sich fragte, ob das ein Witz sein sollte. Aber Thies sah nicht aus, als ob er scherzen würde.

Seine Augen weiteten sich, Nathalie sah, wie es hinter seiner Stirn ratterte. »Das ist nicht dein Ernst, oder? Das kann nicht sein! Du hast keine Nachrichten bekommen?«

»Habe ich nicht! Und wenn du mir nicht glaubst …«, beharrte sie und öffnete die Handtasche, um ihr eigenes Telefon hervorzukramen.

»Nein, lass.« Er entsperrte seinen Bildschirm und guckte in seiner App nach. »Oh, verdammte Technik. Nur ein Häkchen. Das bedeutet, der Empfänger hat die Nachricht nicht bekommen. Darauf habe ich nicht geachtet. Kacke.« Das war ihm in letzter Zeit schon häufiger passiert – vielleicht sollte er sich endlich ein neues Telefon zulegen. Thies atmete geräuschvoll aus und ließ die Schultern hängen.

Seine Reaktion war so natürlich und ehrlich, dass Nathalie lachen musste. »Kacke?«

Er zuckte die Schultern und schaute bedröppelt auf. »Ich Depp habe vergessen, die mobilen Daten zu aktivieren, *keine* meiner Nachrichten wurde verschickt. Ich kann's gar nicht glauben. Wie unglaublich dumm von mir.«

»Ach, vergiss es, es spielt jetzt keine Rolle mehr«, erklärte Nathalie und lehnte sich mit dem Kopf gegen die Wand, während sie ihren Blick über seinen sinnlichen Mund gleiten ließ. Gott, wie sehr hatte sie sich nach diesen Lippen, ach was, nach dem ganzen Mann gesehnt. Jetzt stand er vor ihr, und ganz offensichtlich ging es ihm genauso. Sie konnte jede Regung von seinem Gesicht ablesen. Er wirkte erleichtert, aber auch angespannt.

»Wieso nicht? Willst du nicht wissen, was ich dir geschrieben habe?«, wollte Thies wissen. Er war so nah, dass sie sein würziges und mittlerweile vertrautes Aftershave riechen konnte. Für eine Sekunde schloss sie die Augen und inhalierte seinen einzigartigen Duft. Ihr Körper reagierte mit einer Gänsehaut. Dann öffnete sie die Lider und erklärte mit einem Lächeln: »Ich wollte dich morgen ohnehin anrufen.« Es spielte keine Rolle für Nathalie, was genau Thies ihr während seiner Reise geschrieben hatte, denn sie hatte verstanden, dass er vorhin so ärgerlich ausgesehen hatte, weil er auf seine vermeintlichen Nachrichten keine Reaktion von ihr erhalten hatte. Das konnte nur bedeuten, dass sein Interesse echt gewesen war. Und auch jetzt loderte etwas in seinem Blick, was ihre Knie noch weicher werden ließ.

Seine Pupillen weiteten sich, während sie sich die Lippen mit der Zunge befeuchtete. »Um mir was zu sagen?«, wisperte er mit belegter Stimme.

Die Luft zwischen ihnen knisterte, die Spannung war förmlich greifbar. Nathalie legte ihre Hände auf seine Hüften. »Dass ich dich gern wiedersehen würde.«

»Du hast keine Ahnung, wie sehr mich das freut.« Seine Mundwinkel bogen sich nach oben. In ihrem Bauch kribbelte es wie verrückt.

»Und du bist natürlich *kein* miserabler Liebhaber.«

Sein Grinsen wurde breiter. »Okay, darüber würde ich gern mehr von dir hören.« Er strich mit seinem Daumen über ihren Kieferknochen. Es war eine zarte Berührung, die einen großen Effekt hatte. Lust pulsierte durch ihre Adern. Nathalie biss sich auf die Unterlippe, um ein Stöhnen zu unterdrücken.

»Und ich bin interessiert an einer Bekanntschaft mit dir, sehr sogar«, sprach sie schließlich das aus, was ihr nach allem dennoch nicht ganz leichtfiel. Nachdem sie es gesagt hatte, hielt sie den Atem an.

Thies' Reaktion beruhigte sie sofort. Seine Augen funkelten, er wirkte ebenso erleichtert darüber wie sie.

»Das macht mich richtig glücklich.« Und dann senkte er seinen Mund auf ihren und zeigte ihr, wie sehr. Es war kein sanfter Kuss, es war ein fordernder, einer, der ohne Worte deutlich machte, wie sehr er sie vermisst hatte. Wie sehr er sie begehrte. Nathalie vergrub die Hände in seinem Haar und drängte sich gegen Thies. Sie vergaß für einen Augenblick, wo sie waren. Es gab nur noch sie beide und die Lust, die zwischen ihnen loderte. Roh und wild. »Lass uns gehen«, stieß Thies irgendwann hervor. Er wirkte mitgenommen und auch irgendwie glücklich.

»Das ist fast das Beste, was du heute vorgeschlagen hast«, erwiderte Nathalie scherzhaft. Es war ein Wunder, dass sie überhaupt etwas herausbrachte. Ihre Beine fühlten sich an wie Gummi, und ihr Gehirn war von seinen heißen Küssen benebelt. »Lass mich kurz meinen Freundinnen Bescheid geben, dass ich abhaue«, fiel ihr zum Glück gerade noch ein, weil sie vermeiden wollte, dass die beiden sich Sorgen machten.

Nachdem Thies und Nathalie sich bei ihren Freunden »abgemeldet« hatten, winkten sie ein Taxi heran und stiegen nebeneinander auf die Rücksitzbank.

»Zu dir oder zu mir?«, neckte Thies sie und nannte dem Fahrer, ohne auf ihre Antwort zu warten, seine Adresse. »Ich hoffe, wir sind ungestört, meinem Kumpel Malte habe ich schon vorhin mitgeteilt, dass er sich eine andere Bleibe suchen muss. Der hat bei mir in den letzten zwei Wochen gehaust, wundere dich also bitte nicht, wie es aussieht. Ich weiß, dass du schon mal da warst, aber das ist jetzt doch was anderes, oder? Es ist auf jeden Fall sehr schön, dass du mit mir kommst.«

Nathalie freute sich sehr darüber, gleichzeitig war sie ein wenig befangen. Das hier war ein großer Schritt, sie wussten es beide. Trotzdem fühlte es sich gut an. Sehr gut sogar.

Nachdem Thies das Taxi bezahlt hatte und sie beide zu ihm in den fünften Stock gestiegen waren, öffnete er die Wohnungstürtür und ließ ihr den Vortritt.

»Ich komme mir ein bisschen wie ein Schuljunge vor«, gab er mit einem offenen Grinsen zu, das ihr zu Herzen ging. »… der zum ersten Mal seine Freundin mit nach Hause bringt.«

»Nur, dass hier keine Eltern darauf warten, die Neue vorgestellt zu bekommen«, scherzte Nathalie, denn sie wusste genau, was er meinte.

»Das kommt noch, aber nicht jetzt.« Thies schob sie mit dem Rücken zur Wand und bedeckte ihren Hals mit heißen Küssen. »Jetzt werde ich dir zeigen, wie sehr ich dich vermisst habe. Kaum zu fassen, dass ich einfach zu blöd bin, ein paar SMS zu verschicken.«

Nathalie gluckste. »Gut, dass wir es klären konnten. Aber ich hätte dich morgen wirklich angerufen, denn ich konnte nicht verstehen, warum zwischen uns Funkstille herrschte …«

»Ich bin froh, dass du das sagst.« Auf einmal wurde er ernst und schaute ihr so tief in die Augen, dass ihr ganz anders wurde. Ihr Puls raste. »Ich werde dich überzeugen, dass ich ein Typ bin, den man eines Tages lieben kann.«

Sie wollte widersprechen, dass sie es doch bereits tat, aber kein Wort kam über ihre Lippen.

Noch immer steckte ihr die Ungewissheit in den Knochen,

die sie während der letzten Wochen gequält hatte. Die Angst war zu groß, erneut verletzt zu werden. Nathalie legte ihm die Hände in den Nacken und zog ihn zu sich heran. »Zeig mir, wie sehr du mich vermisst hast.« Dann küsste sie ihn leidenschaftlich. Auf dieser Ebene gab es nichts, was sie daran hinderte, alles von sich zu geben. Unter tausend Küssen bewegten sie sich zu seinem Schlafzimmer. Nach und nach flogen alle Kleidungsstücke achtlos davon.

Sie liebten sich ungeduldig und wild, bis sie eins wurden.

Nachdem sie wieder zu Atem gekommen waren, verschränkte Thies seine Finger mit ihren und zupfte die Decke über ihre Körper. »Ich halte dich fest, Nathalie«, murmelte er in ihr Haar.

Sie lächelte still. »Das machst du ganz wunderbar.« Dann schmiegte sie sich an ihn und schloss die Augen. Das hier fühlte sich perfekt an. Wahrhaftig und verbindlich. Sie war glücklich. Nur traute sie sich nicht, diese Worte auszusprechen, warum, wusste sie selbst nicht so genau.

KAPITEL FÜNFZEHN

»O verdammt, Gundula ist bestimmt krank vor Sorge!« Nathalie sprang am nächsten Morgen wie von der Tarantel gestochen aus dem Bett und suchte nach ihrem Telefon. Dass sie nackt war, störte sie dabei kein bisschen, was Thies sehr gefiel.

Wie von selbst formte sich ein träges Lächeln auf seinem Gesicht. Die letzte Nacht war fantastisch gewesen. Er konnte nach wie vor nicht glauben, dass sie sich in einem Club auf der Reeperbahn begegnet waren. Da sollte noch mal jemand sagen, so etwas wie Schicksal gäbe es nicht. Bis dahin hatte er jedenfalls nicht daran geglaubt, er war immer ein Typ für die harten Fakten gewesen.

Nun, vielleicht lag es ja auch an diesem seltsamen Gefühl im Bauch, dass er an Bestimmung glauben wollte. In seinem Magen flatterte es jedenfalls sehr merkwürdig, während er Nathalie dabei beobachtete, wie sie nach ihrem Handy kramte.

»Komm wieder ins Bett«, murmelte er und rieb sich die Augen. Dann guckte er auf seinen Wecker. »Gott! Kein Wunder, es ist doch erst acht.«

»Ja, eben! Gundula wird denken, ich bin überfallen worden und liege mit aufgeschlitzter Kehle in der Gosse.«

Thies stützte sich auf seinen Ellenbogen und schaute Nathalie amüsiert an. »Weißt du, dass du fantastisch aussiehst, wenn du nichts anhast?«

Nathalie ließ ihr Smartphone sinken und starrte ihn aus großen Augen an, dann legte sie ihren Kopf schief und grinste. »Es tut gut, ein paar Komplimente zu hören.«

»Ich fange gerade erst an damit. Aber wer zur Hölle ist Gundula? Ich werde sie nicht mögen, wenn sie der Grund ist, dass du das Bett so früh verlässt.«

Nathalie lachte und kletterte wieder zu ihm unter die Decke. Sie lehnte sich mit dem Rücken ans Kopfteil und tippte eine Nachricht. Thies bettete seinen Kopf auf ihren Schenkeln und schob den Stoff zurück. Für einen Moment schloss er die Augen und genoss die Wärme ihres Körpers, ihren zarten Duft und die Nähe. »Es ist schön, neben dir aufzuwachen«, flüsterte er und streichelte mit seinen Fingern über ihre Wade.

»So, erledigt«, verkündete sie und legte das Telefon weg. »Gundula ist meine Tante, sie wohnt bei mir, übergangsweise.«

Er dachte sich nichts dabei, dass sie nicht auf sein Liebesgeständnis eingegangen war, trotzdem hätte er sich gefreut, wenn sie es erwidert hätte. »Ach ja, stimmt, deine Tante, die hatte ich irgendwie vergessen.«

»Kein Problem, solange du weißt, wer ich bin«, neckte Nathalie ihn, während Thies begann, sich an den Innenseiten ihrer Oberschenkel nach oben vorzuarbeiten.

»Oh, glaub mir, dich kann ich nicht vergessen. Und das will ich auch nicht. Nie mehr.« Bestimmt, aber zärtlich, sorgte er dafür, dass Nathalie sich dahin bettete, wo er sie haben wollte. Der Sex mit ihr war fantastisch, sie hielt nichts zurück. Auf verbaler Ebene sah es anders aus. Hier hatte sie ihm eben erst gezeigt, dass sie nicht bereit war, sich ihm vollends zu öffnen.

Thies hatte auch nicht vergessen, dass Nathalie gestern Nacht den Satz, *er würde daran arbeiten, dass sie ihn eines Tages lieben konnte*, unkommentiert gelassen hatte.

Nathalie war niemand, der leichtfertig über Gefühle sprach, dabei waren sie sich vermutlich ähnlich. Es hatte ihn auch Überwindung gekostet, das auszusprechen, was in ihm vorgegangen war, aber er hatte den Mut aufgebracht, weil er es wichtig fand, die Beziehung auf die richtigen Grundpfeiler zu stellen. Er war bereit für etwas Festes, etwas, was für immer halten könnte. Die Hoffnung wuchs in ihm, dass es ihr auch so ging. Im hellen Tageslicht war er jedoch nicht mehr so mutig, das noch einmal auszusprechen, was er fühlte. Deshalb zeigte er ihr mit seinen anderen Fähigkeiten, wie sehr er sie vergötterte. Und an Nathalies schneller werdendem Atem und ihren kleinen Seufzern sah er, dass es offenbar funktionierte …

Etwas später, nachdem sie sich ausgiebig geliebt und dann zusammen geduscht hatten, war Thies aus dem Haus gegangen, um einzukaufen.

Malte hatte seine Wohnung nicht nur unordentlich verlassen, er hatte zuvor auch nahezu jeden seiner Vorräte verbraucht. Thies hatte keine Ahnung, wo sein Kumpel untergekommen war, vermutete aber, dass er in Luca einen neuen »Wirt« gefunden haben könnte. Thies war es egal, er hatte vorerst genug von Maltes Eskapaden. Es wunderte Thies sogar, dass er es so lange mit ihm ausgehalten hatte, denn im Grunde war Maltes Getue ein unerträglicher Zug an ihm, den er nicht länger akzeptieren konnte.

Wenn man vom Teufel sprach! Thies' Handy bimmelte. Er verzog seine Lippen, ging aber dran. »Malte?«

»Hey, Thies«, beantwortete sein Kumpel und klang ein wenig zerknirscht.

»Wo steckst du?«

»Ich bin bei Luca.«

Aha, da hatte er also richtig geraten. »Und jetzt?«

»Hör zu, ich habe nachgedacht über das, was du gestern gesagt hast.«

»Ach was«, spottete Thies und hielt dann die Klappe, weil er ihn reden lassen wollte.

»Ich weiß, was du denkst, und du hast recht. Ich habe ein Problem. Das hatte ich nur so lange nicht einsehen wollen: Ich liebe Steffi. Ich liebe sie über alles.«

»Und das ist dein Problem? Warum hintergehst du sie dann andauernd?«

»Ich weiß es nicht. Sie hat etwas Besseres verdient als mich, glaubst du, ich weiß das nicht? Vermutlich will sie mich auch nicht zurück, und das tut weh.«

»Du hast es verdient, Malte. Mehr als das.« Thies konnte und wollte nicht mehr das zurückhalten, was er schon lange dachte.

»Ich weiß. Ich weiß es wirklich. Es hat ein bisschen gedauert, okay, ja, es hat sehr lange gedauert, aber ich habe es endlich kapiert. Ich bin das Problem, es liegt an mir, dass ich dauernd Bestätigung von außen brauche. Ich werde eine Therapie machen, keine Ahnung, ob das hilft. Mit Steffi habe ich alles, was ich je gesucht habe.«

»Bis auf den Sex offenbar.«

»Es ist nicht das, der Sex mit ihr ist und war immer fantastisch.«

»Dann verstehe ich dich noch weniger.«

»Ich brauche die Anerkennung, die Bewunderung, aber ich weiß einfach nicht, warum. Dass das krankhaft ist, ist mir endlich klar geworden. Zu spät vielleicht. Ich wollte dir nur sagen, dass ich dankbar bin, dass du mir den Kopf gewaschen hast. Dass es so nicht weitergeht, habe ich jetzt wirklich kapiert.

Ich will mein Leben nicht als Gigolo verbringen. Ich möchte mit Steffi verheiratet bleiben.«

»Ich hoffe sehr, dass es stimmt, dass du dich ändern willst, Malte. Wenn ich dich dabei unterstützen kann, lass es mich wissen. Aber bei mir kannst du wirklich nicht länger wohnen, das geht einfach nicht, sosehr ich dich auch mag.« Besser er stellte das direkt klar. Malte war zwar sein Kumpel, aber er konnte ihn gerade in seiner Nähe nicht ertragen.

»Das verstehe ich und es war wirklich nicht der Grund meines Anrufes. Ich weiß, dass ich dich auch ausgenutzt habe, und das war nie meine Absicht, ich habe es bis jetzt nur nicht erkannt. Ich werde mir was Eigenes suchen, Thies. Es gibt so eine Einrichtung für Männer, die zu Hause rausgeflogen sind. Da habe ich mich eben angemeldet. Und Montag suche ich mir Hilfe. Vielleicht redet Steffi ja wieder mit mir, wenn sie sieht, dass ich Fortschritte mache.«

Thies seufzte. »Ich weiß nicht, was ich dazu sagen soll. Mit Steffi habe ich echt Mitleid, Malte. Was du abgezogen hast, war Mist.«

»Ich weiß das, Thies, ich weiß!«

»Aber du bist mein Freund, und das bleibst du auch. Ich finde es gut, dass du dich um deine Probleme kümmern willst.«

»Das bedeutet mir viel, dass du das sagst. Danke.«

»Du hast noch ein paar Sachen bei mir, falls ich nicht da bin, du hast ja meinen Schlüssel.«

»Ja, den gebe ich bei deiner Nachbarin ab, wenn du nicht da bist. Danke für deine Geduld.«

»Es ist schon okay, ich bin wirklich froh, dass du mich angerufen hast. So klingst du wieder viel mehr wie der Freund, den ich seit zwanzig Jahren kenne!« Nachdem sie sich verabschiedet hatten, steckte Thies das Handy weg und blieb kurz stehen. Dieses Telefonat hatte ihn überrascht, hoffentlich meinte Malte es wirklich ernst.

Ein junger Mann auf einem Rennrad überholte Thies und hätte ihn beinahe gestreift, damit riss er ihn aus seinen Gedanken und holte ihn ins Hier und Jetzt zurück. In Hamburgs Straßen war an diesem Samstagvormittag schon viel los. Natürlich, es war Markttag in Eppendorf. Die Sonne schien, die Cafés bereiteten sich auf ein gutes Geschäft vor. Thies kaufte bei verschiedenen Händlern Croissants, Käse, luftgetrockneten Schinken, exotischen Tee, hausgemachte Konfitüre und ein bisschen Kleinkram fürs Frühstück. Er liebte den Isemarkt unter der Hoheluftbrücke, die nur ein paar hundert Meter von seiner Wohnung entfernt lag. Dabei pfiff er leise vor sich hin.

Es war gefühlt hundert Jahre her, dass er so beschwingt und glücklich gewesen war. Bei einem Blumenhändler besorgte er einen Strauß Frühlingsblumen, bloß keine roten Rosen, denn er ahnte, dass bei Nathalie direkt ein Panik-»P« in den Augen aufleuchten würde.

Thies lächelte in sich hinein. Sosehr andere Frauen sich einen Ring am Finger von einem gut bezahlten Oberarzt wünschten, so wenig war das der Traum seiner Freundin. Bei ihr musste man sich langsam herantasten. Er ahnte, dass er Schicht für Schicht ihrer Fassade abblättern musste, um von ihr zu hören, wie es in ihrem Herzen wirklich aussah. Er würde geduldig sein und war davon überzeugt, dass es ihnen als Paar guttat, emotional nichts zu überstürzen. Was das Bett betraf, war Nathalie bereit, alles zu geben. Und er war es auch – auf allen Ebenen.

KAPITEL
SECHZEHN

Zwei Wochen war es her, seit er zum ersten Mal Blumen für Nathalie auf dem Isemarkt gekauft hatte. Mittlerweile fühlte es sich vertraut, aber nicht weniger beglückend an, dieses Ritual am Samstagvormittag zu wiederholen.

Nathalie war keine Frühaufsteherin. Bis sie aus dem Traumland erwachte und ihren ersten Kaffee intus hatte, sprach man sie besser nicht an. Thies lachte, als er ihr gerade eine zweite Tasse vor die Nase schob, nachdem er seine Einkäufe hübsch arrangiert hatte. Auf dem Frühstückstisch stand, neben den ganzen Köstlichkeiten, auch eine Vase mit Margeriten.

»Was ist?«, wollte sie wissen und lächelte schwach. »Warum guckst du so komisch?«

Sie trug eines seiner T-Shirts und saß mit nackten Beinen auf einem Stuhl.

Er packte ein Croissant auf ihren Teller, er wusste mittlerweile, dass sie die sehr gern mochte.

»Ich habe mir nur gedacht«, erwiderte er und schob seine Hand über den Tisch, um nach ihrer zu greifen. »Wie schön es ist, hier mit dir zu sitzen.«

Ihre Augen leuchteten auf. Aha, sehr gut, allmählich schoss das Koffein ein, und man konnte ein Gespräch mit ihr führen. Er schmunzelte.

Sie trank einen Schluck Kaffee, ehe sie antwortete. »O ja, das finde ich auch. Sehr schön sogar. Sollen wir nachher zum Haus und ein paar Sachen von deinem Opa aussortieren?«

In den letzten Tagen hatten sie damit begonnen, die alte Villa ein wenig zu entrümpeln. Nathalie hatte sich dabei als echtes Organisationstalent entpuppt. Sie hatte sofort den aussortierten Kram nach Verschenken, Verkaufen, Behalten und für den guten Zweck unterteilt. Ihre praktische Art war für Thies von unermesslichem Wert, denn er fühlte sich nach wie vor überfordert mit diesen Dingen. Während er sie durch das Haus geführt hatte, war es ihm leichtgefallen, über den Verlust seines Großvaters zu sprechen. Darüber, wie sehr er ihn vermisste. Nathalie hatte einfach zugehört und nur ab und zu eine Frage gestellt. Sie hatte sich als wundervolle Trösterin entpuppt. Hinter ihrer manchmal rauen Fassade schlummerte wirklich eine zarte Seele. Thies spürte, wie sich sein Herz ein wenig weitete, während er sie ansah.

»Ach, ich weiß nicht. Die Woche war anstrengend genug, sollen wir nicht lieber was Schönes unternehmen?«, wandte er ein. Er hatte viel gearbeitet, und der Stress mit der Geschäftsleitung wollte auch nicht enden. Frau Henschel hatte ihm erneut klargemacht, dass er in naher Zukunft nicht noch einmal ins Ausland reisen sollte, wenn ihm was an seinem Posten gelegen war. Er wollte jetzt nicht an dieses Theater denken, sondern seine Zeit mit Nathalie genießen. Auf Wolke sieben fühlte es sich nämlich fantastisch an, ein Gefühl, das süchtig machte.

»Was denn zum Beispiel?«, wollte sie jetzt wissen.

»Sex?«, schlug er mit einem anzüglichen Brauenwackeln vor.

Nathalie lachte, ihre Augen funkelten. »Okay, du willst mich also ans Bett ketten.«

»Wenn du das möchtest«, gab er mit einem Schulterzucken zurück.

Sie legte ihm eine Hand auf den Arm. »Ich glaube, für den Moment genügt mir der Blümchensex, vielen Dank.«

Er nahm ihre Finger und küsste jeden einzelnen davon. »Dann geht es dir gut mit mir?«

Sie nickte. »Und wie. Es geht mir so gut wie nie, glaube ich.« Ihre Wangen wurden von einer zarten Röte überzogen. Er liebte es, wie süß sie manchmal reagierte.

»Und damit das auch so bleibt, möchte ich dich nicht zur Entrümplerin machen. Mit dir macht es mir zwar erstaunlich viel Spaß, in Opas Haus herumzukramen. Aber lass uns heute zur Abwechslung doch lieber mit den Paddleboards herumschippern.«

»Wow, was für eine geniale Idee! Super. Das machen wir. Darf ich erst aufessen?«, neckte sie ihn.

Thies lachte und biss von ihrem Croissant ab. »Darfst du!«

NACH DEM FRÜHSTÜCK machten sie sich dann tatsächlich mit den Paddleboards auf den Weg zur Binnenalster. Die Sonne schien von einem wolkenlosen Himmel, es war herrlich warm, aber nicht zu heiß. Er roch nach Creme, was er irgendwie unmännlich fand, aber Nathalie hatte darauf bestanden, ihn mit Sonnenschutz zu versorgen. Da hatte er nicht Nein sagen wollen, außerdem gefiel es ihm, dass sie sich um ihn Gedanken machte. Das hieß, dass er ihr nicht völlig egal war, auch wenn sie es nie verbal äußerte, was ihn allmählich ein wenig nachdenklich stimmte. Sie brauchte vermutlich mehr Zeit, er wusste, dass sie ihr Herz nicht auf der Zunge trug, zumindest nicht, was ihre Gefühle für ihn betraf.

Nathalie pumpte bereits ihr Board auf, während Thies seines auf dem Gras auslegte. Da bemerkte er, dass ein Kind nur wenige Meter von ihm entfernt mit dem Laufrad stürzte, die Eltern waren noch weit weg. Es schrie bitterlich, und aus einem Impuls heraus ließ er alles stehen und liegen und war mit einem Satz bei dem Mädchen. Es trug zwei kleine Zöpfe und ein Kleidchen. Die Knie waren aufgeschlagen, das Laufrad lag über ihren Beinen.

»Hey, ist alles okay? Hast du dir wehgetan?«

Er bekam keine Antwort, weil sie nach wie vor schrie. Vorsichtig hob er das Laufrad zur Seite und schätzte die Lage ein. Die Eltern waren mittlerweile auch bei ihrer Tochter angekommen und knieten sich auf den Kiesweg. »O Gott, Zoe, hast du dir wehgetan? Danke, dass Sie gleich gekommen sind«, meinte die Mutter.

Er wollte nicht mit dem blöden Spruch auftrumpfen, dass er Arzt war. »Natürlich«, war daher alles, was er erwiderte.

»Mäuschen, wo tut es weh?«, wollte die Mama wissen.

Das Kind kreischte nur, also lenkte Thies nun doch ein. »Ich bin Arzt, darf ich?«

»Oh, was ein Glück, ja, bitte!« Der Vater, der überfordert wirkte, war blass geworden.

Vorsichtig tastete Thies das Mädchen ab, das sich mittlerweile aufgerichtet hatte und ihn aus großen, blauen Augen anstarrte. Sie hatte sogar aufgehört zu weinen. Ihre roten Wangen waren dreckverschmiert, das Kleid an einer Stelle gerissen. Der Helm saß ein wenig schief auf dem Kopf.

»Sieht nicht aus, als hätte sie sich etwas gebrochen«, meinte er dann.

»Gott sei Dank, Zoe, wo tut es denn weh?«, versuchte die Mutter es noch einmal.

»Da«, gab das Kind von sich und zeigte auf eine Schürfwunde am Knie.

»Pflaster habe ich leider keine mit«, meinte Thies lächelnd.

Die Mama nahm das Mädchen in den Arm und stand mit ihr auf. Sie drückte Zoe an sich und strich beruhigend über ihren Rücken. Thies und der Vater erhoben sich ebenfalls. »Sie hat Glück gehabt.« Thies wollte sich verabschieden.

»Vielen Dank, dass Sie so schnell geholfen haben.« Der Vater wirkte sichtlich erleichtert und fuhr sich mit der Hand durch die Haare.

Thies winkte ab. »Gerne, einen schönen Tag noch.« Als er sich wieder zu seinem Board umdrehte, sah er, dass Nathalie ihn stumm anstarrte. Er neigte den Kopf und schaute sie fragend an. Dann lächelte sie zärtlich und die Schmetterlinge in seinem Bauch stoben auf. Ein verrücktes Gefühl, das ihn jeden Tag aufs Neue überraschte.

»Das war süß von dir«, flüsterte sie und drückte ihm einen Kuss auf die Wange.

Thies war verlegen. »Als ob es eine große Sache gewesen wäre«, murmelte er, ohne sie anzusehen.

Er tat es mit einer laschen Handbewegung ab und widmete sich seinem Paddleboard. Insgeheim freute er sich über ihre Reaktion und hoffte, dass Nathalie bald bereit sein würde, über das zu sprechen, was sie für ihn empfand.

Nachdem er sein Brett aufgepumpt hatte, war er zwar ein wenig außer Atem, aber hatte genügend Energie, um ihr zur Hand zu gehen. »Komm, ich mache weiter«, bot er ihr an und schob Nathalie liebevoll zur Seite.

Sie wischte sich den Schweiß von der Stirn. »Puh, also ich bin jetzt schon fix und fertig.« Sie lachte. »Sport ist wirklich Mord!«

Thies zwinkerte ihr zu, und wenige Minuten später waren sie auf dem Wasser. Zuerst war Nathalie ein bisschen wacklig auf den Beinen, doch dann hatte sie den Dreh schnell raus. »Mann, ist das toll! Warum mache ich das nicht öfter?«, rief sie ihm zu. Sie paddelten langsam nebeneinanderher. Sie waren nicht allein, außer ihnen hatten viele andere die gleiche Idee gehabt, manche waren auch mit Booten unterwegs.

»Ich mag es, dass du so spontan bist.« Er spritzte sie ein wenig mit seinem Paddel nass.

»Ich zeig dir gleich mal, wie spontan ich sein kann, wenn du nicht damit aufhörst.« Sie lachte und hob drohend ihr eigenes an.

»Schon gut, ich hör auf.« Aber er machte sie noch mal nass.

Nathalie kniete sich auf ihr Brett und revanchierte sich bei ihm. Wie Kinder spielten sie miteinander und lachten, bis ihnen die Bäuche wehtaten. Dann zog er ihr Board zu seinem heran und beugte sich zu ihr, um sie zu küssen. Zuerst erwiderte sie den Kuss, sie legte eine Hand auf seinen Brustkorb. Bis er begriff, was sie vorhatte, war es zu spät. Nathalie schubste ihn ins Wasser. Thies stieß einen überraschten Schrei aus, dann ging er unter. Er prustete, als er wieder auftauchte, und zog sich auf sein Brett. »Unterschätze niemals die Waffen einer Frau!«, scherzte er und betrachtete sie.

Nathalie saß im Schneidersitz und hielt ihr Paddel abwehrend vor sich, weil sie fürchtete, dass er sie auch reinschmeißen wollte. Das hatte er nicht vor, aber das konnte sie ja nicht ahnen. Thies wollte gerade etwas sagen, als ihm ein Ruderboot mit einem Pärchen auffiel, das ihm bekannt vorkam.

O verdammt. Es war Annalena, sie saß mit Krücken im Boot und ließ sich von ihrem Freund auf der Alster herumschippern. Er überlegte, ob er so tun könnte, als ob er sie nicht gesehen hätte, aber da hatte sie schon die Hand gehoben und winkte.

Es dauerte nicht lange, bis sie auf gleicher Höhe waren. »Hallo, Thies«, flötete Annalena, und er sah, wie sie ihren Blick abschätzig über Nathalie gleiten ließ.

Annalena trug – selbstverständlich – ein perfekt aufeinander abgestimmtes Outfit mit passendem Schmuck und Hut.

»Nathalie, das sind Annalena und …« Er stockte. Mist, er hatte seinen Namen vergessen.

»Klaus«, half Annalenas Freund aus. »Schön, Sie hier zu sehen, Dr. Engelmann.«

Die Situation war unangenehm, aber nicht mehr vermeidbar. Seltsamerweise ließ Annalena ihn völlig kalt, oder nein, das war nicht überraschend. Für sie hatte er schon lange nichts mehr übrig. Aber er machte sich Sorgen, dass sie womöglich etwas Gemeines zu Nathalie sagen könnte. Seine Ex war eine von diesen Frauen, die ihre Krallen noch ausfuhren, obwohl die Trennung schon lange zurücklag.

Thies war angespannt, er wollte so schnell wie möglich weg von ihr. »Wie ich sehe, geht es dir so weit gut.« Dann wandte er sich an Nathalie. »Ich habe Annalena behandelt, ich habe dir ja davon erzählt.«

Annalenas Augen weiteten sich, als sie begriff, wer oder was Nathalie war.

»Stimmt, ich erinnere mich«, gab Nathalie mit einem offenen Lächeln zurück, das einen Stein von seiner Brust purzeln ließ. »Ich habe ihn eben erst in Action erlebt, er ist ein super Arzt.« Sie lächelte ihn an, und Thies' Herz ging auf.

Mit Leichtigkeit meisterte Nathalie eine so unangenehme Situation wie diese, nicht nur das, sie schaffte es dabei sogar, das Unbehagen zu vertreiben, das ihn bis eben im Griff gehabt hatte, und ihm ein gutes Gefühl zu vermitteln.

»Gute Besserung weiterhin«, sagte er in Annalenas Richtung. »Wollen wir, Nathalie?«

Nathalie nickte ihm zu. »Schönen Tag«, wünschte sie dem Paar im Ruderboot.

Als sie außer Hörweite waren, sagte er zu Nathalie: »Danke.«

»Wofür?«

»Dass du so bist, wie du bist.«

Zuerst zögerte Nathalie, sie wirkte überrascht, dann lächelte sie ihm zu. »Ich weiß zwar nicht genau, was du meinst, aber danke!«

»O doch. Mir ist klar, wie unangenehm es ist, wenn man der Ex begegnet, glaub mir. Ich bin froh, dass du kein Problem damit hast.«

Dann fragte er sich, wie es eigentlich um ihre Vergangenheit bestellt war. Nathalie hatte zwar mal etwas angedeutet, aber immer, wenn er etwas tiefgründiger werden wollte, wich sie aus oder lenkte ihn mit Sex ab …

Okay, gegen Letzteres hatte er nichts einzuwenden, aber allmählich beschlich ihn der Gedanke, dass es für sie vielleicht nicht so ernst sein könnte wie für ihn.

»Schatz, kommst du?«, rief Nathalie ihm zu.

Schatz?

Obwohl er bisher kein Freund von Kosenamen gewesen war, freute er sich darüber. »Ja, ja, sorry, bin auf dem Weg.«

»Gut. Ich habe nämlich irren Hunger, sollen wir uns was besorgen?« Ihr Lächeln war so strahlend und offen, dass sich seine Zweifel in Rauch auflösten.

»Unbedingt!«

~

Thies und Nathalie klopften sich den Staub von ihren Klamotten. Es war Zeit für eine Pause, als Gundula mit einem Blech Kuchen vor der Tür der alten Villa stand. »Wie gut, dass du da bist, komm, wir gehen in den Garten, im Haus herrscht ein heilloses Chaos«, erklärte Thies und legte Nathalie eine Hand auf den unteren Rücken.

Sie liebte diese kleinen, zärtlichen Gesten. »Komm, Gundula, ich nehme dir das mal ab.«

»Sehr gut, im Auto habe ich eine Thermoskanne Kaffee«, erklärte sie und verschwand kurz.

»Deine Tante ist super«, meinte Thies gut gelaunt.

»Das klang neulich ganz anders«, neckte Nathalie ihn.

»Da wusste ich ja noch nicht, wie gut sie backen kann«, scherzte er und klaute sich eine Kirsche vom Kuchen.

»Na, wirst du wohl aufhören?«, tadelte Nathalie ihn und lief mit dem Blech nach hinten in den Garten davon.

Der Tisch stand im Schatten einer alten Eiche, Thies kam Nathalie hinterher und fegte etwas Schmutz herunter. »Es ist mir unangenehm, dass wir Gundula keinen schöneren Empfang bieten können.«

Nathalie stockte. Dann lächelte sie. Es klang so natürlich, so schön: *wir*. »Ach, sie stört es bestimmt nicht, sie ist ja nicht hier, um bewirtet zu werden, sondern um uns was Süßes zu bringen.«

»Stimmt auch wieder.«

Sie wollte gerade etwas sagen, als Gundula mit einem Korb angetrabt kam. Die Frau war immer nur im Laufschritt unterwegs. Sie verteilte Teller, Tassen, Servietten und Gäbelchen auf dem Tisch, dann schnitt sie den Kuchen an und bat Nathalie, Kaffee einzugießen. »Und, wie weit seid ihr heute gekommen?«, wollte sie wissen.

Sie hatte die beiden schon vor ein paar Tagen miteinander bekannt gemacht, glücklicherweise hatten sie sich auf Anhieb gemocht.

»Kann ich anfangen?«, fragte Thies. »Der Kuchen sieht köstlich aus.«

»Nur zu, mach schon, lass ihn dir schmecken«, erwiderte Gundula und setzte sich.

Nathalie grinste. So wie jetzt wirkte Thies viel jünger, beinahe spitzbübisch. Er war so anders als andere Männer, ehrlich und geradlinig. Ein warmer Schauer rieselte durch ihre Brust. Weil sie nicht wusste, wie sie damit umgehen sollte, spießte sie ein Eckchen Kuchen auf die Gabel und schob es sich in den Mund.

Nachdem Thies das erste Stück verdrückt hatte, schaufelte Gundula ihm ein zweites auf den Teller. Dann seufzte er. »Vielleicht könnt ihr mir mal einen Rat geben, was ich mit der Villa anfangen soll?«

Er schaute von ihr zu Gundula hin und her. Gundula trank einen Schluck Kaffee. »Es ist ein tolles Haus. Du willst nicht einziehen?«

Nathalie beobachtete Thies, ihre Blicke trafen sich. »Ich weiß nicht«, war alles, was er dazu zu sagen hatte. Es war, als ob er auf etwas von ihr warten würde.

Gundula schien es auch zu merken, sie sah aber gleich wieder weg und fuhr fort. »Mach eine Stiftung daraus, damit kannst du nichts falsch machen. Außerdem könntest du deine Reisen und alles viel professioneller organisieren und auch andere für diese Projekte gewinnen.«

Thies' Augen weiteten sich, dann lehnte er sich mit einem erstaunten Laut zurück. »Ha! Also, dass ich darauf noch nicht gekommen bin!«

Gundula tupfte sich den Mund mit einer Serviette ab. »Du bist ein vielbeschäftigter Mann, allein könntest du das sowieso nicht stemmen. Es ist eine Menge Organisationsaufwand, das ist klar.«

»Hättest du Lust?«, fragte er, und Gundula lächelte.

»Ich bin eine alte Frau«, gab sie zurück.

Nathalie grinste. »Wenn du dabei bist, bin ich es auch«, sprach sie ihrer Tante Mut zu.

Gundula überlegte. »Puh, also warum nicht? Ich hatte schon immer eine Schwäche für Kinder, das muss ich sagen, und ich finde es toll, was du machst, Thies. Also ja, ich kann dich für den Anfang unterstützen, auch mit Kontakten natürlich. Und einziehen könnt ihr ja dann immer noch!« Sie wandte sich an Nathalie, und etwas im Blick ihrer Tante verriet Nathalie genau, woran sie dachte. An eine Hochzeit, an Kinder, an eine Zukunft.

Nathalies Kehle wurde eng. Das war ein Thema, das sie bisher immer verdrängt hatte, weil es sie automatisch in die Vergangenheit katapultierte. Und diesem Schmerz stellte sie sich nicht gerne.

Das Gespräch plätscherte ein wenig dahin, Gundula und Thies fingen an, Ideen für die Stiftung zu diskutieren, aber Nathalie war ein wenig abwesend. Irgendwann sammelte Gundula das Geschirr zusammen. »Den Kuchen lasse ich euch da, ja?«

Thies hielt sich eine Hand auf den flachen Bauch. »O Gott, ich kann nicht mehr – aber der Tag ist noch nicht vorbei.« Er lachte und schaute Nathalie an.

Sie fühlte sich erwischt und setzte ebenfalls ein Lächeln auf, es kam ihr falsch vor. Thies schien zu merken, dass etwas in ihr vor sich ging, und drückte kurz ihre Schulter. Eine aufmunternde Geste, die Nathalie schätzte.

»Komm, Gundula, ich trage dir den Korb zum Wagen«, bot Thies ihrer Tante an.

»Behandele mich doch nicht wie eine alte Frau«, schimpfte sie mit Schalk im Blick.

»Mache ich nicht, das weißt du doch.«

Thies und Gundula verließen den Garten, und Nathalie ging ein paar Schritte hin und her, die Hände hatte sie in den Hosentaschen vergraben. Vögel zwitscherten in den Wipfeln der Bäume, ein Eichhörnchen sprang von einem Ast zum nächsten. Eine leichte Brise trug die Gerüche des nahenden Sommers zu ihr heran.

»Wollen wir weitermachen?«, riss Thies' Stimme sie aus ihren Gedanken. »Oder hast du genug?«

Nathalie wirbelte herum. »Gott, du hast mich erschreckt.«

Mit einem Schritt war Thies bei ihr und nahm sie in den Arm. »Ist alles okay?«

»Alles bestens«, erwiderte sie und merkte, wie er sich ein wenig versteifte.

Thies schaute sie eindringlich an. »Wie stellst du dir die Zukunft vor, Nathalie?«

Dieser Themenwechsel kam nicht nur unerwartet, sondern traf sie auch völlig auf dem falschen Fuß. »Whoa, mach mal halblang, Thies. Wir kennen uns gerade fünf Sekunden.«

»Ich bin keine zwanzig mehr, Nathalie. Wenn ich weiß, was ich möchte, kann ich das auch ausdrücken. Wie ist das mit dir?«

Die Antwort gab er sich gerade selbst. Sie sah es an seinem Blick und daran, wie er sich von ihr entfernte – nicht nur körperlich. Nathalie atmete tief ein. »Kann sein, dass ich mich nicht so gut ausdrücken kann wie du.«

Sein Ausdruck wurde weicher. »Was brauchst du von mir?«

»Du gibst mir alles, was ich mir wünsche«, erwiderte sie und meinte jedes Wort davon ernst.

Er zog sie in seine Arme und hielt sie für einen Augenblick fest. »Tut mir leid, die Arbeit hier in Opas Haus macht mich rührselig. Ich will dir ganz sicher keinen Ring anstecken, keine Angst.«

Nathalie merkte, dass sie erleichtert ausatmete. Oje. Hoffentlich hatte er das nicht bemerkt, denn er würde es falsch interpretieren. Sie wusste, wenn sie eine Zukunft mit Thies haben wollte, musste sie ihm von ihrer Vergangenheit erzählen, von ihrem Schmerz. Er würde sie bestimmt verstehen. Hoffentlich.

Etwas von der Leichtigkeit der letzten Wochen war verflogen, und sie hatte keine Ahnung, wie sie sie zurückbekommen konnte. Sie würde es zumindest versuchen. Nathalie legte ihm die Hände an die Wangen und schaute zu ihm auf. »Du bist das Beste, was mir seit Langem passiert ist, Thies. Ich hoffe, du weißt das.«

Seine Miene hellte sich auf, er hielt sie ein wenig fester. »Seit Langem?«

»Willst du hier Komplimente fischen?«

»Könnte es funktionieren?« Er grinste schief.

Nathalie erwiderte es, sie war froh, dass er ihr damit die Gelegenheit bot, zurück zu weniger emotionalem Terrain zu kehren. »Wir können hier weitermachen oder …«

»Oder?«

Sein heißer Atem strich über ihre Lippen. »Oder wir machen Schluss, und ich zeige dir in deinem Schlafzimmer, wie gut ich mich bei dir fühlen kann.«

Sie wusste, dass sie ihn damit überzeugt hatte. Thies presste seine Lippen auf ihre, und eine weitere Antwort erübrigte sich damit …

KAPITEL

SIEBZEHN

Zwei Wochen später waren Nathalie und Thies bei Charlotte und Marius eingeladen, die beiden feierten Charlottes Geburtstag in ihrem neuen Haus im Blankeneser Treppenviertel. Die Aussicht aus ihrem Garten auf die Elbe war fantastisch. Überall im Haus gab es Charlottes Lieblingsgummibärchen, saure Saft-Mandarinen, die außer ihr aber niemand zu mögen schien.

Mit Thies lief es großartig, seit dem befangenen Moment neulich im Garten hatte es keinen weiteren mehr gegeben. Nathalie fühlte sich wohl bei ihm, und sie war davon überzeugt, dass er es spürte, auch ohne dass sie es ständig aussprechen musste. Sie war glücklich. Trotzdem gab es noch etwas, das Nathalie immer wieder zu denken gab. Es war die Sorge vor dem, was nach der Zeit auf den rosaroten Wolken kam. Nicht jetzt, sagte sie sich, trank einen Schluck Weißwein und schaute sich um. Das Licht war gedämpft, in hohen Glaszylindern brannten unzählige Kerzen. Rebecca, Miriam, Vinzent und Götz waren auch da und viele weitere Gäste. Die bodentiefen

Glastüren waren aufgeschoben, im Garten hatte man Lampions aufgehängt und eine Feuerschale angezündet, um die schon ein paar Leute saßen und plauderten. Aus nicht sichtbaren Lautsprechern drang chillige Loungemusik, das Gewirr von Stimmen und das Gelächter der Gäste war überall zu vernehmen, eine gelungene Feier.

»Möchtest du ein Glas Wein?«, bot Thies an. »Ich hole dir gerne etwas.«

Sie schenkte ihm ein strahlendes Lächeln. »Sehr aufmerksam von dir, danke. Oder willst du mich etwa betrunken und gefügig machen?«, scherzte sie und reichte ihm ihr leeres Glas, aber nicht, ohne ihm einen weiteren Kuss auf den Mund zu drücken.

Mit einem wissenden Lächeln verschwand Thies daraufhin, beinahe gleichzeitig traten Rebecca und Miriam neben Nathalie. »Na, wie läuft's im Paradies?«, erkundigte Rebecca sich mit einem breiten Grinsen.

»Ich kann nichts anderes sagen als großartig«, gab Nathalie zu.

»Das klingt, als ob du was anderes erwartet hättest?«, fragte Miriam mit einem Stirnrunzeln.

»Habe ich nicht«, widersprach Nathalie vehement.

»Hat er schon die drei Worte gesagt, du weißt schon«, wollte Rebecca schließlich wissen.

»Du meinst, blas mir einen?«, scherzte Nathalie, und an Miriams entrüsteter Reaktion sah sie, dass nicht alle diesen kleinen Witz lustig fanden.

»Du willst nur ablenken, Herzchen. Also hat er oder nicht?«, bohrte Rebecca weiter. »Und von deinen Sexpraktiken wollen wir natürlich auch hören, bloß nicht hier!« Sie lachte, und Nathalie grinste ebenfalls.

Miriam schüttelte den Kopf, musste aber auch lächeln.

»Wir haben es noch nicht gesagt, okay?«, kam Nathalie zu dem Punkt, den ihre Freundinnen interessierte. »Thies und ich sind doch erst kurz zusammen.«

Aber Nathalie spürte, dass Thies darauf wartete, dass sie endlich den Schritt wagte, um über ihre Gefühle zu reden. Er hatte mehr als einmal erklärt, dass er mehr und mehr für sie empfand, woraufhin sie stets geschwiegen hatte oder ausgewichen war. Nathalie konnte einfach nicht aussprechen, was in ihr vor sich ging, als ob da eine Sperre wäre, die es verhinderte. Sie wollte es ja – aber fürchtete sich gleichzeitig davor, es irgendwann zu bereuen.

»Es ist doch klar, dass du Angst hast, aber ich dachte, ihr wärt schon weiter«, meinte Rebecca nachdenklich. »Was hält euch davon ab? Ich meine, wenn man euch zusammen sieht, ist jedem klar, dass da Liebe im Spiel ist. Ihr himmelt euch an!«

»Vielleicht will sie, dass er es zuerst sagt?«, wandte Miriam ein und schaute Nathalie erwartungsvoll an.

Nathalie wollte gerade etwas erwidern, als Miriam sich die Hand vor den Mund hielt und davonstürzte. Rebecca und Nathalie tauschten einen Blick aus. »Ich sehe nach ihr«, erklärte Rebecca dann.

»Ist sie schwanger?«, Nathalie sprach das aus, was sie beide dachten.

»Ich weiß von nichts. Hoffentlich! Sie wartet so sehnsüchtig darauf.«

Diese Neuigkeit stellte etwas mit Nathalie an, was ihren Magen in Aufruhr versetzte. Natürlich würde sie sich wahnsinnig für Miriam freuen, das stand außer Frage. Gleichzeitig erinnerte es sie daran, was sie selbst verloren hatte. Ein Knäuel an Empfindungen rumorte in ihrem Inneren. Ihre Beine fühlten sich schwach an, und in ihrem Brustkorb zog sich etwas krampfartig zusammen. Der altbekannte Schmerz wallte in Nathalie auf.. »Ich komme mit dir«, entschied sie, schob ihren Wust an

Erinnerungen beiseite und hakte sich dann bei Rebecca ein. Jetzt ging es nicht um sie, sondern um Miriam.

Gemeinsam gingen sie zur Gästetoilette und klopften an die Tür. »Alles in Ordnung da drin?«, rief Rebecca.

»Ja, ja, ich bin gleich da«, kam die Antwort prompt von Miriam.

Sie hörten die Klospülung rauschen, dann lief das Wasser. Nach einem Moment kam sie heraus. Sie war ein bisschen blass und wirkte verlegen, aber irgendwie zufrieden.

»Geht's dir gut?«, fragte Nathalie.

Miriam lächelte schüchtern. »Mir ist die ganze Zeit schlecht«, erklärte sie.

»Dann bist du …?«, fuhr Nathalie fort und stockte.

»Schwanger!«, beendete Rebecca den Satz, und Miriam nickte.

»Aber pst.« Sie legte sich einen Finger an die Lippen. »Es ist ganz frisch. Ich will das nicht an die große Glocke …«

Weiter kam Miriam nicht, dann fielen ihre Freundinnen ihr um den Hals und drückten sie. »Gott, ich ersticke«, jammerte sie. »Lasst mich mal atmen!«

»Sorry, sorry«, stießen Nathalie und Rebecca gleichzeitig hervor.

»Darauf stoßen wir an!«, erklärte Rebecca. »Du natürlich mit Cola oder was auch immer.«

»Ihr seid so lieb. Danke!«

»Warst du schon beim Arzt?«, wollte Nathalie wissen, die leider sofort daran dachte, was alles schiefgehen konnte. Hoffentlich würde es bei Miriam nicht so kommen. Wieder brauten sich die Erinnerungen zusammen. Alles, was sie damals durchgemacht hatte, kam in schmerzhaften Wellen hoch. Sie musste sich kurz sammeln und schloss für einen Moment die Augen.

Nach einem Atemzug hatte sie sich wieder im Griff.

Nathalie konzentrierte sich auf Miriam. Sie wünschte Götz und ihrer Freundin von Herzen, dass sie in einigen Monaten ein gesundes Baby im Arm halten würden.

»Nein, noch nicht, aber ich habe einen Termin nächste Woche. Bitte, sprecht nicht darüber, ja? Auch nicht mit Götz, der ist sowieso schon total nervös, so wie ich. Da sind wir ein bisschen abergläubisch, ja?«

»Natürlich, Süße!« Rebecca drückte ihren Arm.

O Gott. Nathalies Kehle wurde eng. Sie merkte, dass sie kurz davor war, vor Rührung zu heulen, während sich etwas in ihrer Brust löste.

»Nathalie, alles okay?«, fragte Miriam, der das nicht entgangen war.

Nathalie lächelte schief. »Aber ja! Ich freue mich einfach so! Dass du die Erste von uns bist! Ich wünsche euch alles Gute, das sind wundervolle Neuigkeiten!« Sie drückte Miriam noch einmal, und sie erwiderte die Umarmung. »Hilfe, jetzt muss ich auch weinen. Diese blöden Hormone! Wie soll das nur weitergehen?«

Rebecca lachte. »Schau uns einer an! Bald feiern wir keine Partys mehr, sondern stricken Babymützen für dich.«

Sie lachten und gingen gemeinsam zurück. Im Wohnzimmer wurde Miriam schon von Götz erwartet und entführt, dem sie natürlich nicht gratulierten – sie hatten Miriam versprochen abzuwarten. Rebecca und Nathalie unterhielten sich daraufhin kurz mit der Gastgeberin.

Charlotte trug ein rotes, knielanges Kleid, das ihr sehr gut stand. »Und, amüsiert ihr euch?«, wollte sie von den beiden wissen.

»Und wie«, erklärte Rebecca. »Schön habt ihr es hier, ein tolles Haus. Vinzent und ich sind ja weiter auf der Suche!«

Charlotte errötete leicht, und ihre Augen nahmen einen besonderen Glanz an. »Danke, das finde ich auch, ich kann manchmal nicht glauben, dass das wirklich mein Leben ist.«

Marius trat neben sie und drückte seiner Angebeteten einen Kuss in den Nacken. »Was kannst du nicht glauben? Dass du die beste Partie der Welt an Land gezogen hast?«

Charlotte prustete los, aber ihre Augen sagten, dass sie genau das für Marius empfand. »Du Spinner! Wer hat mich denn mit einem Golfball beinahe ins Jenseits befördert? Also wer hat hier wohl wen eingefangen?«

Nathalie lachte. Sie hatte schon von der Liebesgeschichte der beiden gehört, aber sie hier zusammen zu sehen, machte das alles noch lebendiger. Sie konnte sich sehr gut vorstellen, dass es bei den beiden niemals langweilig werden würde.

Marius küsste Charlotte erneut, dieses Mal auf die Stirn. »Du hast recht, meine Liebe. Ich bin derjenige, der das große Glück hat. Kann ich euch noch etwas zu trinken anbieten?«, wandte Marius sich dann charmant an Rebecca und Nathalie.

»Oh, nein, danke, ich habe genug«, erklärte Rebecca.

Nathalie wollte gerade etwas erwidern, als Thies mit einem Weißwein für sie ankam und sich zu ihnen gesellte. »Danke, wie du siehst, bin ich jetzt auch wieder versorgt«, erklärte Nathalie und lächelte Thies an.

Kurz plauderten sie miteinander, dann wurden die Gastgeber von neu eintreffenden Freunden in Beschlag genommen, und auch Rebecca hatte sich verkrümelt, weil sie nach Vinzent schauen wollte. »Und, amüsierst du dich?«, erkundigte sich Thies. »Deine Freunde sind wirklich nett.«

»Gut nett?«

Er lachte. »Aber natürlich! Und was für eine Aussicht sie hier haben, direkt auf die Elbe. Nicht schlecht, oder?«

»Meine Aussicht gefällt mir besser.« Sie schaute ihm ins Gesicht und sah am Aufleuchten in seinen Augen, dass er verstand, was sie eigentlich ausdrücken wollte.

Thies beugte sich zu ihr. »Ich liebe dich.« Dann küsste er sie, ohne ihr die Gelegenheit zu einer Antwort zu geben.

Nathalie war perplex, aber sie freute sich über dieses Geständnis. Doch da war mehr, sie konnte es noch nicht zurücksagen, nicht, weil sie nichts für ihn empfand, es war komplizierter als das. Sie musste mit ihm reden, nur nicht jetzt. Nicht hier.

Glücklicherweise wurden sie, ehe der Moment bedrückend werden konnte, von Vinzent und Rebecca, die just neben sie traten, in ein Gespräch verwickelt. Danach bot sich keine Gelegenheit mehr, bei der sie Thies ihre Gefühle hätte gestehen können. Oder sie sorgte dafür, dass sich keine mehr ergeben konnte.

ALS SIE SEHR VIEL SPÄTER ZU Hause waren – sie übernachteten heute bei Thies –, putzten sie sich die Zähne. Sie standen gemeinsam im Bad und schwiegen. Verrückt, wie normal es mittlerweile für sie geworden war, eine Beziehung zu führen.

Thies spuckte ins Waschbecken. »Es war eine super Party, hat Spaß gemacht.«

Nathalie nickte und bürstete weiter in kleinen Kreisen.

Thies spülte seinen Mund aus und ging schon mal ins Bett. Nathalie nahm sich einen Augenblick Zeit, schminkte sich in Ruhe ab und überlegte, wie sie das Gespräch anfangen sollte. Wenig später kehrte sie ins Schlafzimmer zurück, obwohl sie immer noch nicht sicher war, wie sie es schaffen sollte, über die Vergangenheit zu sprechen. Thies saß aufrecht im Bett und scrollte durch etwas auf seinem Handy. Als er sie erblickte, legte er es weg und schlug die leichte Sommerdecke zurück. Er klopfte lächelnd mit dem Handrücken auf die Matratze. »Da bist du ja, ich wollte gerade schon eine Suchmeldung nach dir aufgeben.«

Nathalie grinste und kletterte über ihn auf ihre Seite. Erschrocken stellte sie fest, dass sie das schon festgelegt hatten, ohne jemals darüber gesprochen zu haben. Ihr Mund wurde trocken. Sie hatte eine Seite in seinem Bett.

»Was ist denn?«, fragte er und sie setzte sich ihm im Schneidersitz gegenüber.

Der schwache Schein der Nachttischlampe erhellte sein Gesicht, sie sah den sorgenvollen Blick, wo zuvor noch Freude gewesen war.

»Miriam ist schwanger«, fing sie an.

Er verstand nicht. Natürlich nicht, daher runzelte er nur die Stirn. »Okay?«

»Es gibt etwas, was ich dir erzählen möchte. Aber ich weiß nicht, ob jetzt der richtige Zeitpunkt ist.«

»Natürlich. Es gibt keinen falschen Zeitpunkt für Wahrheiten, oder?« Er klang verständnisvoll, geduldig. Sie konnte ihm vertrauen.

Sie hoffte, dass es stimmte. Aber es fiel ihr schwer. Sehr schwer. »Ich war vor dir schon einmal mit jemandem zusammen.«

»Ja, gut, das hatte ich angenommen«, versuchte er einen Scherz zu machen und lächelte schwach. Dabei nahm er ihre Hand in seine, was sich wunderbar anfühlte. Es verlieh ihr ein wenig Mut.

»Ich war in ihn verliebt, auch wenn es eher unpassend war. Er war der Dekan an der juristischen Fakultät. Ich die Studentin.«

Thies' Augen weiteten sich. »Oha! Das klingt kompliziert.«

»Ich dachte nicht, dass es das sein müsste. Bis zu dem Tag, als ich schwanger wurde. Es war ein Schock, natürlich, aber dann habe ich mich gefreut.«

Thies schwieg, er schaute sie aufmerksam an. Er fragte sich natürlich, wo das Kind heute war.

Nathalie fuhr fort, sie hatte einen Frosch im Hals. Sie räusperte sich.

»Benjamin sah das anders. Er hat sich direkt von mir getrennt. Mich verleugnet. Bis dahin war mir gar nicht bewusst gewesen, dass wir uns nie in der Öffentlichkeit als Paar gezeigt hatten. Jedenfalls nicht auf dem Campus. Danach habe ich es begriffen. Zu spät jedenfalls. Also, dass er es nie ernst mit mir meinte.«

»Das tut mir leid«, war alles, was Thies sagte, sie spürte, dass er mehr hören wollte, dass er Fragen hatte. Natürlich hatte er die.

Nathalies Herz wurde schwer, er drückte ihre Hand, was ein wenig half. »Ich saß in der Uni, als ich Schmerzen bekam, dann Blutungen. Es war furchtbar.« Sie schaute Thies nicht ins Gesicht. »Ich hatte eine Fehlgeburt, vor aller Augen, und das Arschloch hat es so hingestellt, dass ich simulieren würde, um ihn bloßzustellen. Er hat dafür gesorgt, dass die Gerüchteküche kochte. Ich hatte mit derart übler Nachrede zu kämpfen, dass ich mein Studium geschmissen habe. Er hat allen erzählt, dass ich lügen würde, dass meine Fehlgeburt ein von mir produzierter Fake war. Das konnte ich einfach nicht ertragen, denn ich hatte dieses Kind geliebt, auch wenn ich erst in der siebten Woche war.«

Sie schluchzte, und Thies nahm sie in die Arme. Er hielt sie einfach fest. »Ich bin für dich da«, sagte er immer wieder, und sie glaubte ihm. Eine Weile sagte niemand etwas, er strich ihr beruhigend über den Rücken, er drückte ihr einen zärtlichen Kuss auf den Scheitel.

»Tut mir leid, jetzt bist du ganz nassgeheult«, schniefte Nathalie.

»Du kannst so viele Tränen auf mir vergießen, wie du möchtest, Nathalie. Ich hoffe, du weißt das.«

»Danke«, wisperte sie und schloss die Augen erneut.

Sie fühlte sich geborgen und gleichzeitig von einer Last befreit. Das hier war nur ein Schritt, ein erster, aber den war sie gegangen und darauf war sie stolz.

KAPITEL ACHTZEHN

Auch wenn sie nicht mehr über ihre Vergangenheit gesprochen hatten, spürte Nathalie, dass sie seit dem Abend nach der Party auf einer tieferen Ebene miteinander kommunizieren konnten als zuvor. Sie atmete durch. Es war, als hätte sich ein Knoten in ihr gelöst. Nathalie hatte in den letzten Tagen bewusst getrauert, sie hatte es zum ersten Mal in ihrem Leben zugelassen und den Schmerz durchlebt. Nicht verdrängt. Dadurch kam sie zwar längst nicht über den Verlust ihres Kindes hinweg, aber sie merkte dennoch, dass sie sich allmählich von ihrer Vergangenheit löste, sich nicht mehr von der alten Geschichte beherrschen ließ.

Gerade waren sie auf dem Weg zu Thies' Eltern, bei denen sie zum Kaffeetrinken eingeladen waren. Er wollte sie offiziell vorstellen. Nathalie war schrecklich nervös. Ihren klapprigen Polo hatte sie in einer Parklücke abgestellt, jetzt liefen sie über einen schmalen Weg zum Haus – okay, es war kein Haus, es war eine Villa. Aber das war es nicht, was sie aus dem Konzept brachte.

»O Gott, das fühlt sich so ernst an«, murmelte Nathalie und

presste sich eine Hand auf den Magen. Sie war noch nie Eltern vorgestellt worden, das alles machte es auf einmal sehr real für sie – was albern war, denn es änderte ja nichts an der Beziehung zu Thies, in der sie glücklich war. Glücklicher denn je zuvor.

Thies umarmte sie. »Hey, ich war schließlich schon mit deiner ganzen Familie im Urlaub – und auch mit Leuten, die gar nicht dazugehören. Du musst nicht aufgeregt sein, meine Eltern beißen nicht.«

Sie lachte. »Du hast recht! Natürlich nicht. Dass du meine Familie schon kennst, hatte ich total verdrängt für den Moment. Ich bin einfach nervös.«

»Es wird alles gut. Wie geht's eigentlich deiner Mutter und deinem Vater?«

»Ach, ich weiß auch nicht. Sie schleichen umeinander herum wie die Katze um den heißen Brei, aber lösen ihre Sachen nicht …«

»Ich freue mich auf jeden Fall, sie bald wiederzusehen. Wir könnten sie mal zum Essen einladen.«

Nathalie lächelte und die Schmetterlinge in ihrem Bauch vertrieben das flaue Gefühl. »Lass uns später darüber reden, ich kann gerade nicht denken«, meinte sie schließlich. Thies verschränkte seine Finger mit ihren und führte Nathalie um das Haus herum in den Garten der Familie. In frisch geharkten Beeten blühten bunte Sommerblumen, einige hohe Kastanien spendeten Schatten über dem perfekten Rasen. Auf der Terrasse vor dem Haus war eine weiß-gelb gestreifte Markise gespannt, auf dem runden Tisch hatte man eine weiße Tischdecke ausgebreitet. Das Geschirr war aufeinander abgestimmt, in der Mitte stand eine Vase mit pinkfarbenen Hyazinthen.

»Ist gar keiner da?«, flüsterte sie und schaute zu Thies auf.

»Bestimmt noch im Haus«, meinte er.

Dann stellte sie fest, dass nur drei Gedecke auf dem Tisch lagen, sagte aber nichts. Im gleichen Moment kam eine Frau aus dem Haus, sie trug eine dunkelblaue Hose und eine cremefarbene Kurzarmbluse zu Sandalen. Ihr Haar war perfekt frisiert, sie lächelte, als sie ihren Sohn erblickte, dann verblasste es ein wenig, als sie Nathalie entdeckte.

Das flaue Gefühl in Nathalies Magen kehrte zurück, ihre Hände wurden eiskalt. Hier stimmte etwas nicht.

»Hallo, Mama«, begrüßte er seine Mutter, er ließ Nathalie dabei nicht los, während er auf sie zuging.

Dann umarmte er seine Mama und gab ihr ein Küsschen auf die linke Wange. »Das ist Nathalie, wir sind zusammen.«

Die Augen der Mutter weiteten sich, Nathalie blieb keine Zeit, die Situation näher zu analysieren. »Nathalie, das ist meine Mutter Dörte.«

Statt Nathalie die Hand zu reichen, wandte sich Dörte Engelmann an ihren Sohn. »Deine Freundin?«, wiederholte sie und blinzelte ein paarmal, als ob sie diese Neuigkeit absolut abwegig fände.

Nathalies Mund wurde trocken. Thies hatte nichts von ihr erzählt? Er hatte sie angelogen?

Entsetzen über Thies' Eröffnung spiegelte sich in Dörte Engelmanns Gesicht, vermutlich sah Nathalie ähnlich aus – aus anderen Gründen.

»Es sollte eine Überraschung sein«, erklärte Thies mit einem verkrampften Lächeln.

»Na, die ist gelungen«, stieß seine Mutter hervor, und Nathalie fühlte sich noch unwillkommener.

Hier gibt es nicht viel zu interpretieren, überlegte Nathalie.

Thies' Mutter war nicht glücklich, dass er eine Freundin mitbrachte, oder es lag an Nathalie? Was es auch immer war, sie wünschte sich, sie wäre unsichtbar. Dass der unangenehme Teil des Nachmittags schon so schnell beginnen würde, hatte sie nicht erwartet.

»Mama.« Thies klang leicht ungeduldig.

»Guten Tag, Nathalie, ich bin Dörte.« Sie reichte ihr nun doch die Hand. Nathalie ergriff sie, aber es war klar, dass sich hier niemand über ihre Anwesenheit freute.

Vor allem war sie jedoch enttäuscht darüber, dass Thies ihr etwas anderes erzählt hatte, und das, wo ihm die Wahrheit doch sonst so wichtig war. Warum? Sie fühlte sich hintergangen.

Etwas in ihr machte klick, und sie konnte es nicht verhindern. Sie zog alle Schotten dicht, sie wollte nicht wieder verletzt werden. Nicht von Thies. Nicht, nachdem sie ihm alles über ihre Vergangenheit erzählt hatte.

»Also, Nathalie, was machen Sie so?«, erkundigte die Mutter sich halbherzig interessiert bei ihr.

»Ich bin bei einer Hotline tätig, als Sexarbeiterin«, erklärte sie aus Trotz, obwohl es gar nicht mehr den Tatsachen entsprach. Erst letzte Woche hatte sie ihrer ehemaligen Chefin erneut erklärt, dass ihre Entscheidung endgültig war.

Zu ihrer Genugtuung sah sie, wie Dörte Engelmanns Augen erst groß wurden, dann öffnete sie ihre Lippen und holte tief Luft – ein Ausatmen folgte nicht.

»Nicht Ihr Ernst. Thies, soll das ein Witz sein? Wenn ja, dann ist er nicht lustig. Wer ist diese Frau?«, gab sie schließlich spitz von sich.

Nathalie sagte gar nichts mehr. Sie verschränkte die Arme vor ihrer Brust und wünschte sich an einen anderen Ort.

»Nathalie«, murmelte Thies, aber sie wollte nichts von ihm hören. Nicht jetzt. Im gleichen Augenblick kam ein Mann aus dem Haus, er war ein Stück kleiner als Thies, dafür hatte er ein paar Kilo mehr auf den Rippen. Die Ähnlichkeit mit seinem Sohn war unverkennbar. Er trug ein blaues Button-Down-Hemd und eine Bundfaltenhose zu braunen Schuhen. Unangenehmes Schweigen breitete sich aus, Nathalie fühlte sich mehr als fehl am Platz. Sie wollte weg. Sofort.

»Ich habe den Eindruck, dass etwas in der Planung schiefgelaufen ist, deshalb möchte ich das Familientreffen nicht weiter stören.« Ohne sich umzublicken, wandte sie sich ab, Nathalie verließ das Grundstück zuerst mit gemächlichen Schritten; als sie das Gartentor passiert hatte, rannte sie los.

Als sie ihr Auto fast erreicht hatte, wurde sie von Thies aufgehalten.

»Lass mich los«, forderte sie und er ließ die Hand sinken.

Seine Miene war grimmig. »Was sollte das eben?«

Nathalie verschränkte die Arme vor der Brust. »Das könnte ich dich genauso gut fragen!«

»Wieso machst du das?«

»Was?« Sie biss die Zähne zusammen.

»Du mauerst. Du provozierst. Du spielst nur mit mir. Gerade habe ich das Gefühl, dass du es genossen hast, mich stehen zu lassen.«

»Bitte! Versetz dich mal in meine Lage. Mir erzählst du was von wegen, meine Eltern freuen sich, dich kennenzulernen, und dann komme ich dahin, und deine Mutter fällt fast um vor Schreck, als sie mich sieht. Willkommen zu sein, sieht anders aus. Was hast du mir da die ganze Zeit erzählt von wegen, die Wahrheit sei das Wichtigste?« Sie schnaubte. »Die Wahrheit am Arsch, Thies! Du hast mich auflaufen lassen.«

»Und du mich etwa nicht?«

Sie schüttelte ihren Kopf. »Du, du, du. Wir kommen ziemlich früh an einen Punkt, an dem wir feststellen, dass doch nicht alles so rosarot ist, wie man gedacht hat, hm?«

Thies schaute sie stumm an, sein Gesicht wirkte versteinert. Ihr Herz klopfte wild.

»Für mich sieht es so aus, als ob du nichts für mich empfinden würdest. Du rennst bei der ersten Gelegenheit davon, so, als wärst du erleichtert.«

Das hatte gesessen. Nathalie schluckte trocken. Ihr fiel nichts ein, was sie darauf erwidern konnte oder wollte.

Er raufte sich die Haare. »Du gibst kaum etwas von dir preis, du erwiderst meine Gefühle nicht, jedenfalls lässt du es mich nicht wissen.«

Sie schnappte nach Luft. »Also wenn du nichts gemerkt hast, musst du ein Stein sein.«

»Hast du mir jemals gesagt, dass du mich gernhast, dass du Gefühle für mich hast? Mich liebst? Nein. Hast du nicht.«

Das stimmte, fair war es trotzdem nicht. »Du hast es vielleicht gesagt, Thies, aber meinst du es wirklich so? Worte fließen manchen Leuten sehr leicht über die Lippen.«

Ein verletzter Ausdruck huschte über sein Gesicht, dann verhärteten sich seine Züge. »Ich kann nicht glauben, dass du das von mir denkst.«

»Ich brauche einen Mann, der alle Tage für mich einsteht, nicht nur an manchen. Das, was da eben bei deinen Eltern abgegangen ist, hat mir die Augen geöffnet.«

»Leider verstehe ich kein Wort von dem, was du sagst.«

»Ja, das Gefühl habe ich auch.«

»Willst du es mir nicht erklären?«

Dass er nicht begriff, was hier eben schiefgelaufen war, traf sie härter als alles andere. »Du hast nichts getan, um mich vor deinen Eltern zu verteidigen. Deine Mutter hat mir offen zu verstehen gegeben, dass ich nichts für dich bin. Du hättest mich verteidigen sollen, das hast du aber nicht getan.«

»Das ist nicht dein Ernst.«

»Ich fürchte doch, Thies. Du hast mir erzählt, dass du mich vorstellen möchtest, und deine Eltern ahnten nicht mal etwas von meiner Existenz? Wobei hast du noch gelogen? Für mich sieht das so aus, als ob du dir selbst nicht sicher wärst. Und das ist etwas, was ich nicht ertragen kann und auch nicht ertragen will. Vielleicht brauchen wir eine Pause. Ich in jedem Fall. Wir sollten überlegen, ob wir das wirklich wollen oder eben nicht. Und jetzt lass mich gehen.«

Thies war blass geworden, seine Kiefer mahlten. »Wenn du das so siehst?«

Nathalie nickte. »Es tut mir leid. Aber vielleicht ist es ganz gut so, ehe mehr passiert, was wir beide bereuen.«

Thies wirkte getroffen, aber Nathalie konnte ihn nicht länger ansehen. Hinter ihren Lidern brannte es. So hatte sie sich diesen Nachmittag nicht vorgestellt, ganz bestimmt nicht.

Sie setzte sich in ihr Auto und fuhr los. Wohin, wusste sie noch nicht, Hauptsache weg von hier. Eine Weile fuhr sie ziellos umher, bis sie nach Hause zurückkehrte.

Gundula saß im Garten und blätterte in einem Magazin.

»Hallo, Schätzchen«, sagte sie, dann erkannte sie, dass etwas im Argen lag. »Was ist passiert?«

Nathalie setzte sich zu ihr. »Ich habe keine Ahnung, ehrlich gesagt.«

»Ihr habt euch gestritten? Das kommt schon mal vor«, erklärte sie mit einem Augenzwinkern, aber Nathalie konnte nicht darüber lachen.

»Es ist mehr als das, fürchte ich.«

Sie erklärte ihrer Tante, was vorgefallen war, nach einer Weile seufzte sie und rieb sich über die Stirn. »Vertrauen ist das A und O, Schätzchen. Ich kann dir dabei keinen Rat geben, aber ich muss sagen, dass ich nicht glaube, dass Thies dir was vorgespielt hat.«

»Das glaube ich irgendwie auch nicht. Ich kann einfach keinen Mann gebrauchen, der nicht zu mir steht.«

Gundula lächelte schief. »Du hast es schon ein bisschen genossen zu schockieren, oder? So als Retourkutsche?«

Nathalie nickte. »Das habe ich. Wenn man mich verletzt, reagiere ich eben so. Und ich bereue das auch nicht, bestimmt nicht.«

»Sollst du ja auch nicht. Ich hoffe, dass ihr euch wieder vertragt. Ihr seid ein so schönes Paar.«

Darauf konnte Nathalie nichts erwidern. Für den Moment wünschte sie sich einfach nur, dieser Nachmittag hätte niemals stattgefunden. Es tat verdammt weh.

NACHDEM NATHALIE DAVONGEBRAUST WAR, kehrte Thies schlecht gelaunt in den Garten seiner Eltern zurück. Seine Mutter trug gerade eine Kanne Limonade und einen Teller mit Kuchen heraus.

»Sag mal, was war das denn eben?«, fuhr er sie an.

»Vergreif dich nicht im Ton«, schimpfte sein Vater.

»Das könntest du zu Mama genauso sagen, sie war so unhöflich zu Nathalie.«

Dörte stellte Kuchen und Limonade ab, dann setzte sie sich. »Wer ist das überhaupt?«

»Bis vor wenigen Minuten war sie noch meine Freundin!«, brummte Thies, ohne sich zu rühren.

Er war richtig sauer. Vor allem, weil er ein schlechtes Gewissen hatte, dass er nicht gleich eingegriffen hatte. Nun gab er sich die Schuld an dieser Misere. Thies hatte sich das anders vorgestellt, ganz anders. Er hatte seinen Eltern nichts erzählt, weil er davon überzeugt gewesen war, dass diese Überraschung freudig aufgenommen werden würde. Hatte geglaubt dass seine Eltern froh wären, dass er endlich über die Trennung von seiner Ex hinweg war Stattdessen war seine Mutter entsetzt. Er hatte gehofft, dass sie eine neue Partnerin an seiner Seite begrüßen würden, dass ihnen sein Glück wichtiger war als die »scheinbar perfekte« Schwiegertochter Annalena.

»Ich verstehe ja nicht, warum du und Annalena …«, fing sie an, während sie Kuchen auf die Teller verteilte, und Thies sah rot.

»Wann hörst du endlich mit diesem Scheiß auf«, brüllte er. Er schrie seine Mutter an, und das hatte er noch nie getan.

Sein Vater stand auf und machte eine Geste. »Nicht in diesem Ton!«

Thies trat einen Schritt zurück und fuhr sich mit beiden Händen über das Gesicht. Er atmete tief durch, dann räusperte er sich und fuhr ruhiger fort. »Ich habe es lange vermieden, weil ich der Meinung war, es wäre nicht nötig, dass ihr jedes Detail über meine Beziehung zu eurer geliebten Annalena erfahrt, aber anscheinend geht es nicht anders.«

Dörte lehnte sich zurück, ihre Lippen waren zusammengepresst. Sie schwieg, doch dann konnte sie sich ihre übliche Leier doch nicht verkneifen. »Es ist so schade, dass ihr nicht mehr zusammen seid, ich verstehe es einfach nicht.«

»Sie hat mich betrogen, okay? Sie hat keinen Gedanken an mich verschwendet, als sie mit einem anderen ins Bett gegangen ist, und das nicht nur einmal.«

Seine Mutter wurde blass. Ihr Mund öffnete sich und schloss sich wieder. Sein Vater hob eine Braue und schüttelte den Kopf. »Das ist ja ein Ding.«

Tja, so konnte man es auch formulieren.

Thies' Herz schlug noch immer viel zu schnell, in seinem Bauch hatten sich Knoten gebildet. »Ich bringe eine Frau mit, die mir viel bedeutet, und dann wird sie von meiner Mutter nicht offen empfangen, sondern im Gegenteil abweisend behandelt. Unfreundlich geradezu.«

Die schwieg betreten und schaute auch nicht auf. »Sexarbeiterin ist sie, das hat sie jedenfalls gesagt, stimmt das?« Jetzt erst blickte sie ihrem Sohn ins Gesicht.

»Und wenn sie die Kaiserin von China wäre, könnte euch das egal sein, solange sie mich glücklich macht!«

Sein Vater stach mit der Gabel in den Kuchen, er konnte sich ein Schmunzeln nicht verkneifen. »Da hat er recht, Dörte.«

Seine Mutter schaute ihren Mann giftig an, dann wandte sie sich an Thies. »Also stimmt es?«

»Was!?«, knurrte Thies.

»Sie arbeitet bei einer Sexhotline? O Gott!«

»Weißt du was, Mama? Es sollte dir egal sein, solange sie die Frau ist, die ich liebe, ja, ich wiederhole mich, aber das ist der Punkt: Hör auf, dich in mein Liebesleben einmischen zu wollen! Finde dich damit ab. Aber womöglich wird Nathalie ja gar nicht mehr mit mir sprechen, nachdem das hier so gründlich schiefgelaufen ist.«

Dörte räusperte sich. »Ich kann mich bei ihr entschuldigen, wenn es das ist, was du möchtest.«

Thies schwieg einen Augenblick, dann nickte er. »Ja, das erwarte ich auch von dir. Aber zuerst muss ich sie finden und sehen, ob sie überhaupt noch mit mir reden will. Nathalie hat eine Menge Mist erlebt und war gerade dabei, sich zu öffnen, und ich habe es vermasselt.« Er wusste nicht, ob er mit sich selbst oder mit seinen Eltern sprach. Es spielte auch keine Rolle.

Dörte rieb sich die Schläfen und murmelte. »Sexhotline!«

Sein Vater hob beide Brauen und legte seiner Frau eine Hand auf die Schulter. »Vielleicht ist es ja gar nicht so schlimm, wie du es dir vorstellst. Diese jungen Leute leben halt heute anders als wir früher.«

Dörte fächelte sich Luft mit einer Serviette zu. Thies behielt für sich, dass Nathalie diesen Job aufgegeben hatte, seine Mutter sollte ruhig ein wenig in ihrem eigenen Saft schmoren. »Ich liebe Nathalie mehr, als ich Annalena je geliebt habe, und von euch erwarte ich, dass ihr sie so behandelt, wie ihr mich behandelt. Sie ist die Frau, mit der ich mein Leben verbringen möchte.«

Sein Vater nickte anerkennend. »Es ist gut, wenn man weiß, was man will. Dann los, such sie und bring das wieder in Ordnung.«

Wenn es nur so einfach wäre, dachte Thies, während er sich zu Fuß auf den Weg machte. Vielleicht wollte sie ihn nicht mehr wiedersehen. Er wusste, dass Nathalie, wenn sie einmal eine Entscheidung getroffen hatte, nicht mehr davon abrückte. Er hoffte, dass es in seinem Fall anders sein würde. Aber sicher war er nicht.

KAPITEL NEUNZEHN

Nathalie war bitter enttäuscht. Vor zwei Tagen hatte sie Thies zum letzten Mal gesehen, nach dem Streit hatte er lediglich eine SMS geschickt, in der er »Tut mir leid« geschrieben hatte. Das sollte alles gewesen sein?

Sie hatte die Nachricht nicht beantwortet. Wenn er sich nicht ein wenig mehr Mühe geben konnte, war das alles, was sie wissen musste. Darauf hatte er keine Reaktion verdient.

Dass der Schmerz darüber tiefer ging, als sie befürchtet hatte, überraschte sie nicht. Sie war kaum in der Lage, einen Bissen hinunterzubringen oder sich überhaupt aus dem Bett zu schleppen. Es war schon Viertel nach drei an diesem Dienstag. Heute hatte sie es bisher nur zum Mittagessen nach unten geschafft, weil Gundula darauf bestanden hatte.

Nathalie drückte sich ein Kissen auf das Gesicht und schrie hinein. Dann schmiss sie es gegen die Wand. Ein leises Klopfen an der Zimmertür erklang und sie rief: »Ja?«

Herein tänzelten Rebecca und Miriam. Natürlich hatte sie ihren Freundinnen längst ihr Leid geklagt, vermutlich waren sie deshalb auch hier. Zum Teil zumindest. »Hey, Süße!«, zwitscherten beide unisono. Sie sahen, im Gegensatz zu ihr, aus wie das blühende Leben.

Nathalie stand auf und umarmte die zwei. »Schön, euch zu sehen«, gab sie von sich, und das meinte sie auch genau so. »O Gott, ich hab deinen Termin vergessen!«, wandte sie sich an Miriam. »Tut mir leid, ich bin so blöd!«

Die grinste breit und zog ein Ultraschallbild aus der Gesäßtasche ihrer Jeansshorts hervor. »Sieht alles gut aus, alles dran an dem kleinen Muckel!«

Nathalie fiel ihr um den Hals. »Wie schön, das freut mich so! War Götz dabei?«

»Natürlich war er das, er hat sogar geweint, mein starker Kaffeemillionär!«

Rebecca grinste. »Komm, das müssen wir feiern. Du musst mal raus hier. Hast du immer noch nichts von Thies gehört?«

»Ich komme lieber nicht mit«, brummte Nathalie. »Ich würde euch nur den Nachmittag verderben!«

»So ein Unsinn, los, husch unter die Dusche und mach dich frisch, wir warten hier«, bestimmte Rebecca und ging direkt zum Schrank, wo sie ein paar Klamotten heraussuchte. »Was ist mit den Post-ists passiert?«, fragte sie, während sie ein knielanges Sommerkleid auf einem Bügel hervorzupfte.

»Hab ich weggeschmissen«, murrte Nathalie und gab sich geschlagen. »Läuft eh alles nicht.«

»Du bist und bleibst halt eine Optimistin«, neckte Rebecca sie und kniff sie auch noch in die Wange, als wäre sie die alte Tante und nicht Gundula.

»Hör auf«, schimpfte Nathalie. »Ich geh ja schon. Gebt mir zehn Minuten.«

»Und keine länger!«, rief ihr Rebecca hinterher, während Miriam es sich auf einem Stuhl bequem machte und ihr Ultraschallbild bestaunte.

. . .

Fünfzehn Minuten später waren sie in Miriams Auto unterwegs. Sie hatte von Götz ein süßes kleines Cabrio in Knallpink zum Geburtstag bekommen. Nathalie ließ sich die Haare im Fahrtwind trocknen. »Wo geht's überhaupt hin?«, wollte sie von den beiden wissen.

»Wirst du dann schon sehen!«, erklärte Miriam mit einem wissenden Lächeln.

»Sieht mir nach Elbstrand aus, liege ich richtig? Super, dann kann ich mein Elend ja mit ein paar Cocktails ertränken.«

Rebecca lachte, sagte aber nichts. Gut, musste sie auch nicht. Nathalie war zwar immer noch niedergeschlagen, aber die Nähe ihrer Freundinnen tat dennoch gut. Sie schloss die Augen und genoss die frische Brise und den Sonnenschein an diesem Sommertag. Nur ein paar Minuten später kamen sie im Hamburger Hafen an.

»Hä? Was wird das denn hier?«, stieß Nathalie hervor.

»Frag doch nicht dauernd«, tadelte Rebecca und hakte sich bei ihr ein. »Wir gehen schon mal vor, Miriam sucht einen Parkplatz.«

»Die arme Schwangere muss dann ewig weit laufen?«

»Wird ihr nicht schaden, mach schon, ehe wir zu spät kommen.«

»Zu spät wofür?« Allmählich kam Nathalie einiges spanisch vor. Sonst taten ihre Freundinnen nicht so geheimniskrämerisch. Rebecca führte sie unter der Brücke an einem portugiesischen Restaurant vorbei zu einem Anleger. »Geh schon mal rauf aufs Boot und besorge uns ein paar Drinks«, forderte Rebecca in einem Ton, der keinen Widerspruch duldete.

Der Dieselmotor der alten Barkasse rumpelte bereits, außer ihnen war niemand an Bord. »Im Ernst, eine Hafenrundfahrt?«, stieß Nathalie hervor.

»Wieso denn nicht? Haben wir ewig nicht gemacht.«

»Stimmt auch wieder, na gut. Mir soll's recht sein.« Sie zuckte die Schultern und tapste über die schmale Gangway auf das Schiff.

Sie war nicht ganz an Bord, als die Leinen gelöst wurden und das Boot ablegte. »Hey, Moment mal!«, rief sie und sah Rebecca vom Ufer aus winken.

»Warum grinst die auch noch so breit?«, redete Nathalie mit sich selbst, dann schaute sie sich um und erstarrte.

»Was machst du denn hier?«, stieß sie tonlos hervor, als sie Thies erblickte, der mit der Schulter gegen einen Balken gelehnt dastand. »Spielt auch keine Rolle, weil ich gleich wieder weg bin.« Hilfe suchend schaute sie sich um, aber wenn sie nicht in die Elbe springen wollte, kam sie hier nicht weg.

»Nathalie«, hörte sie seine Stimme, und ihre Knie wurden weich.

Verdammt. Dass er diese Wirkung auf sie haben musste!

Um ein Haar hätte sie vergessen, dass sie sauer auf ihn war. Er sah leider fantastisch aus. Thies trug ein weißes Leinenhemd und kakifarbene Shorts zu Flipflops.

Spielt keine Rolle, redete sie sich ein, während ihr Puls immer höher schlug.

»Komm mit«, bat er sie und hielt ihr die Hand hin.

»Warum sollte ich?«, gab sie trotzig zurück.

Ein leises Lächeln erschien auf seinem Gesicht. »Deshalb sind wir auf einem Boot, damit du nicht abhauen kannst. Jetzt musst du mit mir reden.«

Sie verzog ihren Mund. »Super! Und so was nennt sich Freundinnen!« Sie würde Rebecca und Miriam umbringen.

Weil sie keine Anstalten machte, ergriff er ihre Finger, und das Zusammentreffen ihrer Haut löste wie immer dieses verdammte Kribbeln auf ihrem ganzen Körper aus.

Blöde Hormone!

»Bitte, Nathalie«, hörte sie ihn sagen.

Sie schluckte trocken, dann kapitulierte sie. »Von mir aus, du lässt mir ja sonst wohl keine Ruhe.«

Er schmunzelte und führte sie nach oben. Dort stand ein Tisch mit einer Rose, es gab Wein und Kleinigkeiten. Erst jetzt sah sie, dass das ganze Schiff romantisch mit Blumen und Bändern geschmückt war. Die Sonne schien von einem wolkenlosen Himmel, es war geradezu kitschig perfekt.

Ach du Schande, dachte sie. Er hatte das geplant? Was überhaupt?

Ich bin sauer auf ihn, erinnerte sie sich, aber sie spürte, wie der Widerstand in ihr schmolz. Nicht nur er hatte Fehler gemacht, es gehörten immer zwei dazu. Meistens jedenfalls.

Thies blieb mit ihr auf der Mitte des Decks stehen, eine laue Brise wehte über sie hinweg, eine Strähne ihres Haars fiel ihr ins Gesicht. Er schob sie mit dem Finger zur Seite, und sie zitterte ein wenig vor Aufregung. Er spürte es und lächelte. In seinem Blick lag so viel Gefühl, dass Nathalie warm ums Herz wurde.

»Ich möchte mich bei dir entschuldigen, Nathalie«, fing er an.

»Hast du doch schon. Mit einer tollen SMS«, erwiderte sie sarkastisch.

Er neigte seinen Kopf und seufzte leise. »Ich brauchte auch ein wenig Zeit, um zu überlegen, wie ich dir das sagen soll, was in mir vorgeht.«

»Aha.«

Thies grinste. »Du machst es einem nicht leicht.«

»Dass es mit mir leicht wird, habe ich nie behauptet.«

Er nahm ihre Hände in seine. »Es tut mir wirklich leid, Nathalie. Ich dachte, es wäre eine super Idee, meine Eltern zu überraschen.«

Sie schnaubte. »Ja, ganz super.«

Er zuckte die Schultern. »Das habe ich mittlerweile auch kapiert.«

Nathalie schwieg, aber nicht, weil sie nichts zu sagen hatte, sondern weil sie sich in seinen samtbraunen Augen verlor.

»Ich liebe dich, Nathalie, ich liebe dich mehr, als ich jemals eine Frau geliebt habe. Ich weiß, dass wir uns erst kurz kennen, aber länger brauche ich nicht, um zu begreifen, dass du der Mensch bist, mit dem ich alt werden möchte.«

Ihr Atem stockte. Ach du heiliger Strohsack! Das wurde doch hoffentlich kein Heiratsantrag? Ihr Herz stolperte, ihre Beine waren ganz wackelig.

»Keine Angst, ich habe keinen Ring dabei«, erklärte er grinsend, und sie fing wieder an zu atmen.

Thies verzog seine Lippen. »Jeder andere wäre jetzt sauer, ich hoffe, das weißt du.«

Nun musste Nathalie doch grinsen. »Du bist nicht wie jeder andere«, stellte sie fest.

»Schön, dass du das bemerkt hast. Aber machen wir keine Witze über so ein ernstes Thema.« Er räusperte sich. »Es tut mir unfassbar leid, dass ich dich wegen des Treffens bei meinen Eltern nicht richtig informiert habe. Ich habe es gut gemeint, es sollte keine Lüge werden, sondern eine Überraschung. Ich verstehe, warum du sauer auf mich bist. Ich habe viel darüber nachgedacht in den letzten beiden Tagen und habe kapiert, warum du so reagiert hast. In einem Punkt hast du auch recht.«

»Nur in einem?«, scherzte sie, ihre Stimme klang belegt.

»Nicht nur, aber ganz besonders in diesem. Ich hätte dich verteidigen müssen. Aber ich war selbst zu perplex über das Verhalten meiner Mutter. Natürlich hatte ich mir gewünscht, dass sie mit großer Freude reagiert. Bitte, das musst du mir glauben. Das ist der einzige Grund. Ich habe erwartet, dass meine Mutter dich in ihre Arme schließt und dich willkommen heißt. Indem sie das nicht getan hat, hat sie auch mich vor den Kopf gestoßen. Ihre Reaktion hat mich so sehr getroffen, dass ich erst einmal gar nichts mehr sagen konnte. Das war dumm von mir, und es tut mir so unglaublich leid.« Er holte tief Luft. »So etwas wird nicht mehr vorkommen, Nathalie. Nie mehr. Ab heute werde ich dein Fels in der Brandung sein, wenn du ihn am meisten brauchst, ihn aber am wenigsten annehmen kannst. Ich werde für dich da sein in guten und in schlechten Tagen, vor allem an diesen. Ich liebe dich, Nathalie. Vermutlich liebe ich dich, seit du mir auf dem Parkplatz die Leviten gelesen hast. Seit diesem Tag gab es nur noch dich für mich. Ich will nicht mehr eine Sekunde ohne dich verbringen und wünsche mir, dass du das auch so siehst.«

Sie traute ihren Ohren nicht, blinzelte ungläubig. Thies lächelte und forschte in ihrem Gesicht. »Könntest du dir vorstellen, auch etwas zu sagen?!«

»J-ja, ja, natürlich! Ich bin nur so durch den Wind!«

»Sprachlos habe ich dich noch nie gesehen«, scherzte er.

Sie schenkte ihm kurz einen bösen Blick, dann lächelte sie und strich mit dem Daumen über seinen Handrücken. Der Knoten in ihrem Bauch hatte sich gelöst, alles in ihr fühlte sich auf einmal leicht an. »Ich liebe dich auch, Thies. Ich liebe dich. Und ich fürchte, ich habe dich schon auf diesem blöden Parkplatz in mein Herz geschlossen, obwohl ich dich doch gleichzeitig abscheulich fand.«

Sein Gesicht hellte sich auf, er entblößte eine ganze Reihe weißer, gerader Zähne. »Du hast keine Ahnung, wie sehr mich das freut!«

»Könntest du mich jetzt endlich küssen?«, brummte sie und schloss die Augen, während sie ihre Arme um seine Hüften legte und ihn selbst zu sich heranzog.

Thies umfasste ihr Gesicht mit seinen Händen, und dann küsste er sie lange und innig. Als das Nebelhorn der Barkasse erklang, fuhren die beiden lachend auseinander und winkten dem Kapitän zu, der seinen Hut für sie schwenkte.

»Du bist verrückt«, murmelte sie in Thies' Richtung.

»Verrückt nach dir!«, erwiderte er und küsste sie noch einmal.

EPILOG

Unzählige Kerzen in hohen Glaszylindern verbreiteten ein angenehmes Licht in der alten Villa. Luca hatte eben eine Rede gehalten, in der er die Arbeit der Stiftung erklärte und sein Engagement für die Organisation bestätigte. In den letzten Monaten hatten sie ganze Arbeit geleistet und sich in fast jeder freien Minute um die Stiftung gekümmert und auch die Renovierung des alten Hauses vorangetrieben. Nathalie hatte nicht nur ihr Studium wieder aufgenommen, sondern arbeitete jetzt auch in der Stiftung mit, nachdem Gundula an die Ostsee zurückgekehrt war. Hin und wieder bekam ihre Tante jetzt Besuch von einem alten Hamburger Seebären, so ganz hatte es also nicht geklappt, dass sie von jetzt an allein sein wollte.

»Was lächelst du so versonnen?«, wollte Thies von Nathalie wissen und hielt ihr ein Glas Champagner vor die Nase.

»Ich habe an Gundula gedacht und wie sehr ich mich für sie freue, dass es ihr gut geht.«

»Und dir? Wie geht es dir?«

»Mir geht es fantastisch!«

»Dann bereust du es nicht, dass du dich auf das alles hier eingelassen hast? Dass du meinen Traum mit mir leben wirst?«

»Niemals!«, bestätigte Nathalie. »Ich kann es gar nicht abwarten, bis ich das Examen in der Tasche habe. Ich brenne darauf, mich um die Verträge für die Charity zu kümmern, eine Mischung aus Juristerei und Wohltätigkeit war genau das, was ich mir gewünscht habe, also hör auf, von deinen Träumen zu sprechen, es sind auch meine.«

Sie drückte ihm einen Kuss auf die Lippen.

»Stimmt. Es sind unsere! Das klingt sowieso viel schöner.«

Ihr Herz ging auf. O wie sehr sie ihn liebte. Nathalie hatte sich niemals erträumen lassen, wie fantastisch es mit Thies werden würde. Er war nicht nur zuvorkommend, sondern nach wie vor äußerst leidenschaftlich und interessiert an ihr und ihren Bedürfnissen. Dabei hatte er tatsächlich eine gute Portion Geduld mitgebracht, wofür sie ihm dankbar war.

Gerade wollte sie etwas zu ihm sagen, als Frau Professor Henschel zu ihnen herantrat. Sie trug ein dunkles Kostüm und hielt sich an einem Wasserglas fest.

»Wie schön, dass Sie es geschafft haben«, begrüßte Thies sie.

Nathalie wusste natürlich von den Differenzen, die er in der Klinik mit der Klinikleitung gehabt hatte. Davon war gerade nichts zu spüren, Frau Henschel lächelte für ihre Verhältnisse geradezu strahlend.

»Der Artikel in der Ärztezeitung war wirklich großartig, Dr. Engelmann. Es ist so viel gutes Feedback an uns herangetragen worden, und wir unterstützen Sie natürlich in allem, was Sie vorhaben.«

Thies wirkte nur für eine Sekunde überrascht, dann nickte er höflich. Professionell und distanziert. Er war im Arbeitsmodus.

Noch vor wenigen Wochen hatte das alles ganz anders

ausgesehen, verrückt, was ein bisschen Publicity ändern konnte. Wenn der Oberarzt gute Presse ins Haus brachte, war es auf einmal okay … Gut, ihnen beiden war es recht.

Sie plauderten kurz mit Frau Henschel, dann zog sie weiter.

»Unfassbar, oder?«, meinte Thies.

Nathalie grinste. »Freu dich doch!«

»Das tue ich, das kannst du mir glauben. Apropos freuen. Siehst du deine Eltern da drüben?«

Er zeigte unauffällig in das ehemalige Wohnzimmer, das jetzt als Sitzungsraum genutzt werden würde. Im Kamin flackerte ein Feuer, davor standen Martin und Christine Henning in ein inniges Gespräch vertieft. Die beiden hatten ihre neuen Partner bereits vor Monaten in den Wind geschossen. Offiziell waren sie zwar nicht wieder zusammen, aber Nathalie hatte schon mitbekommen, dass die beiden sich heimlich trafen. Dass sie in verschiedenen Wohnungen lebten, tat ihnen anscheinend gut, denn sie wirkten glücklich miteinander. Viel glücklicher als in den letzten Jahren.

»Irgendwie süß die beiden, oder?«, kommentierte Nathalie den Anblick.

»Finde ich auch. Was meinst du, sollen wir Weihnachten alle zu uns einladen?«

»Alle?«

»Ja, ich hätte Lust auf ein richtig großes Fest!«

Nathalie lächelte. »Du weißt, dass ich außer Rührei nichts zustande bringe, oder?«

Thies winkte ab. »Das kriegen wir schon hin. Wie alles andere auch. Ich bin einfach so glücklich, und das möchte ich mit unseren Familien teilen.«

»Gut, von mir aus!«, erwiderte sie und dachte an Thies' Mutter. Sie hatte sich mehrfach bei ihr für ihren Fauxpas bei der ersten Begegnung entschuldigt und überschlug sich seitdem förmlich, Nathalie zu zeigen, wie willkommen sie in der Familie war. Seitdem war die Sache mit der Hotline mehr oder weniger ein Running Gag, mit dem die Mama bevorzugt von Jasper aufgezogen wurde.

Obwohl Nathalie zunächst skeptisch gewesen war, musste sie mittlerweile zugeben, dass sie Thies' Familie ins Herz geschlossen hatte.

Gerade kam Jasper um die Ecke und klopfte seinem Bruder auf die Schulter und drückte Nathalie ein Küsschen auf die Wange. »Ich bin so stolz auf euch, es ist fantastisch, was ihr aus dem alten Kasten gemacht habt. Opa wäre begeistert.«

Nathalie drückte Thies' Hand, sie wusste, wie sehr ihm der Verlust seines Großvaters noch immer nahe ging. An diesem Tag lag deshalb auch ein Funken Wehmut in der Luft, denn Thies hätte sich gewünscht, seinen Großeltern zeigen zu können, was er auf die Beine gestellt hatte.

»Danke, Jasper. Es ist schön, dass du das sagst.«

»Und jetzt? Zieht ihr oben ein?«, wollte Jasper wissen und sah von Nathalie und Thies hin und her.

»Ich mag das Haus«, erklärte Nathalie und schmiegte sich an Thies.

Er legte ihr einen Arm um die Taille. »Wäre doch schön, hier zu wohnen, wird später vielleicht auch einfacher, wenn mal Kinder da sind.«

Beinahe hätte Nathalie sich verschluckt. Es war nicht mehr so schlimm wie früher, wenn sie daran dachte, aber so ganz hatte sie sich nicht daran gewöhnt, wie verbindlich und offen Thies mit dem Thema Familienplanung umging. Er hätte nichts gegen einen Stall voller Kinder – Nathalie war da zögerlicher. »Erst einmal sehen wir, wie das bei Miriam wird. Schau, sie sitzt da drüben auf dem Sofa und ist jetzt schon so rund wie eine Kugel.«

Thies beugte sich zu Nathalie und flüsterte ihr ins Ohr: »Ich bin mir sicher, du würdest mit einem dicken Bauch noch unwiderstehlicher sein als ohnehin. Ich weiß, dass wir absolut großartige Babys machen würden … aber ich kann warten, bis du so weit bist.«

In ihrem Bauch kribbelte es, sie schaute zu ihm auf. »Danke. Ich liebe dich, weißt du das?«

»Oje, nehmt euch ein Zimmer«, brummte Jasper. »Ich lass euch mal allein, ehe ihr euch an die Wäsche geht.«

Nathalie lachte. »Du Spinner! Such dir doch selbst eine Freundin!«

»Alles zu seiner Zeit«, erwiderte Jasper im Davongehen.

Die übrigen Stunden verbrachten Nathalie und Thies damit, sich mit den Gästen zu unterhalten und die ein oder andere Spende einzusammeln. Vom Hanseatischen Herrenclub bekamen sie natürlich auch Unterstützung zugesagt. Helmut hatte sogar einen dicken Scheck mitgebracht.

»Ich freue mich«, verkündete er den beiden.

Nathalie hatte Thies nie von ihrer »Vergangenheit« erzählt, und sie würde es auch nicht tun. Das war sie Helmut schuldig, gleichzeitig wusste sie, dass der Scheck kein Schweigegeld sein sollte, sondern eine Spende zur Unterstützung.

»Vielen herzlichen Dank«, rief sie fröhlich.

»Es ist schön zu sehen, wie Sie in Ihrer Arbeit aufgehen, Frau Henning.«

»Nicht wahr? Das finde ich auch!«

Nathalie erhaschte, nachdem sich Helmut entschuldigt hatte, einen Blick in die Bibliothek, wo ihre Freunde angeregt miteinander plauderten, während sich jemand an Opas altes Klavier gesetzt hatte und eine Melodie klimperte. Ein warmes Gefühl durchströmte sie, Nathalie war unfassbar glücklich und dankbar für die vielen Veränderungen der letzten Monate.

. . .

Nach einem langen Abend fuhren Nathalie und Thies noch beim Chinesen vorbei, um sich etwas zu essen zu holen, bei dem ganzen Trubel waren sie nicht dazu gekommen.

Sie fuhren damit nach Hause und ließen sich aufs Sofa fallen.

Nathalie packte zwei Glückskekse aus der Jackentasche und reichte ihm einen davon. Kurz darauf zogen sie kleine Zettelchen aus dem Gebäck.

»Und, was steht bei dir drauf?«, wollte Thies wissen.

»Ein Glückskeks macht eben doch Liebe!«, antwortete Nathalie lachend, stand auf und ließ sich auf Thies' Schoß plumpsen.

»Ich hab es dir doch gleich gesagt.«

»Ich weiß, Schatz. Aber manchmal dauert es bei mir eben länger.«

Sie nahm sein Gesicht zwischen ihre Hände und sah ihm tief in die Augen.

»Das macht nichts, Nathalie. Vielleicht hat es länger gedauert, dafür wird es jetzt für immer sein.«

»Ist das ein Versprechen?« Ihr Herz schlug schneller.

»Ich bin froh, dass du es nicht als Drohung aufgefasst hast«, neckte er sie.

Nathalie wollte etwas Schlagfertiges erwidern, ließ es aber sein, als er seine Lippen auf ihre drückte und sie heiß und innig küsste. Es gab niemanden auf der Welt, dem sie mehr vertraute als ihm. Thies machte sie glücklich, glücklicher, als sie es sich jemals erträumt hatte. Und sie wusste, dass es ihm auch so ging. Der Kuss war ein Versprechen an sie beide, für die Zukunft und alles, was diese für sie bereithielt. Gemeinsam würden sie alle Stürme des Lebens meistern.

KOSTENLOSES E-BOOK IM NEWSLETTER

Vielen Dank, dass du mein Buch gekauft und gelesen hast. Wenn es dir gefallen hat, freue ich mich über Feedback, sei es als Rezension oder als Beitrag in den sozialen Medien.

Wenn du keine Neuerscheinung mehr verpassen und ein kostenloses E-Book von mir lesen möchtest, das es nicht im Handel gibt, melde dich gleich zu meinem Newsletter an.Du findest mich bei Instagram, Facebook oder auf meiner Website.

Wenn du Lust hast, dich mit gleichgesinnten Lesern und Leserinnen auszutauschen, kommt gern in meine private Facebook-Gruppe. Hier sprechen wir über Bücher – nicht nur über meine…

Alles Liebe,
deine Karin

ÜBER DIE AUTORIN

Karin Lindberg war zehn Jahre in den Chefetagen internationaler Konzerne tätig, doch sobald ihr erster Roman veröffentlicht war, reichte sie ihre Kündigung ein, um jede freie Minute zu schreiben. Sie erschafft mit Begeisterung starke Heldinnen und attraktive Helden, legt ihnen Steine in den Weg und lässt sie am Ende doch ihr Happy End erleben. Ihre Fans begeistert sie mit Geschichten voller Humor, aber vor allem mit ihrem Gespür für große emotionale Momente. Karin ist eine der erfolgreichsten Autorinnen Deutschlands, regelmäßig landen ihre Titel weit oben in den Bestsellerlisten. Die Autorin lebt mit ihrer Familie vor den Toren Hamburgs. Inzwischen hat sie mehr als vierzig Romane veröffentlicht, die weit über eine Million Mal verkauft wurden.